JN163676

艦隊は動かず

ベトナムから日本への贈り物

中川秀彦

Nakagawa
Hidehiko

牧歌舎

艦隊は動かず

まえがき

とにかく陽光がきびしい広い砂浜が広がっていた。ベトナム・ホーチミン市から車を運転して十時間あまりで到着したカムラン湾を眺めて、ゆっくりと百十年前の光景を思い出してみる。

まさに、この地に晴天の霹靂《へきれき》のように降って湧いたような大艦隊のロシア水兵から「一週間で七千五百名分の食料と水と良質の石炭を積み込め」とロシア帝国海軍の威光を笠に着た不当な要求に対して「同じアジアの同胞日本国海軍のためにこの要求を断固阻止しよう」と体を張って命をかけてまで抵抗してくれたベトナム人たちの怒号や喧騒が脳裏をよぎる。

本当にこの目の前に広がる牧歌的な海岸でそのようなことが実際に起こったのかどうかの確認と検証、そしてもしそれが事実であれば日本海海戦の勝利という世界史上でも稀に見る大どんでん返しを起こし、あまつさえその後の列強諸国の植民地政策や発展国の独立運動に多大な影響を与えた歴史の転換点に、ベトナムの片田舎の名もない人たちの協力がひそかにあったことが、二十一世紀の今日まで当事者である日本人の私たちに語られてこなかった理由を探したいと思った。

私は十一年前に家族全員を伴い、ベトナム・ホーチミン市に移住してきた。ベトナム移住の理由はいろいろあるが、その中のひとつに、ここカムラン湾で百十年前、日本とロシアが戦争をしていた当時にあった事実を、生き残りの方の縁者からお聞きして究明したいという強い思いがあった。本当は直接当時を知る生き証人を探したかったのであるが、何せ百十年の時間が経過している。平均寿命の短いベトナムでは当時者の子供、または孫の方を探し出さねばならなかった。

幸いカムラン町で食堂を経営している現在八十七歳のヤンさん（当時の村長の親戚にあたる）が存命で、通訳を介しておじいさんから聞いたことを三ヶ月間の時間をかけて聞く機会に恵まれた。

しかし何分本人も知らない百十年前の話であるので、おじいさんから直接聞いた話とお父さんから聞いた話で食い違う点がいくつかあったり、次回聞き取りに来たときにはまた前回と違う話になっていたりと、高齢の上に通訳を介していることもあり、なかなか真実の姿に手が届かないもどかしさがあった。

また本当であれば間違いなく歴史のヒーローであるはずの村民たちも、本人たちはそれほど大きな偉業をやった思いがないこともあり、町の役場でも当時の記録は残っていなかったので、公的な資料は存在しない中、もっぱらヤンさんとその友人、親戚の記憶頼りという手探りの取材であったが、複数の人間から「泥を混ぜた」という言葉を聞いた。結論から言えばカムラン村の住民によるロシア海軍に対する作業の遅延によるサボタージュと妨害行為は確実に存在し、ロシア水兵とのあいだでかなりの衝突が生じ死傷者が出たこと、また出港を二週間遅らせたことはほぼ間違いないという結論に至った。

たかが二週間、されど二週間である。この二週間を東郷平八郎は無為に過ごすことは無く、迎え撃つ艦隊に対しての猛訓練に当てた。また単なる時間稼ぎだけでなく、カムラン村の住民による石炭への泥の混入など有形無形の抵抗は、大切な戦闘を前にしたロシア将兵の心身を疲れさせるに十分であったと推測する。ご存知のように史実は、その後の日本海海戦においての日本海軍の圧倒的な勝利で終わるのであるが、その影で約四十隻のバルチック艦隊の足止めをしていた名も無き役者たちがベトナム・カムランにいたことを、我々日本人は感謝の意を込めて記憶に残しておくべきであろう。

この物語はバルチック艦隊のカムラン湾投錨《とうびょう》以降は強制労働に従事するベトナム人たちの行動をフィクションで描いた。またベトナムに十二年住む者として、この物語を借りてベトナムの観光地と文化を日本人に写真で紹介して魅力を伝えたいと意図している。

この物語を今は亡き、ヤンさんと通訳のタン氏に贈ります。

二〇一七年一月三〇日

中川秀彦

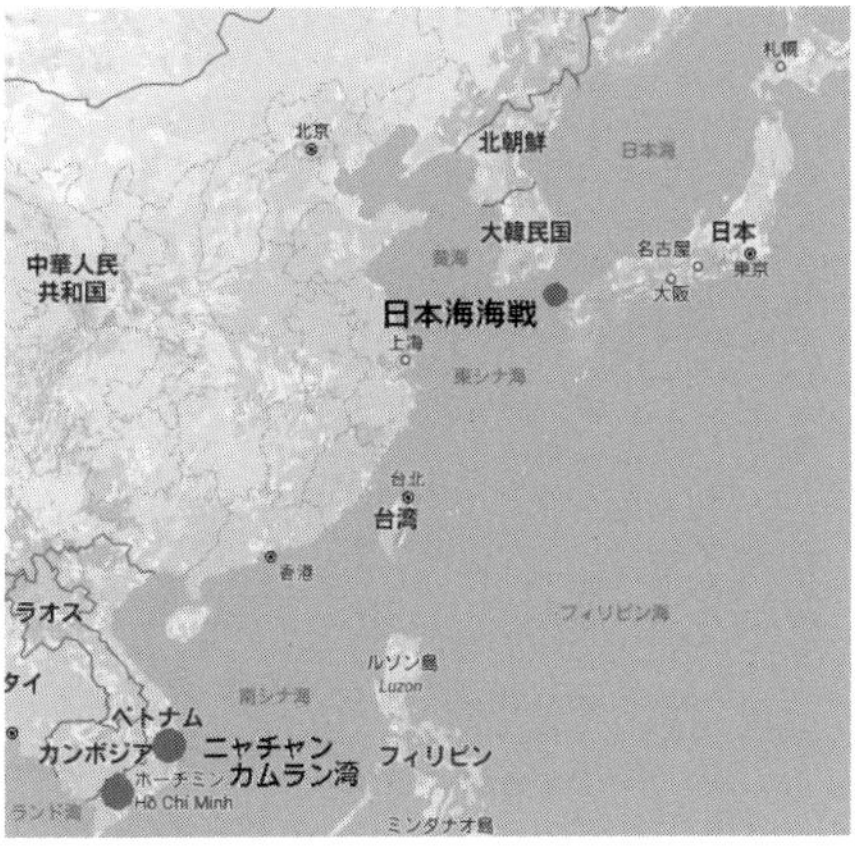

艦隊は動かず　目次

◎登場人物

ベトナム側

ズン　カムラン村村長（60）
タン　カムラン村北地区網元（35）
カー　カムラン村南地区網元（32）
ファット　カムラン村居酒屋主人（34）
タイ　北地区漁師（28）
シン　南地区漁師（26）
ヒュー　村長ズンの息子　ミンの友人（15）
ミン　漁師タンの長女（14）
チャン　居酒屋店主ファットの娘　ミンの友人（14）

ロシア側

ロジェストウエンスキー　バルチック艦隊司令長官　中将（57）
イワノフ　バルチック艦隊旗艦スワロフ艦長　大佐（45）
チャノフ　艦隊輜重担当将校　大佐（47）
マカロフ　艦隊輜重担当士官　大尉（38）
スワロフスキー　艦隊輜重担当士官　大尉（39）
ロマノフ　親衛隊長　少尉（26）
ミハイル　ポーランド人小隊長　死刑囚（35）
ポリスキー　ポーランド人　死刑囚（32）
プリボイ　フィンランド人　死刑囚（35）

フランス側

テォフィル・デルカッセ　フランス外務大臣（53）
ポール・ドメール　初代仏領インドシナ総督（48）
ポール・ボー　二代目仏領インドシナ総督（48）
ジョンキエルツ　在仏領インドシナ フランス軍司令官　少将（50）
ピエール　巡洋艦デカルト艦長　大佐（49）
ジャン　巡洋艦デカルト航海長　少佐（40）
オズワルド　在仏領インドシナ フランス軍将校　大佐（45）
カールマン　在仏領インドシナ フランス軍将校　カムラン司令　大尉（30）
ジャック　カールマンの部下　兵曹長（28）
オットー　ジョンキエルツ少将付侍従武官　少尉（25）

日本側

東郷平八郎　連合艦隊司令長官　大将（57）
秋山　真之　連合艦隊参謀　中佐（37）
山本権兵衛　海軍大佐（53）
児玉源太郎　陸軍大将（53）
柴　五郎　陸軍中佐（45）

ベトナム側　カムラン村民

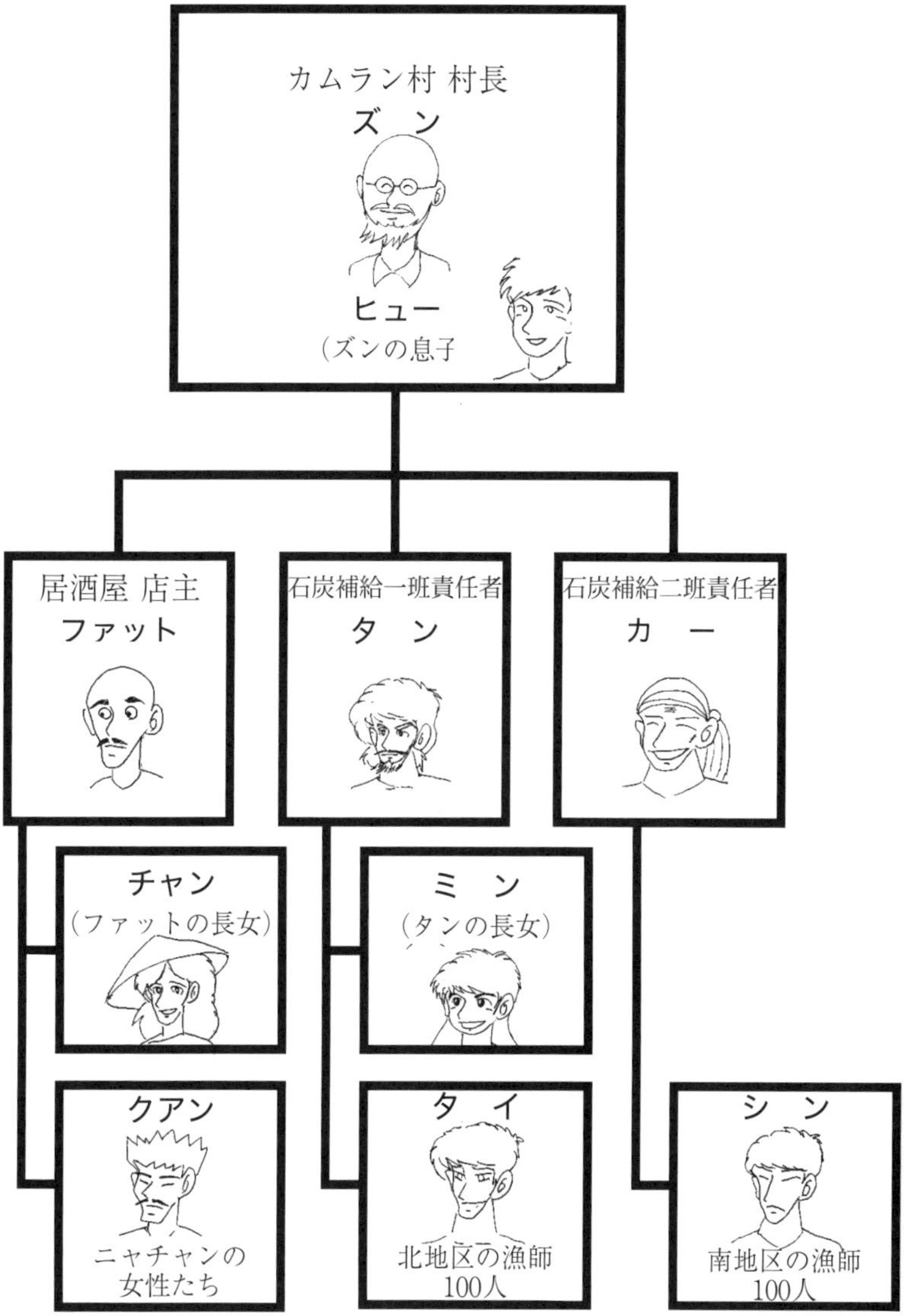

フランス側

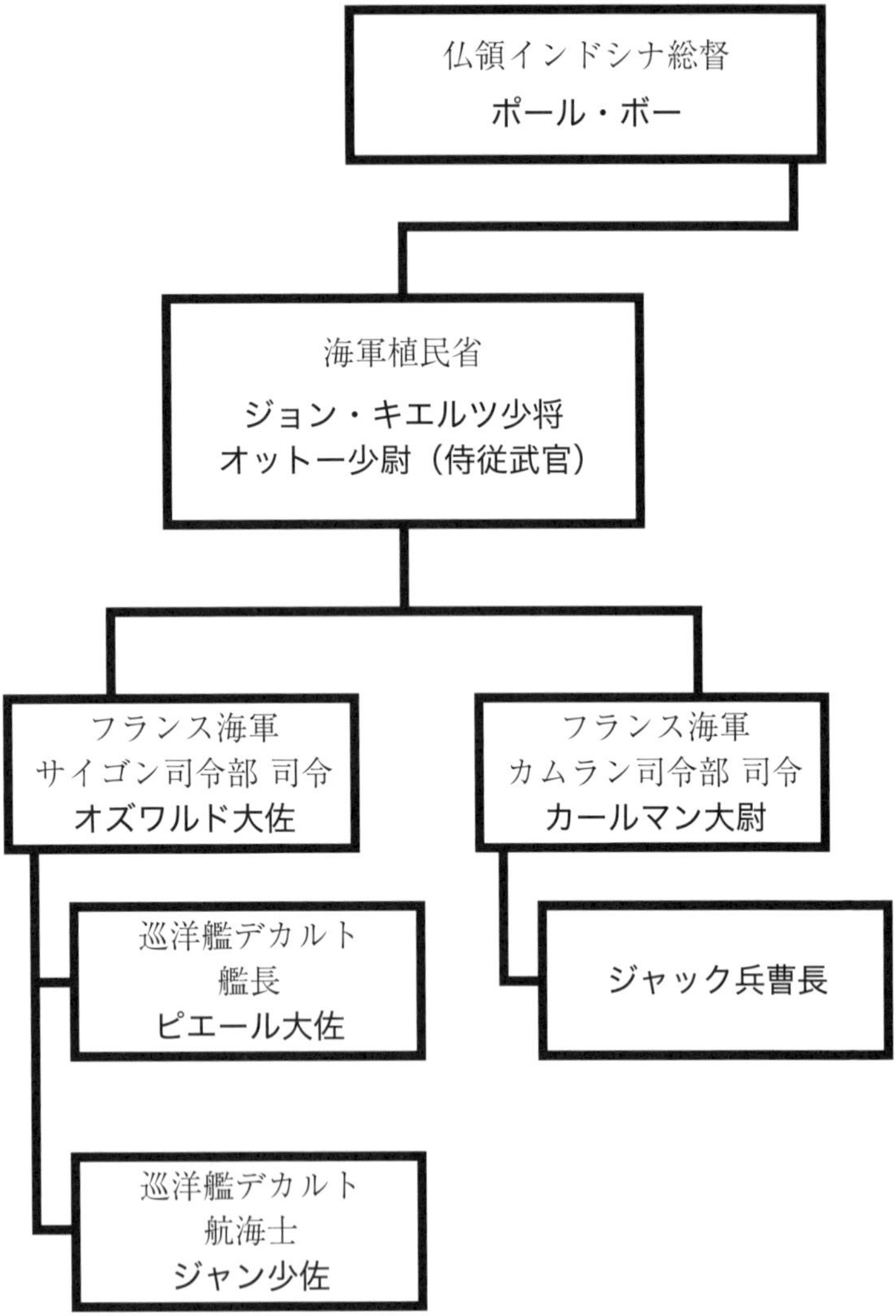
仏領インドシナ総督
ポール・ボー
海軍植民省
ジョン・キエルツ少将
オットー少尉（侍従武官）
フランス海軍
サイゴン司令部 司令
オズワルド大佐
フランス海軍
カムラン司令部 司令
カールマン大尉
巡洋艦デカルト
艦長
ピエール大佐
ジャック兵曹長
巡洋艦デカルト
航海士
ジャン少佐

ロシア側

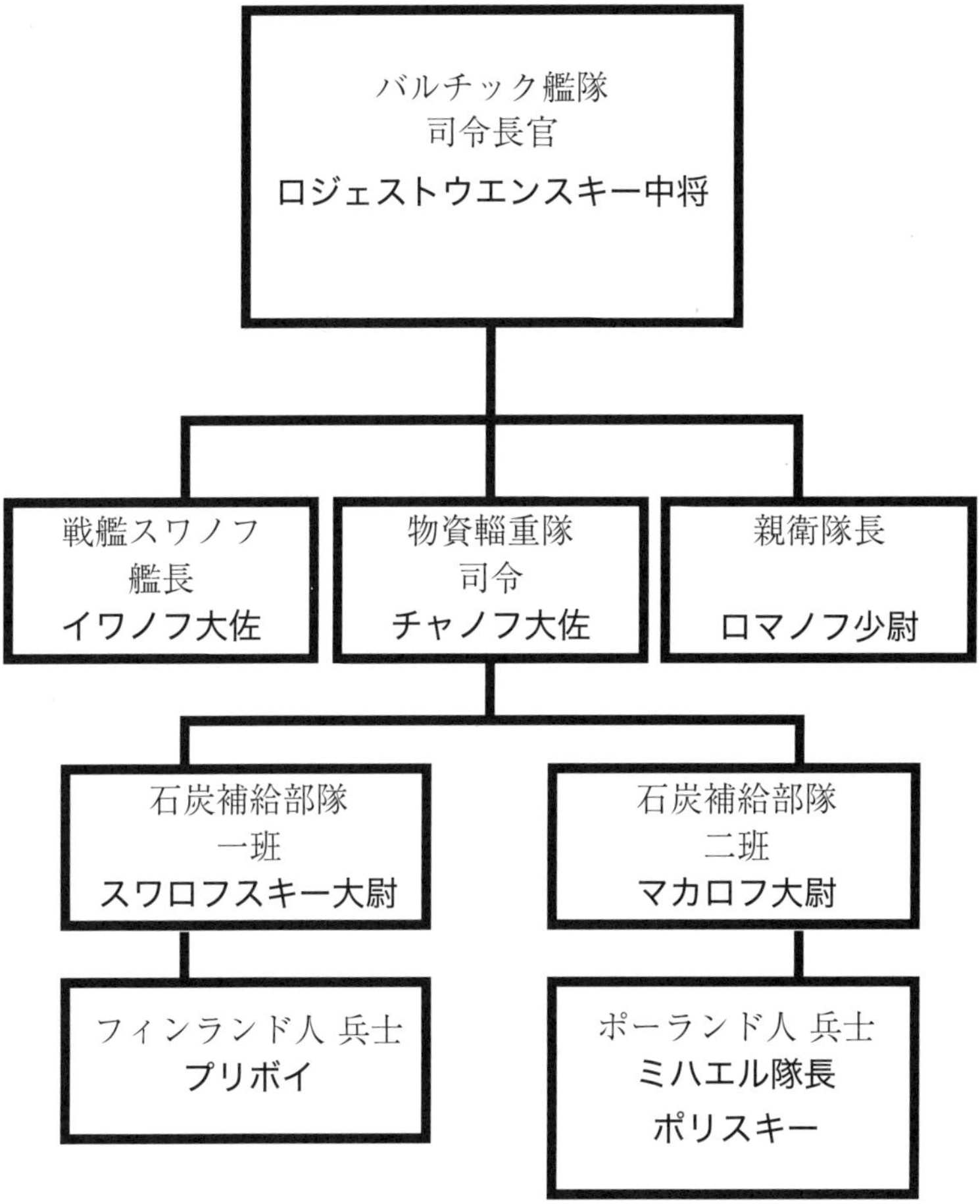
バルチック艦隊
司令長官
ロジェストウエンスキー中将
戦艦スワノフ
艦長
イワノフ大佐
物資輜重隊
司令
チャノフ大佐
親衛隊長
ロマノフ少尉
石炭補給部隊
一班
スワロフスキー大尉
石炭補給部隊
二班
マカロフ大尉
フィンランド人 兵士
プリボイ
ポーランド人 兵士
ミハエル隊長
ポリスキー

序章

――カラン

パターを離れたボールが、ゆっくりと絶妙の軌跡をたどってカップインした音だ。

「トレビアン　パー」
「トレビアン!!」

――パチパチパチ

同行している友人のプレーヤーたちから思わず一斉に拍手が起こる。

ここダラットパレスゴルフ場はフランス軍がサイゴンに進駐した際に、フランス人ゴルフ愛好家たちの余暇と、軍人や官僚たち上流社会の社交場として造られたベトナム最初の名門ゴルフコースである。愛好者はフランス人ばかりではなく、当時のベトナム阮《グエン》王朝最後の皇帝バイダイもこのコースをこよなく愛したことで有名である。この名門コースを擁するダラットは、サイゴンから北西に二百キロメートル離れた標高千六百メートルに位置する高原都市で、年中真夏の気候のサイゴンから避暑に訪れるフランス人のために、わざわざ当時珍しかった鉄道まで設けた人工の町である。熱帯地域に属するベトナムでは珍しい、針葉樹に囲まれた山々に形成された盆地の町の中心にあるのが、現在でも観光名所となっているダラット湖である。この盆地の底に位置するおだやかな湖を囲むように瀟洒《しょうしゃ》なホテルや別荘、フレンチレストランが多数立ち並ぶ姿は、まるでここがベトナムではなく、フランスのボルドーかどこかの地方都市かと錯覚させる。

ダラットパレスゴルフ場の最終の難関ホールを見事にパーで終えたフランス海軍植民地省高級将校ジョンキエルツ少将は、満足げに友人たちの拍手に片手を上げてこたえたときに、クラブハウスからグリーンに大慌てで駆け寄って来る侍従武官のオットー少尉の姿をみつけた。

ゴルフ場のグリーンに映える金色の髪を持った恰幅のよいこのフランス人は、今日の自分の五十歳の誕生日を記念して、サイゴン在住の気

ダラットパレスゴルフ場

ダラット湖

の置けない友人たちと誕生パーティを兼ねてゴルフを楽しんでいたのであった。

息せき切って走ってきたオットー少尉はカップインしたボールを手に取るジョンキエルツ少将にむかって大声で叫んだ。

「閣下、たった今、本国から電報が入りました。至急お読みください」

ジョンキエルツはゴルフコース内においてのフランス貴族社会のたしなみから外れた彼の無粋な行動に対して
「オットー少尉、見てのとおり今は友人とのゴルフの最中である。ちょうど今終わったところであるからよかったものの、あまりにも無礼ではないかな？　しばらく待つことはできなかったのか。私のよき友人である君の父親が見たら、自分の教育が足らなかったと悲しむぞ」

「失礼しました。私も一読しましたが、なにぶん内容が内容でしたので一刻を争うものかと判断したもので」

「よしわかった、読もう。我がよき友人諸君、しばし無礼を許してくれ」

オットー少尉から受け取った電報を一読したジョンキエルツ少将は、さきほどの好スコアで終えたばかりの満面の笑顔から瞬時に沈痛な面持ちに変わった。

受け取った電報には

「本日より一週間以内に昨年十月ロシアの軍港リバウを出港したロシア海軍のバルチック艦隊が約四十隻、貴殿の担当する仏領インドシナ・カムラン湾に寄港する。わがフランスとロシア両国の同盟のよしみにより貴殿は至急巡洋艦デカルトに座乗してこれをカムラン湾内で祝砲を打って丁重に迎え入れ、ロシア艦艇各艦に対しての水、食料、無煙石炭の補給作業の協力を命ずる。石炭はインドシナ北部ホンゲイから汽車にてサイゴンまで運送後、石炭補給船に移し変えた後にカムランまで急行させること。また同艦隊内に負傷者、病人がいればこれを優先して治療するように。

発　フランス外務省　外務大臣　デルカッセ

宛　フランス海軍植民地省サイゴン司令部　ジョンキエルツ少将」

フランス外務大臣 デルカッセ

「うーむ」

悩んだときの彼のくせで、あご髭をさすりながら電報を読み終えるのをオットー少尉が見届けると
「閣下、いかがですか？　私が内容が内容だけにと言った理由がご理解できましたか」

「うむ、せっかく今日の休日は私の誕生日記念にゴルフ三昧と友人との会食を満喫するつもりであったが、それどころではなさそうだ、ロシアからの誕生日プレゼントはとんでもないお荷物になりそうだな」

ジョンキエルツ少将はつぶやいた。

「閣下、お荷物とは？」

真意を測りかねたオットー少尉は怪訝そうに聞き返す。

「バルチック艦隊のことだ。やつらのおかげでこれから忙しくなるぞ。したがって今日のパーティーは中止とするのでゴルフのメンバーには私からそう伝える。私の誕生日祝いで催したパーティーの主役がいなくなるのだから、しかたなかろう。オットー少尉、サイゴン司令部・司令オズワルド大佐とカムラン司令部・司令カールマン大尉にすみやかに以下を連絡しろ。明日サイゴン港に停泊中の巡洋艦デカルトの出港準備、総員武装のこと、祝砲弾用意、抜錨《ばつびょう》

は明朝九時、行き先は北東カムラン湾だ」

聞き漏らすことがないようにとオットー少尉はジョンキエルツ少将の命令を紙に書きつけながら尋ねた。

「明日の出港だと、今から至急ダラット駅に連絡して、サイゴン行きの汽車を支度をさせましょうか?」

「うむ、急ぎ頼む。とにかく今日中にはサイゴンに帰れるようにしたい」

このやりとりからわずか一時間後にスポーツウエアから純白の海軍制服に着替えたジョンキエルツ少将は、世界で初めてフランスが開発に成功したド・ディオン・ブートン社製のガソリン自動車に乗り込んだ。

ベトナムに当時わずか一台しかなかったガソリン自動車は、ダラットパレスゴルフ場から五キロほど離れたダラット駅に向かった。車窓には、ダラット高原一帯に広がる針葉樹の牧歌的な光景が広がり、一瞬ではあるが彼に日本帝国と帝政ロシアがまさに両国の国運をかけた大海戦を控えていることを忘れさせた。

わずか十分ほどで車は黄色を基調としたおとぎ話に出てくるようなダラット駅に到着した。出迎えに来たフランス鉄道省の車掌の案内で、一番奥にある特等席にオットー少尉とともに座ったジョンキエルツ少将は、さきほどまでのゴルフの疲れが出たのか、出発後知らない間に眠りについていた。

現ダラット駅

1　サイゴン司令部

――ガタン、シュー
大きな音はダラットからサイゴンまでの二百キロあまり走った汽車が停止した音である。

「閣下、起きてください。サイゴンに到着しました」

いつのまにか眠ってしまったジョンキエルツ少将の前に座っていたオットー少尉が告げた。

「うむ、眠ってしまったようだな。サイゴンに着いたか。今何時だ？」

「もう夜の十一時です。到着まで七時間ばかりかかったようです」

オットー少尉はジョンキエルツにかけた毛布をたたみながら身支度を始めた。

「よし、今からすぐに海軍司令部に行くぞ。馬車の用意はできているか？」

「はい、すでに手配済みです。オズワルド大佐がお迎えに来ているはずです」

深夜の人気のないサイゴン駅で、未だに湯気の上がる汽車を降りた二人は、プラットホームに立つ背の高い海軍士官の姿を捉えた。

「閣下、お帰りなさい。長旅お疲れ様でした。馬車が向こうに待っていますので、こちらへどうぞ」

長身のオズワルド大佐は敬礼したあと、軽々とゴルフバックを受け取った。

「オズワルド大佐、出迎えご苦労。電報はすべて読んだ。その後本国からメッセージは入っていないか？　それと明日のデカルトと護衛の駆逐艦二隻の出航用意はできているか？」

「は、本国からの通達はその後、特にありません。あとは現場の我々にすべてを任せるつもりでしょう。ただハノイのポール・ボー総督からは、補給物資は水、食料、石炭すべて総督府のほうで手配するとのことで、こちらは補給手段だけを考えるようにとのことでした。また遠路はるばるやってきたロシア艦隊を露仏同盟のよしみで丁重にお迎えしろ、と重ねて通達がありました。巡洋艦デカルトのほうはご指示通り明朝九時に抜錨予定であります。現在機関はすでに始動させていますのでご安心ください」

街の中心部より外れたサイゴン駅からフランス海軍司令部までは馬車で十五分の位置にある。三人を乗せた馬車は、人通りの絶えた石畳の街路を走り、ひときわ目立つフランスの国旗を掲げたインドシナ総督府サイゴン支庁（現　ホーチミン市役所）を越えたところで右折してフランス人の娯楽用に建てられた白亜のオペ

当時のハノイ総督府

ラハウスを左横に見ながらサイゴン川河畔のフランス海軍司令部（現　ホーチミン市トンドックタン通り）に到着した。

フランス海軍司令部は第二次世界大戦中は旧日本海軍サイゴン司令部として使われた経緯があり、松永貞一中将がイギリスの不沈戦艦「ウエールズ」と「レパルス」を航空機のみで沈めたマレー沖海戦の指揮を取った場所である。その後現在は外壁を黄色に塗り替えられベトナム海軍サイゴン司令部としてその姿をとどめている。

門の両脇に立ち敬礼する衛兵に迎えられた馬車は司令部の玄関に横付けされた。

「オズワルド大佐、今から緊急会議を行う。巡洋艦デカルトのピエール艦長は呼んであるか？」

現在のホーチミン市役所

現在のオペラハウス

現在のベトナム海軍
サイゴン司令部

「は、事が事ですので明日からの作戦行動に関しての命令を待つように、中の作戦会議室で夕方からピエール艦長以下士官全員待っております」

「よろしい」

オットー少尉がドアを開けた。

――ガチャン
大きな音がして作戦会議室の厚めのドアがゆっくりと開いた。

――ザッ
大きな部屋の中心に鎮座する円卓に座っていたピエール艦長をはじめとする航海長以下八名の士官が立ち上がった。全員がすでに純白の海軍第一種軍服に身を包んでいる。

「閣下、お待ちしていました。オズワルド大佐からおおよそのことは聞いています。われわれに明日以降の作戦をご命令ください」

「うむ、深夜にご苦労、ピエール艦長そして諸君。まずは座りたまえ」

「聞きましたよ閣下、ロシアの馬鹿艦隊がいよいよここに来るそうですね」

フランス海軍士官学校時代の一年後輩であったピエール艦長は、同郷出身というよしみもあって、隣に座ったジョンキエルツに人懐っこい笑顔で語りかけた。

「そうだ、すでに諸君の耳に入っているなら話は早い。ロシア帝国はいよいよ虎の子の艦隊を、東洋の黄色いサルに向けて送り込んできた。やつらは一週間以内にカムラン湾に入るらしい。明日、貴殿は巡洋艦デカルトをカムラン湾に向けて出港させるんだ。護衛には駆逐艦二隻をつける。私も同行するので道中はよろしく頼む。本国の意向では、やつらより先にカムラン湾に到着して丁重にお迎えしろとのことだ」

「了解しました。すでに三時間前に出港準備は整っています。彼らをお迎えしたあとは我々はロシア艦隊に対してはどのような態度を取るおつもりで？」

「いい質問だ。諸君も知っての通り、日露戦争開戦当初はわがフランスは、露仏同盟のよしみで陸軍大国のロシアの機嫌を取ることが国益に利すると判断して、それに専念していた。その証拠に喜望峰を回るルートを取ったロシア艦隊に対して、わが国は彼らの通り道にあるフランスの植民地の港を開放して迎え、水と食料の補給の手助けをしていた。しかし四月現在、われわれを取り巻く状況は極めて微妙である」

「微妙といいますと？」

「まったく信じられない話ではあるが、経済力、軍事力ともにわずか十分の一の東洋のサル相手に、あのロシアが苦戦を強いられているのだ」

「閣下、私は日露の戦争に関して新聞ではある程度把握しているつもりですが、現在の戦況はどこまでひどいのでしょうか？」

さきほどまで黙っていたジャン航海長が尋ねた。

「ジャン航海長、君は確か日本海軍の戦力に詳しかったな。開戦時、ロシア海軍と日本海軍の戦力比はどのくらいの差があったのか？」

「は、かつてのトルコとの戦争で海軍力の重要性を知ったロシア海軍は、この十年間で戦艦等の最新鋭大型艦を新造しています。そして現在その総力を世界に三分しています。ひとつは極東のウラジオストク、ひとつは黒海、ひとつは本国のバルト海です。日本海軍戦力調査担当班の私の見立てでは、単純に考えて日本の三倍以上の戦力が有ったと考えていいでしょう」

「そのとおりだ、黒海の艦隊は旧型艦で構成されているから何ともいえないが、少なくとも数の上ではあきらかに戦力比は三倍以上である。それどころか、極東のウラジオストク艦隊だけでも優に日本海軍と対等に戦えるとも言われてきた。しかし昨年の八月十日の黄海海戦と、その四日後の蔚山《ウルサン》沖海戦によって、この互角とも言えるウラジオストクの極東艦隊が、ほぼ全滅したのは知っての通りであろう。残ったわずかの艦船も旅順港に逃げ込んだ」

「ええ、もちろん聞いております。当時『日本艦隊恐るべし』と世界中の多くの新聞に書いてありました」

「数が多いからといって常に勝てるとは限らないことは、我々も同じ船乗りとして肝に銘じておくことではある。おそらく日本海軍はかなりの訓練を積んでこのたびの実戦に挑んだと考えるべきだろう。またうわさに聞くと、とんでもない威力の火薬を発明して砲弾に装填しているそうだ。つまるところ日本は、量より質で勝ちを収めたと考えてよい。いずれにせよ今回ロシアはその穴を埋めるために本国の防衛を犠牲にしてまで虎の子の艦隊を送ってきたというわけだ」

「海軍関係の話は私は専門なのでよく理解できますが、大陸で展開している陸軍のほうはどうなっているのでしょうか？」

「我々の尊敬する大先輩ナポレオン将軍でも勝てなかったロシア陸軍だが、ノギという将軍の指揮下で、今年一月に難攻不落といわれた旅順要塞が落とされてしまった。この陥落によって、旅順港に逃げ込んで停泊していた艦船はすべて陸上砲台からの砲弾の餌食となってしまった。その後、この戦争を左右するといわれた三月十日の奉天の大会戦でも、総大将のクロパトキン将軍は、あと一押ししていれば勝てたと言われている戦いに、あろうことか戦闘を放棄して北に敗走してしまった。ロシア側はこの敗走を戦略的な名誉の退却と言っているが、世界中はこれを敗走としか思っていない」

「あの常勝将軍といわれたクロパトキン将軍が敗走ですか？　日本陸軍はそこまで手ごわいのですか？」

「そうだ、窮鼠《きゅうそ》猫を噛むという例えの通り手ごわい。日本陸軍は兵力は少ないのであるが各師団は命をも惜しまずに果敢に攻撃してくるそうだ。そもそも日本は最初からロシアに勝つことは考えていない。よくて引き分けに持っていこうとしているのだ。考えても見ろ、国力比が十対一であれば、仮に引き分けても世界はそれは日本の勝利と捉えるであろう」

「海に、陸にロシア軍は相当被害を受けたのですね」

「そうだ。だから現在世界世論は、このたびのバルチック艦隊と日本艦隊の決戦に、日露両国のすべてがかかっていると判断しておる」

　ひととおり各々の参加者からの質問に答えたあと、ジョンキエルツは咳払いをした。

「よろしい、諸君、日露の戦いの詳細は以上である。要するに大国であるロシアが弱小国日本に負けている。そして両国の命運は、今まさにこちらに向かっているバルチック艦隊の戦闘にかかっているということだけ理解してくれたまえ。今はこの情報をもとに我々は慎重に行動するべきである。よって諸君に今から二つの立場から作戦を命令する。一つ目はフランス海軍の軍人としての立場から。もう一つは仏領インドシナ行政府の行政官としての立場からだ」

「解せませんな閣下、『作戦は常にわかりやすく』が閣下の主義だったはずですが。二つの立場からといいますと？」

付き合いの長いジョンキエルツの性格を熟知しているピエール艦長は尋ねた。

「よし、全員にわかりやすく説明してやろう。ピエール艦長、仮に貴殿に大金持ちの親戚がいるとしよう。当然貴殿は彼とはいい親戚づきあいを保ちたいので、言うことは何でも聞くだろう。しかしある日突然、彼が破産してしまい借金取りに追われる身となったら貴殿はどういう対応を取る？」

「急にそう言われましても……そうですな、まあ距離をおきたいですねぇ」

「そうだ、今のフランスとロシアの関係がまさにそれに当たるのだ。いいか、現在約四十隻の艦隊は、マダガスカル島のわが領土ノシベ港を発ってからどこにも寄港できずにこのカムランにやってくる。距離にして一万五千海里（約三万キロ）の灼熱の航海をして将兵たちは疲弊しているはずだ、場合によっては艦内には死人も出ている可能性があるだろう。露仏同盟のよしみと同じ、船乗り仲間のよしみとしては、ここは十分休憩を取らせた上で先方の要求どおり水、食料、石炭の補給を十分に行ってやりたい。しかし行政官の身分であれば水、食料、石炭すべては我がフランスの所有物であり財産である。また地元のベトナム人を使役に使うのもまた財産の一部を供与することになる。このよしみを行うことによって日英同盟の関係からイギリスはわがフランスに対して猛抗議をしてくるであろう。それに、何万キロも海の上にいた荒くれた水兵たちが七千五百名も上陸してみろ、カムラン村の治安維持はどう考える?」

「なるほど、今となってはロシアは借金取りに追われる身となった没落貴族ですか。けだし明解ですな。しかしフランス政府としても対処に苦労しているでしょうな。今回の支援要求を無下に断るとロシアに睨まれる、甘い顔をすると英国に睨まれると。ロシアを取るか英国を取るか大変ですな。いずれにしても村の治安維持は重要項目ですので私の部下が取り締まります」

「そうだ、ピエール艦長。まず君の部下二百名たちをカムラン湾到着後、陸戦隊として組織してくれ。そして各自に実弾を装備した銃を与えて明日出発のデカルトに乗り込ませるように。カムラン湾に到着次第、司令部のカールマン大尉と彼の部下二十名と共同して各部落ごとに武装した兵を配置して村の治安維持に努めるように。兵の配置場所は現地に長く住んでいるカールマンとその部下がよく知っているであろう」

「了解しました。部下たちはすでに全員がデカルトに乗艦済みです。また実践用の実弾を装填した小銃も全員に与えてあります。彼らはロシアと戦いが始まるものと勘違いしていましたよ。で、先ほどの話の、船乗りとしてのよしみのほうはいかがいたします？」

「奴らの司令長官は昇進したばかりのロジェストウエンスキー中将であったな。同じ船乗りとしての温情で、艦隊が停泊中は我が軍のカムラン司令部の私の公室を与えるように。食事もできるだけいいものを出すように。その他の艦長たちも全員同じ建物内の士官室を与えて十分英気を養ってもらうように配慮しろ」

「閣下、承知しました。それは私が受けもちます。カールマン大尉に指示を伝えます」

ジャン航海士がメモを走らせながら簡潔に答える。

「あとは、水、食糧、石炭の補給関係だな。物資そのものはポール総督が調達してカムランまで送るということだが、何分とんでもない量だ。しかしまあこんな機会はめったにないので、せいぜいロシア軍相手に高値で売りつけて大儲けしたらいい。これも総督のお手柄になる。あとはカムラン到着後の艦隊までの石炭の荷揚げ作業だが……オズワルド大佐、現在カムラン司令部に所属している荷役作業用のベトナム人は何名いる？」

「は、カールマンの部下が約二十名ほどのベトナム人を毎日の荷役業務に使っています」

「ロシア側の要求は一週間でやり終えるようにとのことだ。短期間で相当な数の物資の荷揚げ作業になる。ロシアの水兵も当然死に物狂いでやるだろうが、こちら側が二十名では話にならんな。最低その二十倍は必要だろう、カムラン村の力のある若い男をできるだけ多く徴集しろ。これは我々が徴集するより村の顔役に任せるほうが話が早いだろう、カムラン村の村長の名前はなんという？」

「は、たしか、レ・バン・ズンでした」

「ズン村長か……やっかいな人集めの作業は彼に任すしかないだろう、ところで彼は村民からの人望はあるか？」

「はい。彼は昔から村で無償の私設学校をやっており村民のほとんどは彼によって読み書きを教えてもらったと聞いております。ですから村民は彼を親か先生のように思って慕っています」

「よし決まりだ。不本意ではあろうが彼に荷役人徴集の役目をしてもらおう。また徴集した作業員には相応の手当てを用意するように。そうだな全員に一日一フラン（現在の貨幣価値にして約五百円）の日当と三回の食事を出してやれ。なあにこれもロシア側に上乗せして請求したらいい」

オットー少尉がポケットから懐中時計を出して時間を確認しようとした。

「オットー少尉、今何時になった？」

「は、閣下ちょうど午前一時を回ったところです」

「よし、諸君、今日の作戦会議はこれで終了する。必要な指示は全て与えたつもりだ。あとは明朝九時に抜錨後、デカルト艦内にてカムラン到着までの間にもう一度指示の確認をする。今日はゆっくり休養をとってくれたまえ。以上、解散！」

――ザッ
一斉に席を立った将校たちの敬礼に見送られながらジョンキエルツは階下の私室に向かった。

廊下を歩くジョンキエルツに追いついたピエール艦長がささやいた。

「閣下、実際のところ閣下はバルチック艦隊がトーゴーに勝つと思ってますか？」

「ああ、ピエールか。本音を言えば、白人種仲間としてはロシアには是非勝って欲しいが、正直苦戦するだろうと見ている。まあわれわれのカムランでの補給ともてなし次第だろうな」

「わかりました、私も同感です。それではおやすみなさい」

「ああ、おやすみ。明日はよろしくな」

デカルト級巡洋艦巡洋艦

2　デカルト出港

翌朝　九時

背の高い入道雲が大空に広がっている、晴天だ。

サイゴン川河畔に停留する巡洋艦デカルトの艦橋にて時計を見たピエール艦長の大きな声が上がった。

「よーし九時になった。総員準備はいいか、出港用意。航海長、碇《いかり》を上げよ」

「了解しました。碇を上げよ！」

「ガラガラガラ」

碇が巻き上げられた。

「全艦、両舷微速、五ノットでサイゴン川を下る」

「両舷微速、五ノット、よーそろー」

フランス海軍サイゴン司令部前の桟橋を離れた排水量四千トン長さ百メートルの巡洋艦デカルトと護衛の二隻の駆逐艦は、川幅が約三百メートルのサイゴン川を推進力を得てゆっくりと進みだした。

高低差の無いサイゴン川は、上空から見るとまるで蛇のように何度も蛇行して五十キロメートル川下の南シナ海に注いでいる、軍艦などの大きな船舶にとって、この蛇行はきわめて操縦が難しい。

まもなく右手にフランス国旗がたなびくインドシナ総督府サイゴン支庁の瀟洒な建物が見えてきた。このあたりでサイゴン川は左右に分かれる。右に行けば一七八〇年ごろにできた中国人三十万人が住む中華街チョロンへと続く、左に行けば彼らが目指す南シナ海である。

「とりかーじ、速度そのままを維持、現在干潮なので常に水深の深い川の中央を航行するように。サイゴン川から南シナ海に出たら速度を二十ノットに増速、進路真北、目指すはカムラン湾だ。航海長、カムラン湾到着までの時間は？」

「は、このままの天気が続けばちょうど明日の今頃でしょう」

「よろしい、それではバルチック艦隊より早くカムランに入ることができるな。艦長、私は少し休むのであとはよろしく頼む」

階下の司令官室に向かうジョンキエルツに全員が敬礼した。

三隻からなる艦隊は駆逐艦を先頭にデカルトを挟んで一列縦隊でサイゴン川の支流から本流へと進んだ。周りの景色はいつのまにか

チョロン　ビンタイ市場

ノンラ（ベトナムの伝統的なわらで作った三角帽子）をかぶった農夫たちが作業する田園風景から、悠々と広がるマングローブの森に変わり、川幅もゆうに千メートルを越えるような大河に変わっていた。

「まもなくサイゴン川下流、汽水区域のカンゾー地区を抜ける。ここを抜けたら南シナ海まではあと五キロだ。前方に海面との境界線が見えてきた。のろのろ運転はここまでだ、増速の用意をしておくように」

ピエール艦長の指示に対してジャン航海士が答える。

「了解、本艦はまもなく河川航行から海洋航行に移る。総員大きな横波が来るのでこれに備えよ、とくにマストのトップは要注意、体をロープでマストに固縛するよう。機関増速十五ノット、進路北東」

「よーそろー」

甲板から見える水面の色がサイゴン川の濁った茶色から次第に南シナ海の鮮やかな青色にかわっていくのがわかった。

潮の香りを含んださわやかな風が増速とともに艦橋に吹き込んでくる。

天まで届くような入道雲が広がるサイゴン川の大きな河口からゆっくりと三隻の艦隊は

五百キロ北にあるカムラン湾を目指して南シナ海に進入していった。

——ぐらり
ベトナムのすべての海岸を熟知しているジャン航海長が言ったとおり、早速南シナ海の大波で大きく艦体が揺れた。しばらく走るとまもなく左手にブンタウ（ホーチミン市の南百キロの観光地、ベトナム人の新婚旅行のメッカ）の漁村が見えた。その後三隻の艦からは陸地が見えなくなった。

「よーし、進路を真北にとれ、さらに増速、二十ノット！」

「よーそろー」

「艦長、あとはこのまま真北に進むだけです。出港からここまで何も異常はありませんでしたのであとは航海士に任せます」

「うむ、ジャン航海長ご苦労。よーし。総員第一種戦闘配置を解く。各員半舷で交代して休息を取るように」

艦長のその声に緊張が解かれた艦内からは、潮風に当たろうと半数の当直を外れた水兵たちが甲板に上がって

ブンタウの海岸

きた。水兵帽子が風に飛ばないように手で押さえながら
「あー、甲板はやはり気持ちいいな！」

「やっぱり艦は海の上だな」

「おい、カムランについたらロシア水兵の見張り役が待ってるぜ！『カムラン村の婦女子を守れ！』だとさ」

「ああ、きのう久しぶりに実弾入りの銃を持たされたからな。正直驚いたぜ」

「ロシアのやつらは凶暴と聞くぜ。逆上して襲って来たらどうする？」

「オズワルド大佐が言ってたぜ、『銃の引き金を引く時は相手を人間と思うな、ただの白熊と思え』だとさ」

「あはは、白熊か。そりゃあいいや！」

そのころ甲板上の乗組員は誰も知らなかったが、彼らの南方千キロ地点ではマラッカ海峡を抜けシンガポールの街並みを左手に見ながら黒煙をあげて疾走する約四十隻のバルチック艦隊が迫っていたのである。

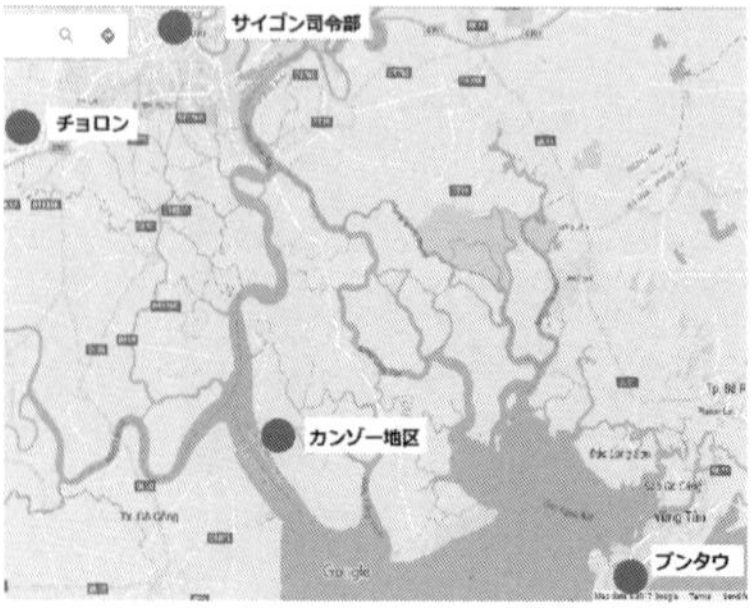

サイゴン - ブンタウ地図

3　カムラン司令部

サイゴン司令部から三隻の艦隊が出港した当日早朝、カムラン司令部では、大尉に昇進したばかりのカールマンが電話で呼び出された。

「カールマン中尉、いえ大尉。サイゴン司令部オズワルド大佐からお電話が入ってます」

「なんだこんな朝早くから。まだ六時だぞ」

「とにかく急ぎの用とのことです」

「わかった、すぐに降りて行く」

海軍服の上着のボタンをかけながら階下の司令部に降りていく途中、カールマンは先週カムラン村の村民と自分の部下とのあいだで乱闘騒ぎがあった件でのお咎めと考えた。憂鬱な気分で受話器をとった。

「オズワルド大佐おはようございます。先週の乱闘騒ぎの件ですね、すべては村長を交えて決着がつきましたのでご安心ください」

「いやカールマン大尉、そんな些細な事はもうどうでもよくなった。実は本国からの連絡で大変なことが起こったのだ」

「大変なこと……と申しますと？」

一番憂鬱だった事を些細な事と一蹴されるほどの事態が起こったのだとカールマンは理解した。

「よく聞くんだ、ロシア艦隊四十隻がおまえの担当のカムラン湾にこの一週間以内に到着するのだ。しかも七千五百名の将兵を乗せてだ」

「何ですって、ロシアの艦隊というとあの世界最強と言われているバルチック艦隊ですか」

「そうだ。彼らが日本海軍との決戦を控えて最後の寄港地に選んだのが、よりによってお前の担当のカムラン湾だ。しかしお前もよくよくついてないな」

「状況はよくわかりました。で、現地の私はこれから何をすればいいのでしょうか？」

叱責を免れてほっとしたカールマンは尋ねた。

「カムラン村の治安維持と石炭の補給任務だ。たしかお前のところに二十人ほどベトナム人が荷役労働者として働いているな」

現在のベトナム海軍カムラン司令部

「はい。いるにはいますが、連中ときたら毎日時間どおりに来ないし、ちょっと目を放すとすぐにサボる始末です。しかし唯一、飯の時間と家に帰る時間だけはきわめて正確です。正直使いづらいこと、この上ない連中です」

「そうか、石炭の補給効率を知りたい。彼らベトナム人を使って、補炭船からわが軍艦に通常一日どのくらい補給が出来ているか？」

「日中の暑い中の作業ですから、倒れられても困りますので休み休みやらせています。現在十人で一日百トンが精一杯です。それでも連中は毎日文句を言っています」

「なに百トン？　それでは話にならんな、ロシア側の要求は一週間で三万トンを積み込めと言ってきている」

「さ、三万トンですか……桁が違いませんか？」

「違わん、正確な数字だ。四十隻の艦隊が消費する量だ、そんなものであろう。単純に計算すると一日に四千三百トンの補給だ」

「それでも無理です、今の四十倍以上の数字だ」

「カールマン、戦時中は無理を承知でやらねばならない時がある。とはいえその数字の半分はロシアの水兵が夜間に補給作業をやるそうだから半分の一日二千百五十トンを村から人数を手配して何とかしてくれ」

「それでも今の二十倍以上ですか……二百人以上は必要ですね。かなり重労働ですから一日交代として二シフトで最低四百人は用意しなければならない」

「そうだ、司令部でも同じ意見だ。一日二百名で作業、二交代で延べ四百名は必要だな。なあに、こちらもタダで働けとは言っていない、給金も用意しているので、人集めの仕事はズンとかいう村長にやらせるように。貴様は村長とは面識はあるな？」

「はい、先週の部下たちの乱闘騒ぎの件もあって、向こうはあまりいい印象は持っていないでしょうが話はできます」

「よし、これは命令だ、明日にでも村長のところへ行って以上を説明してきてくれ」

「了解しました」

「おれは今からデカルトに乗ってそちらに向かう、九時の出港予定だ。明日の昼にはカムランに着く。詳しくは現地で話そう」

「わかりました、お待ちしております」

カールマンは電話を置いた。懸念していた村民との乱闘騒ぎが不問になったことで心の負担は軽くなったが、今はその数倍もの責任が彼を襲ったのである。

※

その夜

カムラン村で一番大人数が収容できる居酒屋「カニの手」には部下数名を連れたカールマン大尉が飲みに来ていた。ここのカニ鍋は彼の大好物でもあったので毎週一回は必ず部下を連れてきていた。

「カールマン大尉、近々ロシアの大艦隊がここに来るって聞きましたが、本当ですか？」

「ああ、わたしも聞きました。なんでもとんでもない数だそうですね」

ビールジョッキを片手に部下たちが尋ねた。

「ああ、お前たち耳が早いな。今朝サイゴン司令部オズワルド大佐から電話連絡があり、彼らはおよそ一週間以内にはここに到着するそうだ。艦隊の数は約四十隻、兵員数は七千五百名、まるでひとつの町が移動しているようなものだな。われわれカムラン司令部の仕事は村の治安維持と彼らの停泊中の面倒をすべて見なければならない。しかもよりによってロシアの連中も、ベトナムにたくさんある港の中からこのカムラン湾を選ぶとはな……われわれはついてないというべきだ。サイゴン司令部は現在こちらに輸送中の水と、食料と石炭の補給作業をわれわれに手伝えとさ。まったく現場の苦労も知らずに気軽なもんだよ」

「水と食料は桟橋からクレーンで吊り上げてそのまま補給船の倉庫に直接搬入すればいいので難しくはないですね。問題は石炭ですね」

「そうだ、石炭は各艦それぞれの石炭庫に積まなければならないからな。特に戦艦の石炭庫は防御の関係で装甲の一番下のほうに位置しているので水、食料のようにクレーンで直接下ろせない。つまり人海戦術に頼るしかない。しかも今回その量は三万トンときた。夜はともかく、暑い日中のこの作業は困難を極めるだろう」

「私も一度だけサイゴン司令部でデカルトの石炭積み作業をしましたけど、はっきり言ってあれは死にました。日中は焼けるような温度になった甲板上で、給炭船から俵に入った炭をバケツリレー方式で順次に手渡していくのですが、このときに粉塵が舞って頭からつま先まで全身真っ黒になりました。この作業のおかげで今でも肺の中まで真っ黒になっているのではないかと心配です」

「そうだな、どこの国の海軍も船乗りにとって一番つらいのは給炭作業だ。事実ここカムランでも、この作業中に何人もの部下が倒れているからな。そのために我々は暑さに強い十名

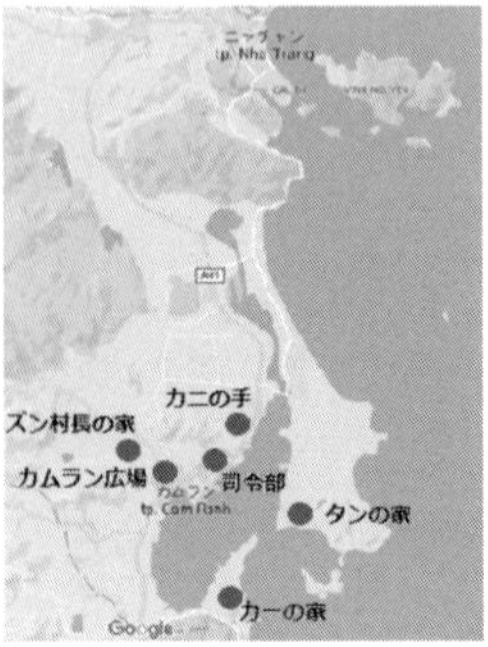

のベトナム人をこの作業のためだけに雇うことにしたのだ」

「ベトナム人、ああ、あの役立たずの連中か！　暑さに強いという割りに、しょっちゅう人が入れ替わってますね」

「ああ、ベトナム人はちょっとしたことですぐに音を上げる。ましてこの作業は本当にきつい労働だからな、今もって定着率が悪い」

「今回は四十隻の艦隊、しかも三万トンですから、今の十名ではとても足らないですね」

「そうだ、しかも一週間で作業を終えるように指示されている。考えられるか？　三万トンを一週間でだぞ。計算では作業を一日おきの二交代として村の若者を二百名ほど借り出す必要がある」

「なあに、ここインドシナは俺たちフランス帝国の領土だ。そんなもの鉄砲一丁で脅せば何百人でも簡単に引っ張ってこれるぜ！」

　そうとう酒が回ってきた乱暴な部下からの意見に対してカールマンは
「ジャック兵曹長、飲み過ぎだ、おまえは酒には注意しろとあれほど言っているだろう。先週もその勢いでベトナム人とやり合ったばかりだろうが。少しはごたごたの後処理をするおれの身にもなってみろ！」

「ち、わかったよ大尉殿、この一杯で終わりにします。しかし植民地の住人たちどもは、おれたちの命令を聞く義務があるはずだ。違うのですか？」

「そのとおりだが、知っての通り今ではそうは簡単にできなくなったのだ」

「お利口、ポールのせいですな」

「そうだ、今の総督ポール・ボーはすべての植民地の人民に対しては人権を尊重して丁重に扱えという主義だ」

「け、前のポール・ドメールが懐かしいぜ！」

「同じポールという名前だが全く違う考え方だからな。ころころ方針を変えられると現場は苦労するよ」

「そうだ、以前のポール総督時代はこの店でも何度もツケを踏み倒してもお咎め無しだったのが、今ではいつも現金払いときた……まったくやってられないぜ」

「植民地の住民に人権など必要なし！」

「昔のポールに乾杯！　ポール・ドメールに乾杯‼」

「乾杯！」

「ポール・ボーはくそくらえ！」

「くそくらえ！」

何度もジョッキが重なり合う。

「おーい、おやじそろそろ勘定だ！」

「はいはい、カールマンさんいつも御贔屓にありがとうございます」

もみ手をしながら店主のファットが出てきて答える。

「贔屓も何もこの村には大人数が入るまともな酒場がここしかないだろうが！　まあカニ鍋だけは気に入ってるがな」

「さようで。しかし先ほどのお話をちょっと耳にしましたが、なんでもロシアの大艦隊がこの村に入ってくるとか。それは本当でしょうか」

「ああ、一週間以内に荒くれた白熊が船に乗って大勢やってくるぞ。やつらはウオッカと女が大好物だ。できるだけたくさん用意しておけよ、うまくいけば大儲けできるぞ」

「これはこれは、いい儲け話の情報ありがとうございます」

「まあせいぜいがんばって儲けることだ。今日の勘定はここに置いていくからな。おいジャック行くぞ！」

「毎度ありがとうございます」

「おい、誰かふらふらで歩けない酔っ払いジャックに肩を貸してやれ」

大勢のフランス将兵が肩を組んで歌う「ラ・マルセイエーズ」の歌声が次第に遠くなっていった。

4　二人のポール

この物語を進める前に、ここでフランスが当時のベトナムに行った統治に関して、二人のポールという人物を紹介しておかねばならない。

そもそもフランスのベトナム統治は、一八五八年にナポレオン三世によって始められた。

当時ベトナムは中部にあるフエを首都においた阮王朝が治める国で、国外からは「コーチシナ」と呼ばれていた。列強各国の帝国主義が渦巻くヨーロッパ諸国の中で、イギリスやスペイン、オランダ等の国に対してやや出遅れ感があったフランスが、アジアでの植民地開拓の標的としたのがベトナムであった。

帝国主義とは、わかりやすくいえば、強力な近代兵器を持った遠征軍でもって威嚇したあと、他国を征圧して植民地化し、そこで収穫される生産物や労働力を収奪するシステムで、当時としては強国が発展途上国に対して持つ、ごくごく「当たり前」の価値観と権利であった。

フエ王宮

とはいえ、いかにこの蛮行があたりまえに許されていたこの時代でも、収奪を始める前には世界世論に対しての表面上の「いいわけ」が必要で、フランスの場合はベトナムに派遣したキリスト教宣教師団の武力保護という名目であった。最初は中部の都市ダナンに駐留した部隊が南と北に同時に広がっていき、後にサイゴン、トンキンへの占領につながっていった。

カムラン村は、まさにその魔の手がダナンから南方向のサイゴンに伸びていく途中にあったので、西洋の近代化された大部隊が街道を移動する光景を、若かりし日のズン村長をはじめとする村の人々が全員驚きと畏怖の目で見たことは記憶に新しい。

フランスがダナンを皮切りに武力制圧をはじめて四年後の一八六二年、フランス政府は当時ベトナムを治めていた阮《グエン》王朝に対して、サイゴン周辺三省の割譲、ダナンの開港、布教の自由、カンボジアへの自由通行権など認めさせるサイゴン条約を締結した。これが本格的なフランスによるベトナム植民地化の始まりとなったのである。

さらに四年後の一八六六年には、割譲された南部の三省とは別に、中部の都市アンナンと北部のトンキンを阮王朝の顔を立てた「保護国」にして、実質の経営

ダナンの海岸

権を奪ったのである。当時の皇帝バオダイ率いる阮王朝にはフランスのこの要求を跳ねつけるだけの軍隊も武器も無く、彼らの要求は全て飲まざるを得ない状態であった。

同時にこのころサイゴンにフランス海軍植民省が設置されて、本国からは収奪を監督させる総督を送り込んできたのであった。日本はこのころ世界史上の奇跡と呼ばれている明治維新を遂げており、奇しくも欧米列強の植民地化という魔の手から逃れていた。

一人目のポールは初代仏領インドシナ総督、ポール・ドメールである。彼の任期は五年間で、日露戦争の開戦前の一八九七年から就任して一九〇二年までであった。時系列的にはバルチック艦隊がカムラン湾に寄港した年は一九〇五年なので、彼のフランス帰任以降のことになる。

フランス軍サイゴン攻略の図(1859年)

二人目のポールは二代目総督のポール・ボーである。彼は根っからの遠洋航海の船乗りであった父親の長男としてボルドーで生まれた。父親は息子に船乗りになることを勧めたが彼は断った。ポーはその貧しい出自のために猛烈に法律の勉学に励んだ後、自分の実力で資格を取得してフランス政府に勤めることができたのである。外交官としての彼の能力は非常に高く、その後一九〇〇年に清国との間で起こった義和団事変の調停時のフランス代表を勤め、和解金の大半を他国に先んじて獲得したり、第一次大戦時の戦後処理交渉でもフランスの代表として祖国の利益確保のためにおおいに腕を振るった。彼のインドシナでの任期は同じく五年間で、初代ポール退任後一九〇二年から一九〇八年の間勤務した。この物語は一九〇五年四月の出来事なので、ちょうど二代目ポールの任期中におこった出来事である。

偶然仏領インドシナは初代と二代目に同じポールという人物が就任したのであるが、その二人の統治の方法に関しては前述の海軍士官が酒場で漏らしたように雲泥の差があったのである。

初代のフランス海軍殖民省の総督ポール・ドメールは根っからの官僚上がりの男で、わかりやすく言うなら「見える範囲のものは全て自分のもの」という統治方法を取ったのである。その結果、ベトナム南部地方からは胡椒、ゴム、米、野菜、魚介類、果物などが強制的に収奪されてフランスに出荷された後はまさにイナゴが通った後の畑同然といった有様であった。

またご丁寧にも、この収奪専用に当時でも珍しかった鉄道路がサイゴンの中心地から南西の中華街チョロンへと延びて大規模の輸送手段が確保された。この鉄道によってメコンデルタで収奪したものをチョロンへ集積した後にサイゴン港まで手際よく運送することができたのである。

それでなくても貧しいベトナムの、村という村を効率的かつ機械的な搾取のシステムが襲った結果、体力の無い子供や老人に餓死者が出るような状況で、耐えかねた村では百姓一揆のような騒乱も多数発生したのである。それを取り締まる軍隊との間で多数の死傷者を出していることでその傍若無人さが想像できよう。

さらにポール・ドメール悪政に輪をかけたのが、一八四〇年イギリスが香港の支配に持ち込んだ手法を模倣して、ベトナム全土の農村の村人にアヘンと飲酒を半ば強制的に奨励したのである。このために当時のベトナム国内のアヘンと酒の価格は五倍近くも高騰してフランスの国庫はさらに潤うことになる。

以上のように初代総督ポール・ドメールという政治家が、そのもてる限りの力を尽くして骨の髄までベトナム国民から毟《むし》り取ろうとしたことは、多くのベトナム人の脳裏からは決して離れない事実となったのである。

しかしベトナムでの彼の徹底した収奪事業は本国フランスでは当然最大に評価されて、彼がベトナムから帰任する際にハノイで完成したばかりの当時東南アジアで最大の鉄橋に彼の功績を称えて「ドメール橋」と名づけられた。この橋は現在でも鉄道架橋として使われているが、ベトナム人によって「ドメール」の名前はその憎しみのゆえに故意に外されて「ロンビエン橋」という名に置き換えられた。

二代目のポール・ボーの統治はこれより五年後となるが、彼の考え方と統治の手法は前任者よりも賢く、フランスの文明的使命を正面に掲げ、人道的に教育の普及や富の増大、医療救済制度の充実、現地人の公務員採用、武力による強制収奪の禁止などを通じて「民衆の人権を尊重した植民地化」をめざす政策に転換した。

この変化によって多くのベトナム人が教育を受けられるようになり、その後成功したものたちはこぞって恩恵を受けたポール・ボーを崇拝するようになった。

一方帰国したドメールは、その後ベトナム統治の功績によって異例の昇進を遂げて財務大臣を経た後に、ついに一九三二年五月、第十四代フランス共和国大統領に選ばれた。しかし彼はその職務を全うすることはなく、就任後におこなわれたイベント会場で参加していたロシア系フランス人に三発銃撃されて頭部と腹部に命中した弾丸によってその場で即死した。

銃撃した犯人の名前もまた「ポール」・ゴルグロフという。彼はロシア白軍（一九一七年にロシア革命を起こしたロシア赤軍の反対勢力で、構成は旧ロシア正規軍とコサック兵団から成る）に所属している軍人で、当時のフランス政府がロシア白軍を援護しなかったためにロシア革命が起こったことによる恨みが原因であった。

犯人のポール・ゴルグロフは同年九月に政府要人殺害の罪でパリの断頭台の露と消えた。

初代総督 ポール・ドメール

ドメール橋（現在のロンビエン橋）

5　デカルト着岸

巡洋艦デカルトがサイゴンを出港した翌日、昼
「閣下、左に半島が見えてきました、その奥がカムラン湾です。湾の後方にアンナン山脈が見えます。そして右の島がビンバ島です」

デカルトの艦橋にてジャック航海士がジョンキエルツに報告する。

「そうか、やっと到着か。ピエール艦長の言ったとおりの時間になったな」

ピエールが笑顔で親指を立てる。

「よし、航海長速度を落とせ。駆逐艦二隻を先に行かせろ。本艦は微速にて湾内の第二桟橋に接岸する」

熟練のピエール艦長の指示が飛ぶ。

「了解、総員に告ぐ、ただ今より入港準備に入る。両舷半速、とりかじー」

「よーそろー」

今まで規則ただしいエンジンの音のみで静かだった艦内が、各部署にあわただしく走り出す将兵の靴音で一変した。

カムラン市の背後のアンナン山脈

先導する二隻の駆逐艦が門のようになった二つの半島の真ん中を通過する。一・八キロの幅をもつこの門を入ればそこがカムラン湾である。湾内には大型艦の停泊できる桟橋が二つある。海から見て向かって右手にあるのが第一桟橋でその左手が第二桟橋だ。この第一桟橋を挟むようにして駆逐艦二隻が着岸した。

デカルトがそのあとに続き湾内すべてを見渡せる位置に来たとき、ジョンキエルツがほっとしたようにつぶやいた。

「艦長、見たところ北国のお客さんはまだ来ていないようだな」

「ええ、そのようですな閣下。何とか彼らより先に着いたようで安心しました。航海長、駆逐艦の左の第二桟橋に着けろ。機関停止、惰性航行。あとはパイロット（水先案内船）に任せろ」

艦長の言ったパイロットが二隻近づいて来て、デカルトの前後を挟んで手馴れた作業で第二桟橋まで誘導する。

「よし着岸完了。航海長碇を下ろせ！」

――ガラガラガラ、ドブーン

「投錨完了」

「タラップ下ろせ、総員上陸用意！」

小銃を肩から下げた水兵たちがタラップを伝ってぞろぞろと第二桟橋に上陸してきた。

「ようし、全員上陸したな。整列！　各員そのまま右手にある司令部まで行進！」

桟橋からわずかしか離れていない司令部までフランス水兵の行進が続く。道中でノンラをかぶった農夫たちや真っ黒に陽に焼けた漁師たちとすれ違った。行進する二百名は例外なく「いったい何事か？」というベトナム人の好奇の目にさらされた。

行進が営門をくぐり司令部の大きな中庭に到着するとピエール艦長が叫んだ。

「よーし、総員整列！　航海長、兵を二つに分けて指示をしてくれ」

「はい、艦長わかりました。みんなよく聞け、今から全員を陸戦隊として百名ずつの二つの中隊に分ける。聞いての通り近日中にロシアの艦隊がこの村にやってくる、みんなの任務は七千五百名の荒くれたロシア水兵たちからこの村の婦女子と治安を守ることだ。特に酒を飲んだロシア人は凶暴になると聞いているから注意するように。第一中隊はカムラン村北部の治安維持を命令する、第二中隊は南地区だ、総員バルチック艦隊が到着してから出港するまでの毎日、銃を携帯してこの任務を遂行するように。今日は艦隊がまだ到着していないので仕事はない、当直以外は司令部の宿舎で休むように。以上、解散！」

※

同日、夜

サイゴン司令部からデカルトに乗って来たオズワルド大佐とカムラン司令のカールマン大尉は酒場「カニの手」で酒を酌み交わしていた。長身のオズワルドは陽気な海軍でも人一倍陽気で豪放磊落《らいらく》な男と言われており、痩せて小柄なカールマンの体型と性格はその対極に位置する。

「オズワルド大佐、石炭の補給に関してですが、私が明日ズン村長のところへ説明に行く手はずになっています」

「カールマン、カムラン司令として貴様の立場は大変だな、同情する。しかしここだけの話だが、ロシアの連中相手にそんなにも真剣になる必要はないとおれは考える。要は当たり障りなく職務を適当にやっていればよろしい」

「しかし本国のデルカッセ外務大臣の打電とポール総督の話では、露仏同盟のよしみで丁重に迎える必要があるとありましたが？」

現在のベトナム海軍
カムラン基地の入り口

上空からのカムラン港

「それが開戦当初ならともかく、国際世情に鑑みて今のロシアにそこまでする必要があるかどうかが怪しくなってきたのだ。今のロシアはわが国が真剣に力を貸すに足る相手かどうかがおれには疑問だ」

「大佐、わが国フランスとロシアは同盟国ですよね、相手のピンチはこちらのチャンスといいます。困ったときに貸しを作っていたほうが何かと後々のためにいいのではありませんか?」

「まあまあそういきり立つな、この戦争の序盤は確かにそうだった。なにせロシアは世界一の陸軍を持っている国だからな。しかしクロパトキン将軍率いるロシア陸軍は、満州で行われた日本陸軍との奉天大会戦で、絶対的多数による優勢にもかかわらず大負けを被ってしまった。その結果、この戦争の帰趨は両国の海軍の総力戦にもちこまれたのだ。世界中は今から行われる両国の大海戦の行方を見守っているのだ。フランス政府の偉いさん方は負けるとわかってるほうに、わざわざチップを張りたくはなかろうよ」

「しかしわが国の植民地、このカムラン湾での充分な支援が無かったために、その艦隊決戦に支障が出て、最悪、日本海軍に大敗を喫した場合には、我々は責任の一端を迫られるのではないでしょうか?」

「カールマン、お前も海軍士官だ。常識で考えて長距離移動に不向きな戦艦たちを三万キロも引っ張ってきて休養と訓練が十分な日本の艦隊とまともにやりあって勝てると思うのか？」

「ですから、なおのこと兵員の治療と迅速な要求物資の積み込みを協力してやって、日本の艦隊を撃破してもらわなければいけないと思います。これはアジア人種が白人種に勝てないことを見せつけるためにも、我々は総力を上げてロシアに協力するべきです」

「アジア人種と白人種か……それも一理ある。しかしあの艦隊ときたら母港のリバウ港を出港した途端にドッガーバンクで同じ白人種のイギリスの漁船たちを日本の艦隊と見間違えて誤射をしたばかりか何隻かを沈めてしまった馬鹿者達だ。イギリスはこの件に関して現在も本気でロシアに抗議しており、日英同盟があろうとなかろうと戦争も辞さずという態度に出てきていることは貴様も知っているであろう」

「ええ、もちろん新聞は毎日欠かさず読んでいますから知っています。そのための報復としてイギリスはバルチック艦隊の寄港地で数々のいやがらせを行ったと聞いています、その結果として艦内では病人または死人さえも出ていると聞きました。相当の長旅とイギリス政府のいやがらせと、石炭補給の重労働で心身ともに疲れ果てた姿は同じ海軍軍人として見るに耐えません！　私も海軍軍人のはしくれであります、また海軍軍人である前に一人の船乗りでもあります、船乗りは困っている船乗りを助けるのは海の常識です。彼らの治療と補給を万全にして日本との戦いに送り出してあげるべきです。これは劣等アジアの人間に対するイギリスを除くヨーロッパの諸国の総意だと信じます」

いつになく熱く語るカールマンを前にして、腕を組んだオズワルドは目を開いて語った。

「よかろう、ただしひとつだけ条件がある。戦艦と巡洋艦だけは桟橋への接岸は許さん、石炭の補給は海上にて石炭補給船を使用して行うように。これは諸外国に対してのフランスはロシア艦隊を全面的には支援していないというぎりぎりの意思表示である」

「ご理解いただけてありがとうございます。しかし戦艦と巡洋艦の補給を海上でやれと……これはますます重労働と時間を要求します。桟橋補給と海上補給ではおよそ三倍効率が違います。彼らは早急に日本と戦う必要があります。大佐のお言葉ですがこの条件も現地司令官として却下させていただきたい」

「強情だな、カールマン」

「はい、強情です！　大佐」

「わかった、そう熱くなるな。ここは現場司令官のおまえの強情さに譲るとするか。なあカールマン、仕事をもっと気楽にやれないものか？」

「いえ、これが私の心情ですから」

「よし、カールマン、貴様の決意はよくわかった、その熱い気持ちはポール・ボー総督にも伝えておくことにするので明日からは貴様の思いの通りやるがいい。いずれにしても人員の確保だけは早くするようにな」

「はい、早速明日の夕方、カムラン村長のところに出向き荷役用の人数の確保をさせます。そして急ぎロシア艦隊の要望どおりの補給を済ませるように手配いたします」

「うむ、すべて任せたぞ」

「了解しました」

立ち去るオズワルド大佐に海軍式の答礼をした後にカールマンは残っていたビールを一気に飲み干した。

「おやじ、勘定だ」

「はいはい、毎夜ありがとうございます。今日は珍しく上官が来られたようで。いつになく難しい話をなさってましたね」

「そうだ、サイゴンから来たオズワルドという大佐だ。先週のこの店での乱闘騒ぎは不問に付された。おやじ、それよりいよいよ今週中にでも例のロシアの白熊が大勢やって来るぞ。準備はちゃんとできているのか？」

「もちろんです」

「それはよろしい」

「ところで、あの……カールマン大尉殿に折り入ってお話があるのですが。少しお時間をよろしいでしょうか？」

笑顔で揉み手をするファットの質問に
「何だ、急にあらたまって」

「その……艦隊がきたあとですが、ロシア海軍の軍人さんを大勢この店に引っ張ってきてはもらえませんでしょうか？」

「この私がか？」

「もちろんタダでとは申しません、紹介手数料をしっかりお支払いさせていただきます。それともお国のフランスではこういう習慣はございませんでしょうか？」

「紹介手数料……悪くはないな。なにしろ大尉に昇任したとはいえ軍の給与だけでは本国への仕送りがこころもとないところではあった。で、白熊たちを引っ張ってきたらどのくらいの紹介料がもらえるのか？」

「売上の二十パーセントでいかがでしょうか？」

「ファット、お前は商売をしているからもっと頭がいいと思っていたが売上の二十パーセントでは話にならんな。考えてもみろ。やつらはこの世の最期の金だから相当ふっかけても飲み食いするんだぞ。まして大人数が入る店は村にここしかないだろうが。そうだな……利益の折半ではどうだ、悪い話ではなかろう」

「わかりました、さすがのカールマン大尉には勝てませんや。ところでロシアの水兵の支払いは、どこの国の通貨でするのでしょうか？」

「さあ、普通はロシアの通貨ルーブルだろうが場合によってはロシア軍票の場合もありうるな」

「軍票といいますと？」

「正式には軍用手票といってその軍隊が戦地や占領地での支払いや艦内での給与支払いの場合に切る手形のようなものだ。おそらくロシアのやつらは艦内の今持っている軍票全部を使い切って決戦に臨むはずだ。あの世まで金は持っていけないからな」

「軍票ですか……しかしそんなものもらっても換金できなかったら何の意味もないじゃあないですか？」

「心配するな、そのときは私の司令部に来い、その日のレートでフランにでもベトナムの金にでも換金してやるから安心しろ」

「それは便利だ！　安心しました、ではそれでいきましょう。よろしくお願いします」

「ああ、毎晩のように大勢の客を連れてきてやるから安心しな。それより酒と材料をしっかり調達しておくんだぞ。あとは給仕に若いベトナム女性を大勢用意する事だな、これでやつらは毎晩ここにやってくる。またそのようにロシアの担当官に私から念を押しておく」

「そこは商売です。わかってます」

「よし、ではこれで商談成立だ。うまくやれよ」

「ありがとうございます。酒、材料、給仕の女の調達すべてまかせてください」

密談が終わったカールマンは司令部へと続く道へと出て行った。

この夜ファットは村のみんなから虐げられていた自分の人生の中でやっと大きなツキがめぐってきたことを確信した。カムラン村は貧しい漁師の町である。昔からここの漁師の不文律では単純に腕力のある人間を評価するならわしがあった。背が百五十センチと低く腕力も学力もないファットは、子供のころからカーやシンなどの力自慢の子供たちにとってかっこうの『いじめ対象』にされていたのである。

唯一『いじめ側』とのあいだに入って彼をかばってくれたタンを除いて、ファットはこの村の漁師達全員に抱く気持ちは恨みしかなかった。しかしロシアの艦隊のおかげで今は彼らを見下せるような富が短期間で入ってくると計算したのである。

※

翌日の夕刻

「村長！　できるかどうかを問うているのではない、これは命令だ！　すぐにやるんだ！」

カムラン村のズン村長の家の中でカールマンの怒声が飛んだ。

「おっしゃる意味はわかります。そのロシアのバルチック艦隊とやらが石炭補給を早急に必要としていることもよくわかります。しかし現実問題として荷役用に四百人の若い労働力をすぐに集めろとは……しかも一週間もの間ですか」

「重労働だから交代できるように二百人を一つのチームとして二チーム作るのだ。もちろん給金は出す、一人一日一フランだ。三度の食事も出る。これで何の不服があるのか？」

ズンが治めるカムラン村は人口が二千五百名、約五百世帯。明日中に各世帯から力のある若い男性を一週間差し出せと言う要求である。ズンは要求の難易度もさることながら、そもこの重労働をやる「意義」を疑問視していた。

「しかし給金を出すと言ってもそれぞれが仕事を持っているんじゃあ。それを放っぽり出して来いとは言えんじゃろうに……」

腕を組んで考え込むズン村長に
「おい、たしかズンさんとかいったな。ズン村長、あんたには村長としてこのカムラン村民に命令して、カムラン湾に停泊する各艦までの石炭の積み込みを指示する義務があるんだよ。こちらのカールマン大尉がおとなしく言っているうちが華だぜ」

そばで聞いていたジャック兵曹長が声を低くして恫喝する。

「しかし、そうは言っても無理なものは無理じゃ」

頭を抱えながらうめくズンに対して
「ちっ、強情なじじいだ！　貴様らは我が栄光あるフランス帝国の領民である。貴様に選択の余地など無い！」

体重差は倍はあろうかというほど軽いズンの胸倉を掴んで罵声を浴びせるジャック兵曹長。

「ズン村長、ジャック兵曹長の言うとおりだ、われわれはおとなしく談判するつもりでここに来たが、もしロシア海軍の将校が直接来たならばこんな扱いではすまないだろう。さあ行くぞジャック、手を放してやれ、もうそのあたりでいいだろう」

カールマンはジャック兵曹長に対して村長への暴力を制し、ドアに向かって歩き始めた。

「とにかく村長、明日の夕方五時に市場の横の広場に男衆を全員集めてもらいたい。いいな、命令だぞ！」

「けっ、耄碌じじいめ！」

バタンとジャック兵曹長が罵声とともにドアを閉めて出て行った。

その乱暴なやりとりを隣の部屋からじっと盗み聞きをしていたズンの息子のヒューがつぶやいた。

「ロシア……バルチック艦隊？　これは大変なことになりそうだ、村のみんなが借り出されて作業させられる」

「誰じゃ、そこにいるのは？　おお、ヒューか。話を聞いておったのか？」

「うん、お父さん。フランスの兵隊にひどいことをされていたね、大丈夫？」

「ああ、わしは大丈夫じゃがこれから大変なことが起きるぞ。覚悟しておくがよい」

「一体何がはじまるの？」

「わしらの村から力持ちの若い衆を石炭の補給作業のために四百名差し出さねばならなくなった。しかも一週間もの間じゃ」

「四百人も？　みんなその間仕事はどうするの？」

「仕事を放り出して来いとのことじゃ。もちろん給金と食事は出るそうじゃが、慣れない仕事には事故がつきものじゃからのう……それだけが心配じゃ」

「断ったらどうなるの？」

「断ったらいつものように暴力沙汰が待っておる。まあ以前のポール総督時代からすると、ゆるくなったほうじゃが……」

「ぼくに出来ることはある？」

「そうじゃな、それでは今から北地区の網元のタンのところと、南地区の網元のカーのところへ行って、明日の夕方五時に広場にそれぞれの地区の男衆を集めてくれるように言ってきてはくれまいか。気は進まぬが一週間の辛抱じゃ、仕方あるまい」

「うん、わかったよ。今から行って来るよ」

「ヒュー、すまんな」

　北地区に向かって走る息子の姿につぶやいた。

「こんなことになるなら村長など引き受けるんじゃあなかったわい。しかし誰かがこの辛い役をやらねばならぬのじゃからなあ……」

　先代の村長が海の事故で亡くなった時に、当時村で先生をしていたズンに白羽の矢が立ったのであった。人望のあったズンは教え子たちの強い推薦を蹴ることが出来ずに、安易に村長になって

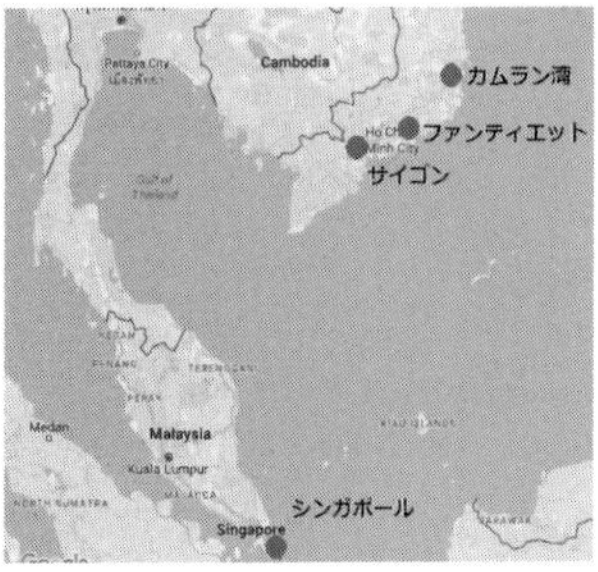

しまった自分を今さらながら恨むのであった。

そのころシンガポールを数日前に通過したバルチック艦隊は、サイゴン沖を通過してファンティエット（現　ホーチミン市の東二百キロにあるリゾート地。砂漠とドラゴンフルーツと魚醤の名産地）の灯台を横に見ながら航行していた。昼間に足手まといになる重病人やけが人を満載した病院船のみを艦隊から切り離して医療施設のあるサイゴンに向かわせた。

「イワノフ艦長、無事サイゴン沖を通過したな。そろそろ日本艦隊の前衛部隊と遭遇してもおかしくない海域に突入する。第一級戦闘配置のまま今夜は見張りを厳とするように。目的地のカムランまではあとどのくらいだ？」

波を蹴って四十隻の先頭を走る旗艦スワロフの艦橋でコーヒーを片手にロジェストウエンスキーはかたわらに立つ艦長に尋ねた。

「は、あと三百キロですのでこのまま何もなければ明日の朝になります」

海図を見ながらイワノフ艦長が応える
「そうか。長かったな……」

ロジェストウエンスキーは左手に見えるファンティエットの灯台の点滅を感慨深く見つめた。

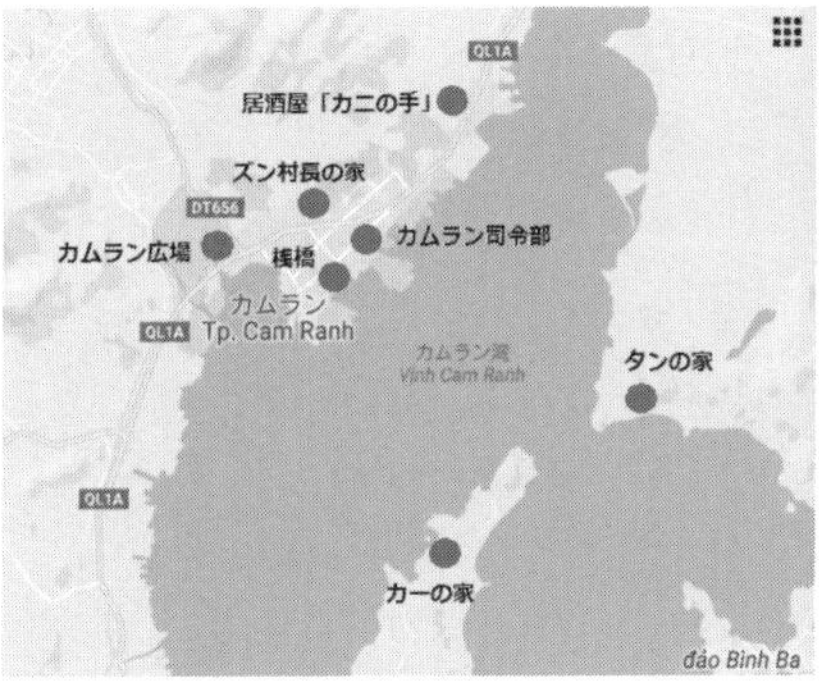

ファンティエットの海岸と砂漠

6　投錨

「みんなーちょっときてー！　なあにあれ？　たくさんの煙が見える！」

「どこどこ？」

「ほら、あそこ！」

ミンは早朝から村の友人達と北の半島の先端にある砂浜でカニ取りをしていた時にこの光景を見た。この村の子供たちにとってカニ取りは決して楽しい遊びではなく、各家庭の苦しい家計を支える貴重な労働であった。ミンは小さいときからすばしっこいカニを取るのが上手で、いつも年下の子供たちに「今の位置にいるカニを取ろうとしてもだめ、動くカニの未来の位置に手を出すのよ」が口癖であった。

かぶっていたノンラを脱いだミンが指差す方角のはるかかなたの水平線から、幾十もの煙が上がるのをほかの子供たちは確認した。

「ほんとだー。すごいたくさんの煙が見える」

昔から仲良しのチャンのその声に、周りにいた友達もカニを取る手を止めて

「なんだ、なんだ」

と全員集まり、その中でも一番背の高い年長のヒューがもっとよく見えるよう近くにあった背の高い椰子の木をするするっとサルのように器用に登っていった。

「高いところからぼくが見て確認してくる」

彼が椰子の木を登っている間にも、水平線上ではどんどん黒煙の数は増しており、最初は煙だけしか見えなかったが、時間が経つにつれて水平線の下からマストや艦橋や砲身までが姿を現し最期には艦上で豆粒のようにうごめく人の姿までがはっきりと見える距離に縮まった。

「一・二・三・四……すごい数の軍艦が近づいてくる！　昨日お父さんが言ってたロシアの艦隊だ！　間違いない……名前は確か……そう！　バルチック艦隊！」

※

一九〇五年四月十三日。帝政ロシアが日本帝国海軍に雌雄を決するために本国から送られた当時世界最強と謳われた無敵艦隊が今まさに仏領インドシナ、カムラン湾外に到着した瞬間であった。

この物語の舞台のカムラン湾は、サイゴンの北東五百キロにある小さな漁村で、現在ベトナムの有名な観光都市ニャチャン市に隣接する。カニの両手のように伸びた大きな半島と、その入り口をふたをするように配置された島によって構成された湾である。遠浅の海岸が多いベトナムでは珍しくこの湾は水深が深く、当時の一万五千トン級の戦艦や巡洋艦等の大型船舶が停泊できる良港である。現在でもベトナム海軍カムラン基地として使用されている。

「すごいぞ、ロシアの大艦隊がこっちに接近してくる！」

村長の息子のヒューが椰子の木から滑り落ちるように降りてきて叫んだ。

「ロシアの船？」

「戦争が始まるの？」

子供たちにとって外国の船が来たときの記憶はいい思い出が無かった。数年前にフランス海軍が初めて来たときも、接岸後は威圧的な態度をとる兵隊で街があふれかえったいやな記憶がある。

大勢の子供たちが不安げに見守る中、この日到着した艦隊の規模は、中将旗をはためかせた旗艦スワロフを筆頭に、戦艦六隻、巡洋戦艦七、駆逐艦十、水雷艇十、その他病院船、工作船を含む合計約四十隻からなる大艦隊であった。

「みんな見て、白い服を着た兵隊さんが大勢手を振って何か叫んでる……」

「あ、右手の港のほうからフランスの白い大きな船が出て行くよ、三隻いる。一番大きい船の横にデ・カ・ル・トと書いてある」

「フランスと戦いがはじまるのかなー」

「でもロシアのほうが船は大きいし、第一、数が多すぎるよ！」

前述のジョンキエルツ少将が座乗する巡洋艦デカルトが白い波を蹴立てて歓迎の意を表するために湾の入り口にあるビンバ島を背にしてバルチック艦隊の到着を待った。

双方の距離がお互いの顔が認識されるまでに縮まったときに
――ドーン、ドーン
巡洋艦デカルトから耳を裂くような大きな大砲の音が子供たちに聞こえたのは、そのしばらくあとのことであった。

「大砲の音だ、いよいよ戦争がはじまったんだ」

「これは大変なことがおこった、みんな、急いで家に帰って大人たちに知らせよう」

「さあ早く、走って！　カニのかごは重いから置いていって」

「せっかく今日はたくさん取れたのに、もったいない」

「今はそれどころではないでしょう、さあ早く」

ミンは年下の子供たちの背中を押して家に帰るようにせかした。

海軍の慣習で相手の来訪を称える祝砲の音とは知らずに、子供たちは勝手に戦争が始まったと思った。早朝から苦労して取ったカニのかごを置いたまま大慌てにそれぞれの家に帰って行き、両親や隣人たちに今に見たことを告げた。

ミンの家だけは漁師をしているために半島の先にあり、ほかの子供たちと唯一違う方向に向かって走った。

一番家が近かったミンは、大急ぎで走ったのですぐにたどりつくことができた。家の前ではミンの父親のタンが赤銅色した太い腕で破れた網の修理をしている最中であった。この村で生まれ育ったタンは、そのころ教師をしていたズン村長によると、物覚えがよく村で一番成績がよかったらしい。ハノイの学校に行く事を勧めたズンに対して「生まれた場所でおやじの跡を継ぐよ」と言い、今の漁師の仕事をタイという弟分と一緒にやっていた。体格がよく力も頭脳もあるタンは、北地区の漁師仲間からのみならず村全体から「今関羽」と呼ばれ尊敬されていた。

今でもベトナム人は常に侵略を受けていた中国そのものは嫌いであるが、三国志は物語として親しまれている。特に関羽の人気は絶大で、ホーチミン市内でも関帝廟があり常に参拝客でにぎわっている。

「お父さん、大変！　何十のたくさんの黒い船と、三隻の白い船が戦争を始めたよ。しかも白いほうが先に大砲を撃ったの」

網を修理する手を止めて父親のタンは真っ黒に日焼けした顔を、娘に向けた。

「何だと？　黒い船と白い船？　大砲を撃った？　さっき大きな音が聞こえたのがその音か。昨日村長の息子のヒューがうちに来てロシアの船が来ると言っていたな。そして今日の夕方、若い衆を全員広場に集めてくれといったのはこいつらのためか」

「お父さん、早く逃げないと大変なことになるよ」

「どこの国の船かは知らんが、俺たちの海を我が物顔でうろつくのは気に入らんな。よしミン、一緒に丘に上がって一度どんなやつらかを確認しよう」

二人は家の裏手にある小高い丘の頂上を目指して走り出した。頂上は湾の内外ともによく見渡せる位置にあった。

「これはおどろいた、こんな数の船は見たことが無い。しかもとんでもない大きさだ。やつらの煙のおかげで空が真っ黒だ。ミン、家に帰っていろ、決してやつらに近づくんじゃあないぞ。今からお父さんは若い衆を連れて広場に行って来る」

「わかった、気をつけてね」

「ああ、大丈夫だ。お父さんが帰るまで決して家の外に出るなよ。母さんと、弟たちを頼んだぞ」

※

一方、ミンとは反対方向に走ったチャンは相当の距離を走ったので「はあはあ」と荒い息を吐いたまま彼女の家に飛び込んだ。

チャンの家は昔から村で唯一の雑貨商を営んでいる。食品や雑貨品が山のように積まれた店の隣には、仕事を終えた漁師やフランスの水兵たちが毎日飲みに来る居酒屋も経営していた。

居酒屋の準備をしていた父親のファットに
「お父さん、大変大変！　海が見えなくなるくらいのたくさんの外国の船が湾に入ってくるよ、しかも港から出てきた白い船がやつらに大砲を撃ったの」

「何、外国の船？　しかもたくさんと言ったな？　そいつぁロシアから来たお客さんのことだ。ついに宝船の到来だ！」

「もう、いつも商売のことばっかり考えて、少しはまじめに考えてよ。戦争が始まるのよ！」

「フランスの海軍さんはいつもうちのいいお客さんだ。彼らが言ってたのはこの艦隊のことだな。今回はロシアのお友達がたくさん来たんだろう、これは大もうけができそうだな」

「大砲の音がしたのよ！　私たちはっきり音を聞いたもの」

「ありゃあなあ、礼砲と言って海軍さん同士の挨拶だ。仲間の船が来たときには必ず挨拶代わりに空砲を打つ習慣があるってフランス海軍さんの水兵たちから聞いたことがある、安心しな」

「へえ……そうなの。戦争じゃあないの、もしそれが本当ならみんなに知らせて安心させてこなきゃあ」

「それより、すぐに母さんと伯母さんを呼んでくれ。大急ぎでとなりのニャチャンからたくさんの酒と食料を買い占めてくるように言ってくれ。急いでだぞ！　俺は桟橋にその大艦隊とやらを見に行ってくるからな。とにかく今からは忙しくなるぞ！」

　小柄なファットはタンのひとつ下でズン村長にいわせれば小さいときから頭はよくない割りに調子がよく、立ち回りのうまい小ずるい子供だったそうである。

※

そのころカムラン湾では湾の入り口で待機している巡洋艦デカルトの横をバルチック艦隊がゆっくりと通過していた。その姿はまさに王者の風格であった。デカルトの艦上ではフランス海軍の将兵たちがそのあまりの数と威容さに度肝を抜かれた。

「これが最新鋭戦艦スワロフか……うわさどおり大きいな」

中将旗をなびかせた旗艦スワロフの勇姿にピエール艦長がつぶやいた。

「あれが三十センチの主砲か……本当にこんなやつらと日本海軍は戦うのか……」

日本海軍に詳しいジャン航海長が唸った。

「しかし恐れ入ることはない諸君。ここに見えるほとんどのロシアの大型艦は、わがフランス海軍の設計だ。相手の日本海軍の船はイギリス海軍の設計だがな」

ジョンキエルツの説明に、ジャン航海長は目の前を威風堂々と通過するロシアの艦艇の特徴と武装を詳細をメモに書きつけながら
「そうなると今回の海戦はさしずめ、わがフランス海軍とイギリス海軍の代理技術戦争ということになるわけですね」

「そういうことだ。どちらの国の技術力が勝っているかがわかる貴重な海戦となるだろう。今のうちにやつらをよく見て目に焼き付けておく事だ」

ジョンキエルツのその言葉に、全員がまた艦隊のほうに目を向けた。

フランス海軍の将兵たちが見守る中、ロシア艦隊の各艦の甲板上では、多くの将兵が整列して敬礼をする姿が見える。目の前を過ぎ去った艦隊は、難しい湾内の航行でも巧みな操作でこなし、それぞれの艦が第一、第二桟橋に横付けにされていく。

喫水《きっすい》の関係で桟橋につけない戦艦などの大型艦は、湾内の沖合いでの停泊を選択したようで、にわかに艦隊全部の動きが止まった。四十隻のロシア艦の進入によって湾内はにわかに黒一色に染まったようだった。

「ウラー！　ウラー！」

とマダガスカル島以来の久しぶりの陸地を目の前にした歓喜で上がる大歓声の中、甲板上では早くも上陸準備をしている水兵や、彼らに指示を出す海軍将校がいたるところで走りまわる姿が見える。

——ガラガラガラ、ザブーン、ザブーン
投錨の音が各所で聞こえた。

一方港の周りには先ほどの子供たちの報告を受けて、何事か

戦艦スワロフ

と集まったカムラン村の村民が幾重にも取り巻いていた。カムラン司令部の敷地の回りは金網が張り巡らされており、一般のベトナム人は入れないようになっているので村人はその金網に張り付くようにしてこの一大事を見守った。

「あれが宝船か、フランス人が言ったとおりのすごい数だな！　こいつぁ間違いなくいい金になるぜ！　こうしちゃあ、いられない」

一人小柄のファットが歓喜の声を上げながら店の方向に去っていった。

ベトナム人が見守る中、大勢の水兵たちがまるで蟻の行進のように次々と桟橋から上陸してくる。重々しく聖アンドゥース旗を抱えた儀仗兵を先頭に、威圧的な態度をとるロシア海軍将校、水兵たちの姿に、村民たちはかつてフランス海軍が上陸した日の苦い記憶をよみがえらせた。

陸上では桟橋から上がってくるロシア将兵を迎える純白の海軍服を着たフランス人海軍将校が出迎える。

ジョンキエルツ少将は、自分の乗艦してきた巡洋艦デカルトと比べて大人と子供の違いがあるほどの戦艦を有する大艦隊を見上げるようなしぐさの後、姿勢を正

山側から見たカムラン湾　中央2つの半島の先に見えるのがビンバ島

しながら黒い海軍服を着た明らかに艦隊の司令官と思しき人物の前に進み出て
「ロジェストウエンスキー閣下、ようこそ我がフランス領インドシナ・カムランへ！　さぞや長旅でお疲れになったことでしょう。わが本国デルカッセ外務大臣からも停泊中の貴艦隊のお世話をするように申し受けております」と宮廷流の優雅なお辞儀をした。

大艦隊を仕切る司令長官は、帝政ロシア海軍ロジェストウエンスキー少将であるが、この遠征の途中で中将に昇進していたので階級は彼のほうがジョンキエルツよりも上になる。

「うむ。ジョンキエルツ少将、フランス国を代表してのていねいな出迎えご苦労である。我が偉大なるロシアと偉大なるフランス両国の友情に感謝する。我が艦隊は知っての通り喜望峰回りの遠路の旅で、病人と負傷者がかなり出ておる。先にその者の治療をよろしく願う。その後に七千五百名の乗組員用の水と食料、あとは三万トンの石炭の補給作業の協力を願いたい。以上の準備が整い次第早々に、我々はトーゴーとかいう東洋のイエローモンキーを退治に行くつもりである」

その声が終わらないうちに、艦隊の各艦艇からは、衛生兵に担がれたけが人や病人たちが、優に百を超える数でぞろぞろと出てきたのを見たジョンキエルツ少将は、いかに今回の遠征が物理的にも精神的にも過酷なものであったかを実際この目で確認できたのだった。また病人でない者たちも、その服装はすすに薄汚れて顔には生気が感じられない、まるで亡者の群れのように感じたのであった。

「ロジェストウエンスキー閣下、すべて了解しました。今後いまおっしゃられたすべての作業は、ここにいるカムラン司令部のカールマン大尉が引き受けます。しかしここカムラン村は小さな村で本格的な治療施設がありませんので、病人の大半は近くのニャチャンまで馬車で移動していただきます。治療所のほうにはすでに連絡が入っていますが、さすがにこれほどの大人数とは思いませんでした。閣下にはこのままわが司令部にお越しいただき、私の公室でお休みになってください。カールマン、すぐに馬車の用意をしろ」

「は、了解しました。ロジェストウエンスキー閣下、こちらの馬車へどうぞ」

「うむ、すべての気配りに感謝する」

ロジェストウエンスキーとジョンキエルツを乗せたロシアとフランスの国旗を翻す馬車は三分ほど北に走り、司令部に到着した。

司令部では営門から玄関まで整列したフランス海軍の将兵たちが敬礼をして二人を乗せた馬車を迎え入れた。

「閣下、お疲れでしょうから、まずは二階の部屋で旅装を解いてください。各艦の艦長たちのお世話も同じように私の部下が担当していますのでご安心を」
「うむ、よろしく頼む」
「さあ、こちらが閣下の部屋になります、お疲れでしょうからまずはお休みになってくださ
い。今後の話は今夜のディナーのときに詳しくお聞きいたします。それではおやすみなさい」

※

同日夕方　司令部食堂にて
「ロジェストウエンスキー閣下、お疲れは取れましたでしょうか?」

重厚で大きなテーブルをはさんでジョンキエルツが尋ねた。

「うむ、疲れは取れたが、まるでまだ船の上にいるようだ。今でも体が揺れているように感じる」

「それはそうでしょう、マダガスカル島以降約一ヶ月間も船の上でしたから当然です。私も船乗りですからよくわかります。で、お話をいろいろとお聞きしたいのですが、まずは長旅はい

ロジェストウエンスキー中将

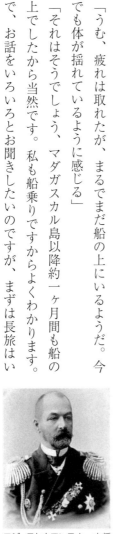

かがでしたか?」

「うむ、昨年十月十五日に母国のリバウ港を出港して以来、まるで地獄のような旅であった。とにかく今はイギリス政府のすべての所業がうらめしい限りである」

「お言葉ですが閣下、ドッガーバンクの事件では漁師二人が死亡、六人を負傷させられたとして、イギリス政府のほうが『狂犬艦隊』と呼ぶほどロシア艦隊をうらめしいと思っているとお聞きしていますが、実際はどのようなものだったのでしょうか?」

「かの事件で亡くなったイギリス漁船の船員たちには申し訳なく思っているが、あれも元はと言えばイギリスの罠にはまったようなものである」

「罠……と申しますと?」

「出港以来イギリス情報部は、ドッガーバンク付近で日本の駆逐艦か水雷艇が出没しているると言うデマを流したのだ。もっとも今となっては排水量の小さな駆逐艦や水雷艇が日本から遠くイギリスまで来ることが可能かどうかぐらい子供でもわかることだが、我々はこのデマにまんまと踊らされた」

「で、濃霧の中での誤射となった」

「そうだ、霧とデマが誤認させたのだ。しかも誰も撃たなければ何もなかったのだが、カムチャッカという艦から放ったたった一発が全員のパニックを引き起こしたのだ。どのくらいパニックであったかというと、実はここだけの話ではあるが同士討ちも多数起こったのだ。戦艦アリヨールは味方の巡洋艦オーロラに砲弾を五発命中させて、乗っていた従軍司祭の片腕を吹き飛ばした。ほかにも同艦にけが人が相当数出ておる」

「そうですか、それは大変でしたね、お話を聞くだけでも同情を禁じえません。しかしその事件であなたたちの敵対国の日本はうまいこと株を上げましたね」

「わが艦隊が引き起こしたドッガーバンクの事件で日本国が株を上げた？　その話は初耳だぞ。詳しく教えてはくれまいか」

「閣下は、洋上に長くいたので知らないのは当然

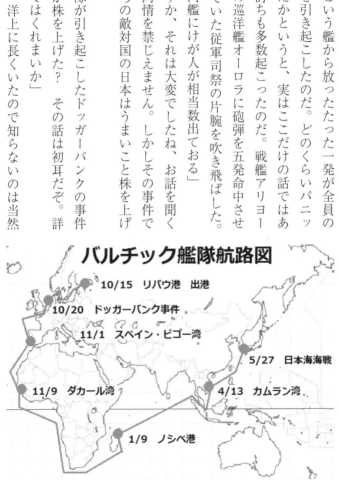

でしょうが、事件の翌日、漁船団の根拠地のハル市内で亡くなったイギリス人漁師たちの葬儀が行われたのです。その折にタイミングよく東京市長のミスター・オザキが弔電を打ってきたので、日本のこのすばやい対応に英国民は感動したのです。それに反してロシア政府からは謝罪も含め、何の反応もありませんでした」

「なんと、わが艦隊のかの行動が、国際世論をして日本を持ち上げることになったとは……それに比べてわがロシア政府の対応の拙さは……」

「ではこの情報も多分初耳かと思います。昨年十二月にわが国のパリで行われた、バルチック艦隊のドッガーバンク事件の事実確認を行う国際審査委員会での結果が出ています。貴国はイギリス政府に六万五千ポンドの賠償金の支払いと、すべての損傷させた船に変わる新しい船の提供が決定しています」

「そうか……カムチャッカの馬鹿砲手が放った、たった一発の誤射がまったく高くついたものだ。しかしいまいましいイギリスめ！　次の寄港地のスペイン・ビゴー湾でもそうであった。イギリスはスペイン政府に圧力をかけて我々のビゴー湾での上陸と石炭補給作業を中止させたのである」

「そうでしたか、その次はわが領土アフリカのダカール港でしたね。これはこちらの軍令部から話は聞いています」

「そうだ、貴国のダカールではドイツの石炭船十隻と合流できたのであるが、三万トンの石炭の補給を貴国は波の高い洋上で行うように通達してきた。洋上での補給作業は筆舌に尽くし難い困難が伴った。おそらくこれもイギリスの圧力と思うがいかがかな？」

「おっしゃるとおりです、我々は最初からダカールでは『見て見ぬふり』作戦を決め込んでいました。貴艦隊が湾内で秘密裏に補給が行われるように祈っていたのですが、運悪くドイツの石炭補給船がダカールに向かうことがイギリスの情報部経由で世界にばれてしまったので、わが国も抗議を受けて苦渋の選択をせざるをえませんでした。何卒ご理解ください」

「ああ、わかっておる。しかしそのような悪環境の元でもなんとか補給を完了させて、我々はついに喜望峰を越えることができた。左にケープタウンのテーブルマウンテンを見た時は年甲斐もなく自然に涙が出てきて、思わず神に感謝したものだ」

「喜望峰といえば、すべての船乗りが恐れる波浪と暴風雨が多発する難所です。その暴風雨の中を性能がまちまちの艦隊を率いて潜り抜けるとは、これ自体がもう偉業を達成したと言えることでしょう」

「そう言ってくれるだけで気持ちが楽になった。やはり船乗り同士とはうれしいものだ。しかし喜望峰を過ぎ去ったそのあとのマダガスカルがまた問題であった」

「我々の領土ですからわかっております。当初われわれはマダガスカル島最大の都市ディエゴスワレス軍港を寄港地にご用意していました」

「うむ、聞いておった。このときは乗組員全員が久しぶりの上陸を期待し、また貴国の友情に心からの感謝をしたものであった。しかし結果は艦隊の補修ができるディエゴスワレス軍港ではなく、ノシベなどという文明とはおよそかけ離れた片田舎の港に一月九日から三月十六日まで約二ヶ月間も停泊させられたのである。ここでは暑さのあまりに発狂した士官が数名出た」

「申し訳ございません、このときもわが政府へのイギリスからの猛抗議が原因でした」

「今となっては貴国には憤りはない、すべてイギリスの仕業と理解しておる」

二人の前に司令部附きの一流シェフによる豪勢なフランス料理のコースが次々と運ばれてきた。部屋一杯に地元の名物ビンバ・ロブスターと香ばしいスープの香りが立ち上った。

「ご理解いただきありがとうございます。まあその罪滅ぼしといっては何ですが、ここカムラン湾では閣下はわが司令部をお使いになって十分に休養と食事を取って英気を養ってください。明日からはベトナムの労働者を四百名ほど集めまして石炭の補給を一週間で終わらせる予定であります」

「うむ、ジョンキエルツ少将。今日無事にこの地に上陸させてもらい、またこのような豪華な食事を出してもらえるだけでも今までの旅と比較したらまるで天国のように思う。神よ感謝いたします」

ロシア正教の敬虔な信者であるロジェストウエンスキーは胸で十字を切った。

「私も船乗りのはしくれです、海で困ったときはお互い様です。遠慮なさらずに私のいるここカムランだけでは存分に羽根を伸ばしてください。さあ、せっかくの料理が冷めてしまいます。召し上がってください」

「ありがとう、恩にきる。しかし、まさかとは思うがまたもや情報を知ってイギリスが貴国に圧力をかけてくるのではないかな?」

優雅な宮廷式作法でナイフとフォークを使いながらロジェストウエンスキーは尋ねた。

「大丈夫です、石炭の補給は昼夜をとおして一週間あれば計算上可能とお聞きしました。わずか一週間では彼らの調査もここまでは届かないでしょう。ご安心ください。それとも何か補給以外にこの地で目的がおありですか?」

「そうだ、ロシア海軍省のはからいで、東洋のサル退治に黒海にある第三太平洋艦隊を応援によこすよう通達があった。ご覧のようにわが艦隊だけでも十分にやりあえる自信があるのだが念のいったことだ。その艦隊との待ち合わせ場所がこのカムラン湾となっておるので補給が終わっても会合までここで逗留をしたいのだ」

「わかりました。ロシア海軍は念には念をいれて日本との戦いに臨まれるというわけですね。トーゴーは相当手ごわい相手と、われわれも聞き及んでいます。第三太平洋艦隊との会合までこの場所をお使いください」

「何度も痛み入る。今日ほどフランスの友情を感じた事は今までにない」

「ところで閣下、第三太平洋艦隊とうまく合流できたとして、日本のトーゴーの艦隊との勝算はいかがなものでありましょうか？　ご存知のように貴艦隊の勝敗には世界中の耳目を集めています。私どもとしましてはフランス製の軍艦が、イギリス製の軍艦を海の底に沈めていただいて世界中の評価を得たいと思っていますが」

「正直ここに来るまではイギリスが醸し出した世界世論の厳しい風やロシア海軍省の段取りの悪さ、艦隊内部の無秩序などで自信が無くなる時もあったが、今日貴殿のカムランに上陸でき、将兵ともに英気を養うことが約束された以上、本来の力以上のものを発揮できるであろう。もちろん東洋のサルごときはまさに我々が戦場に行くだけで鎧袖一触《がいしゅういっしょく》で殲滅《せんめつ》することをお約束する」

「その力強いお言葉に艦の設計を請け負った国としまして、また同じ同盟国として安心いたしました。さきほど湾内で貴艦隊の戦艦群の威容を見ましたが、バルチック艦隊と戦う日本のトーゴーが気の毒に思えてきました。さあ、今日はお疲れでしょうから最後にこのワインを空けてからお休みになってください。わたしの故郷ボルドーからの逸品です」

「すべてのご配慮に感謝する」

「それでは閣下のご健勝とロシア・バルチック艦隊の勝利に乾杯！」

「フランスの友情に乾杯！」

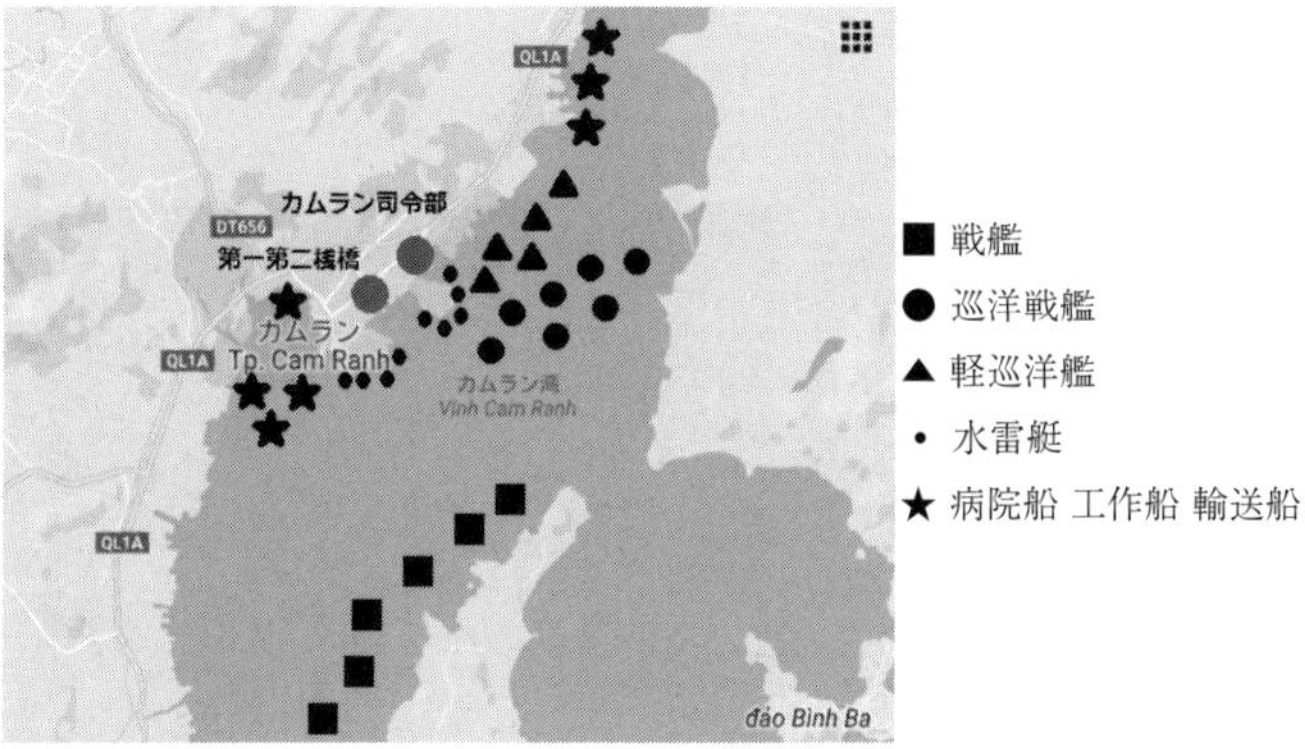

当時の艦隊停泊状況

7　カムラン村

おそらく現在の日本人にとってベトナムという国の認識は首都のハノイ、中部のダナン、南部のホーチミンの三都市ではないであろうか。筆者は次に有名になる都市は中部ダナンの南にあるニャチャンであると思っている。

ベトナム屈指の観光名所であり保養地でもあるニャチャンへの移動は現在ホーチミンから飛行機でわずか四十分ほどで到着する。ニャチャンの空港の名前は現在カムラン空港と呼ばれており、カムラン湾の左から伸びた半島の中に位置する。

ニャチャンの海岸

カムラン空港からニャチャン市内の中心地までは、海岸線を北に車で走って三十分ほどで到着する。ニャチャンは現在ベトナム最大の民間財閥「ビン・グループ」によって、正面のビンパール島にゴルフ場やテーマパークを含む一大リゾート施設を建設した。この島へのアクセスは世界最長の海上ロープウェイを利用して誰もが簡単にテーマパークに行けるので、ベトナム国内はもとより、世界中からも観光客があとを絶たない。

河川の土壌の関係から茶色の海岸が多いベトナムの海岸でも珍しく、ニャチャンの海岸は目が覚めるようなエメラルドグリーンで、おしゃれな高層ホテル群が美しい海岸を取り囲むその光景は、あたかもハワイのワイキキ海岸等の有名なリゾート地を髣髴《ほうふつ》とさせる。また遠浅の条件もあいまって現在はスキューバダイビングやヨット、ジェットスキーなどのマリンリゾートの拠点ともなっている。

日本からの直行便はまだこのカムラン空港にはないが、将来はおそらく風光明媚な景色と年間通じての温暖な気候でセカンドライフを含む多くの日本人観光客が訪れることになるであろう。

※

おだやかな海に囲まれ椰子の葉が茂る南洋の海岸、現在のカムラン市は人口十二万人。海岸からは緩やかな上り坂が続き背後のアンナン山脈に繋がる南北に横に広がる漁師町である。同市は現在ベトナム中部のカインホア省という省に所属しており、北隣にある人口五十万人のニャチャン市に次いで二番目の都市である。名物はカニを中心とした海産物で、特に有名なのは半島の先にあるビンバ島で取れるビンバ・ロブスターという巨大なエビと湾内で養殖されている牡蠣である。またカムラン市の西海岸には先史時代（三千年前）からのホアジェム遺跡があり、日本の考古学者の発掘調査による報告でも有名である。日本の大森貝塚のようにこの遺跡からは多くの貝殻が発見されており、古くから魚介類を主食とした部族が定着していたと推定される。また同遺跡では多くの鉄器や埋葬の跡も発見されており、当時としては相当高い文化を維持していたとされる。

現在のカムラン市場

　この物語の一九〇五年当時のカムラン村は、漁業と農業だけが産業の、まさにその村だけがかろうじて食べていけるかどうかの自給自足の貧村であった。

　当時のカムラン村の人口は約二千五百名ほどで、おそらく神様がこの村に湾を取り囲むように左右から腕を伸ばしたような二つの半島と、その入り口を外海から隠すような位置にあるビン・バ島、そして水の深さを与えなければ間違いなく後世の歴史の舞台に登場することはなかったはずである。

ベトナムの町のつくりはどこでもそうであるが、町の中心に市場があり、その市場の隣に住人が集まる広場がある。その区域を囲むように商店や家が並び、それが同心円状に広がっていく。

カムラン村も例外ではなくニャチャンとサイゴンをつなぐ街道沿いにカムラン市場がありそれを中心として周りに商店や居住区や学校が広がっていき現在のカムラン市に発展した。もしそのままであればベトナムの普通の一都市として終わっていたであろう。

しかし占領後のフランス海軍によるベトナム全土の海岸調査によってこの場所が、大型艦艇を係留するために十分な水深をそなえていることで軍事利用に適しているとの判断がなされた。その後急遽湾内に大型の船舶が停泊できる二つの桟橋と、燃料補給施設、司令部、乗組員用の宿泊施設が設けられたのである。

この軍事施設が出来たことによって小規模ながらカムラン村は「基地の町」となり、サイゴンから赴任した司令官カールマン大尉を筆頭に約五十名の水兵が駐留している。

当時のカムラン村役場

また、募集によって村の成人男子のうち二十名ほどが軍の使役労働者として雇用されて、石炭などの補給作業にあたっていた。ただフランス人のベトナム人に対する扱いがひどく、作業そのものも実際にきついために、雇用されても一年間は続かず、労働者の入れ替えは頻繁に起こった。

カムラン村からニャチャンに向かう街道沿いにはチャンの父親ファットが経営する居酒屋「カニの手」がある。この店の名物は店の名前どおりカニがメインのカニ鍋で、あとは砂浜で取れる貝やシャコ、それと地元の漁師が水揚げしてくる魚やイカといった新鮮な海産物であった。ファットの長女チャンが毎朝砂浜で取ってくるカニもまたこの店の貴重な食材となっていた。

カムラン村ではベトナム名物のフォー（米粉でつくった麺）やミー・ワン（中部名物の麺）が食べられる地元の漁師や農夫向けの小さな店は数多くあったが、ここ「カニの手」は百いくつもの椅子とテーブルがあり、酒もネプモイ（もち米で作った焼酎）を数多く取り揃えていた。また大人数が入れることで村の結婚式や祝い事、寄り合いがあるときは村民は必ずここを使った。

現在のカムラン市の中心地

今ではフランス海軍の基地が出来て以来、「カニの手」では毎夜酔っ払った海軍の水兵たちが歌う「ラ・マルセイエーズ」が大音量で聞こえてくる。最初フランスの艦隊が上陸したときは、フランス海軍の将校は居丈高で住民からも恐れられて距離があったが、数年も立つとお互いも慣れてきたのであろう、何人かの水兵はベトナム語を覚えて若いベトナム女性とも付き合うものも出てきた。また頭のいいベトナム女性はフランス語を覚えて、どこの港町でも見られる光景ではあるが国同士の確執はともかく個人レベルでは次第に交流は深まっていった。

今でも八十パーセント中国語を語源としているベトナムの言葉の中にフランス語が混入している。例えばネクタイは「カラバット」、自転車は「シクロ」、目玉焼きは「オ・プラ」など現在でも日常で聞くことが出来る。日本でもそうであったように多くの外来語の普及は港町や軍港からはじまったことに国の違いはない。

現在のカムラン湾と第一桟橋

8　村民会議

バルチック艦隊寄港日　夕方

昨日決意したズンは、村長命令で村民の世帯主全員をカムラン広場に集めた。

魚介類や野菜が山のように積み上げられたカムラン市場の隣にあるこの広場は、普段はズンが学校として使っている場所で、また村のお祝い事やお祭りなどが毎年行われる場所でもある。

五百名ほどであろうか、見渡したところ各家庭の男衆の大方は集まっているように見える。どの顔も今日、カムラン湾に集まった大艦隊とそこから降りてきた秩序のない薄汚れたロシア水兵たちを見てきたのであろう不安げな様子で、ズンの口元を注視しているのがわかる。

「おつかれじゃ、皆のもの、よく集まってくれた。皆も知っているように今日ロシアの艦隊がわれらの海に現れた。なんでも近いうちに日本国と大きないくさをするそうじゃ。先のフランス領宣言で仏領インドシナという国名に変わった我々は、彼らの手助けとして石炭の補給作業を一週間手伝わなくてはいけない。ワシも無理じゃと言ったがフランスのお偉いさん

村民広場 現在は中学校

は聞く耳を持たぬ。皆、すまんが力ないワシに手を貸してはくれんか」

　この村の北地区で漁師を束ねるタンが立ち上がって口を開いた。高い台の上で話しているズンと同じ背の高さだ。

「ズンじいさん、石炭の補給といってても具体的にどのくらいの数なんだい？　それとロシアの兵隊は一体何人くらいこの町をウロウロしているんだ？　そもそもやつらはわれわれの敵なのか見方なのかどっちなんだい？」

　まわりの全員が「そうだそうだ」と言いたげに首を縦に振っている。

「皆、今日見たとおりじゃ、船の数は四十隻、乗組員の数は七千五百名、補給が必要な石炭の量は三万トン、一週間で積み込むには交代で四百名の人数は必要とのことじゃ。またやつらはロシアの船じゃ、フランスの船ではない。ロシアとフランスは同盟関係であるから味方といえよう、しかし我々とフランスは……」そこまで言ってズンは言葉を打ち切った。

　カムラン広場にカールマン大尉が銃を抱えた手勢を多数引き連れてやってくるのが見えたからである。

「こんばんは、ズン村長とみなさん。仕事が終わってからの会議とは勤勉です。さて話し合いの方はうまく行っているのかなズン村長？」

「カールマン大尉、話し合いはちょうど今始まったところで、昨日のいきさつから説明していたところじゃ」

「それは結構、私もここで聞かせてもらうから遠慮なく進めてくれ」

村民に勧められた椅子にふんぞり返るように座ったカールマンは会議の進行を促す。

「皆、聞いての通りじゃ、昨日ここにいるカールマン大尉らがワシの家に来てフランス政府からの命令が下ったのじゃ」

「ズンさん、そいつぁ誰だい？」

赤銅色に染まった上半身をあらわにした漁師の中でも一番力自慢のカーが鷹揚《おうよう》に尋ねた。

「フランス海軍・カムラン司令のカールマン大尉殿じゃ」

「おうおう、カールマンさんとやら！　フランスの命令だか何だか知らないが、いきなりこんな貧乏な村に対して労働力を差し出せってのは聞けねえ了見だぁ」

「あいにくここは君たちの意見を聞く場面ではない、選択肢はないのだとズン村長殿、はっきりと皆さんに伝えるように」

「みんな、申し訳ないのじゃが明日からは今の仕事を一旦やめて、石炭の積み込み作業にかかってくれ。もちろんフランス軍から給金は出してもらえるそうじゃ、一人一日一フランと三度の食事も出るそうじゃ。みな考えてはくれまいか……」

「一フランっていくらなんだい？」

「それは多いのかい、少ないのかい？　フォーが何杯食える金額だ？」

「村長、今ちょうど漁の季節が始まったところだ、魚は待っちゃあくれないんだ！」

「おれのところでも田植えの人手が足らない状況なんだ！　かかぁに何と言われるか！」

「こっちは子供にまで手伝わせて漁をやっているんだぜ、そんな暇あるか！」

　めいめいに抗議しながら押し寄せる村民たちを両手で制しながらズン村長は
「わかっとる、わかっとる。皆の事情はこのワシが一番ようわかっとるよ。皆はわしの教え子のようなものじゃからな。その事情を知った上での、たってのワシの頼みじゃ」

「で、結論はどうなんだ？　給料も食事も出るのでまんざら悪い話ではなかろう？　お前たちも村民なら村長の言うことを聞くんだ！」

　カールマンの冷酷な問いかけに
「明日、朝一番に皆のもの、すまぬが仕事をおいて港に集まってはくれまいか？」

　手を合わす村長の悲痛な頼みにも、誰も首をたてに振ろうとしなかった。

「わしがこれほど頼んでも無理か？」

沈黙が続く。

カールマンがたまりかねた様に叫んだ。

「煮え切らないやつどもだ！　とにかく明日朝七時、全員が港の桟橋に集合だ。お前たちにそれ以外の選択肢はない！　わかったな！」

「なんでぇ、くそフランス人が！」

カーの弟分のシンが叫んだ。

「誰がお前たちの手助けなんかするか！　馬鹿野郎！」

タンの弟分のタイの声が飛ぶ。

その声にカールマンの部下たちが一斉に前に出る。

「みんな、聞いてのとおりじゃ。ここはわしを助けると思ってなんとか頼む」

立ち去ろうとする若い衆にすがりついてズンは懇願するように手を合わせる。

「タンや、お前もみんなを説得してくれんか」

かつての教え子のタンであった。タンは物覚えがよく運動もでき成績がよかったが、親のあとを継いで漁師になり今では北地区の漁師の網元にまでなっていた。

「いくらじいさんの頼みといってもなあ……こりゃひと仕事だぜ。みんなそれぞれに仕事があるからな」

「そこをお前の力でなんとか頼む」

「ああ、他ならぬあんたの頼みだ、一応みんなには言ってみる、ただし保証はしないぜ」

「すまん、このとおりじゃ」

ズンはかつての教え子のタンに手を合わせた。

「さあ、ベトナム人ども！　おまえたちは明日は労働があるから早く家に帰って寝ろ！」

武装した海軍兵に追い立てられるように村民たちはそれぞれの家に帰っていった。

「村長、我々が武装しているのは彼らを脅すためではない。ロシアの荒くれた水兵たちからこの村民の命と治安を守るためなのだ。我々も現にこうしてカムラン村のために協力している。だから村側も協力してほしい。まあ慣れない石炭運びといっても、たかが一週間だけの辛抱だ、何とかするように」

「見ての通り、わしゃ言うだけのことは言った。あとはみんながどう考えるかじゃ」

「よかろう、あとはズン村長の人望頼りだな。では明日七時に桟橋で会おう」

「わかったわい」

納得して家に帰るズン村長に背を向けたカールマンは連れてきた部下たちに

「よし、お前たちは残ってこのカムラン広場を中心に四つの班にわかれて明朝までロシア人の警備をするように。非常時には発砲を許可する」

時刻は夜の十時を回っていたがこの時間でも四、五人で固まってうろうろするロシア人の大きな影が村のあちこちに垣間見る事ができた。

「しかし治安維持も楽ではないな」

ひとりごちてカールマンは護衛の部下一名を従えて司令部へと戻っていった。

9　ホンゲイ炭

ベトナムでの収奪事業においてフランス政府最大の関心事は、ハロン湾の北にあるホンゲイ炭鉱（現　ハロン市）の利権確保であった。現在ハロン湾は『海の桂林』と称されて世界遺産にも指定されており毎年六百万人の観光客を海外から集めている名勝地である。

一八三〇年にイギリスで端を発した産業革命以来、石炭はエネルギーの素でありこの石炭がなくてはすべての産業機械、船、電力等がストップする。このエネルギー革命は次の石油の出現まで待たなければならない。

しかし当時は同じ石炭でも品質にばらつきがあった。同じ質量でも燃焼効率がよく、カロリー値の高い石炭が世界的に重宝されており、特にベトナムの北部から出るホンゲイ炭は燃焼時に煙の出ない「無煙炭」であったがためにフランス政府は出資をしてインフラ設備を整えて露天掘りの鉱山を開拓した後、タダのような人件費でこれを掘削し収奪したのであった。

世界遺産 ハロン湾

この物語のバルチック艦隊の寄港目的がまさにこのホンゲイ炭の積載であった。

戦艦を含む約四十隻からなるバルチック艦隊は、海路一万五千里（約三万キロ）もの気が遠くなるような大遠征を石炭の燃焼から生じる蒸気力によって航行しており、今その旅程の九十パーセントをこのカムラン湾で終えていた。残りの旅程の十パーセント分と戦闘用に必要な石炭三万トンを、この最終寄港地カムランで補給することが必要不可欠であったのだ。

現在のホンゲイ炭鉱の露天掘り

ここに至るまでの石炭の補給は、スペイン、アフリカ西海岸やマダガスカルのノシベなど途中で寄港した港において、その都度ドイツの石炭商会から購入したものの、その性能は水兵をして「泥のような石炭」と悪評がでるほどの粗悪なものであった。

ドイツ炭は石炭そのもののカロリー数が低くて、おまけに無煙とは程遠く、バルチック艦隊は常に煙をもうもうと撒き散らして航海していたのだ。戦後に公表されたバルチック艦隊の走行している写真には例外なく空が真っ黒になるくらいの煙が写っている。ロシアはこの「クズ石炭」を戦時中の弱みに付け込まれてドイツの商社に高い値段で買わされ続けていたのである。

　カムラン湾を出れば残りの行程は十パーセントほどであるが、そこでは難敵・日本帝国連合艦隊との海上決戦が待っている。帆船の時代とは違い、近代の海上決戦とはおよそその艦の持ちうる最大出力と機動力を持って相手と戦わなければならない。まして遠距離からの接近を自ら知らしめるように煙突から煙をもうもうと出して決戦海域に近づくことは、相手に「今からそちらに行きますよ」と喧伝しているようなものである。その点、日本帝国海軍は日英同盟のよしみからカロリーが高く無煙炭の評価が高い「英国炭」を戦前から購入、備蓄をしていたので、艦隊乗組員の練度と精度を十二分に発揮できる状態であった。

　以上のことより、いかにバルチック艦隊がここカムラン湾で水と食料以上に良質の石炭の補給を喉から手が出るくらいに欲しがっていたかをご理解いただけると思う。

　フランス政府は、バルチック艦隊がカムラン湾に寄港する十日前から、インドシナ総督府がポール・ボー総督の指示の元ホンゲイで採掘した良質の石炭をカムラン湾まで船で配送する手配をすでに完了していた。しかしなにしろ三万トンもの大量の石炭なので、ハノイやサイゴンから急遽二十隻以上の給炭船を編成して、カムランとハロン湾を何度も往復しなくてはならなかった。

10　日露戦争

一九〇四年二月九日十二時二十分、韓国の仁川《インチョン》湾内で停泊中の日本の戦艦浅間がロシア艦艇に仕掛けた先制攻撃によって始まった日露戦争。

当時経済、軍事とも日本の十倍強の大国に対して日本は無謀にも開戦を決めた。

この物語の一八〇〇年代はまさに「力を持つ国」が「力の無い国」に対しての容赦ない蚕食の時代であったと言い切れる。

当時のビゴーの風刺画

現在の社会のような、平和的に話し合いで解決する国連などの国際組織も無く、国家間の対話が決裂した後は文字通り「腕ずく」で決着をつける時代でもあった。しかし戦争行為は違法ではなく、あくまで外交の最終手段であり合法である。この考え方は現在も変わらない。

一八四〇年イギリスはアヘン戦争によってすでに香港の割譲を終えており、またポルトガルもマカオを割譲して、まさに欧米諸国のアジアに対して情け容赦のない収奪が始まっていたのである。

日本にもその触手は伸びてきており、現にフランスは江戸幕府に対して甘い汁をちらつかせながら接近をしてきていた。日本は四方を海に囲まれていたがゆえに地政学的には侵略を受けにくい有利性があった。加えて二百五十年以上の歴史で組織化された武士団による戦闘力と勝海舟、小栗上野介などの知恵を持った幕僚のおかげですんでのところで虎口を脱したのである。

一八六八年、内戦もおこらず大政奉還という世界史上稀有な方法によって政権交代が行われた日本は、伊藤博文等からなる欧米使節団を派遣した。伊藤らは帰国した後「富国強兵」のスローガンのもとに、養蚕などの産業の発展を促進して軍備を備え、いかに欧米列強の侵攻から防ぐかに心血を注いだ。

また伊藤は欧米視察を通じて、いかに現在の日本の立ち位置が危なく風前の灯かという現実を直視したのである。つまり自分の家はかろうじて守りきっているが、強盗団が隣家に押し入ってきたのである。明治新政府は、日本海という襖一枚隔てた隣の部屋に強盗団がいるという現実に対して、否が応でも対処せざるを得なかった。

隣の部屋には当時一三九二年に起源をもつ朝鮮の李王朝が治めていたが、当時その内部は揉めに揉めていた。常に『事大主義』をとる朝鮮は今までの大国、清国の属国をもって是としていた。しかし一八七三年に王女である閔妃の一族がクーデターを起こし、父親である元首大院君を退け、清国との距離を置いた。そして対清国用として、日本に軍事顧問としての軍隊の派遣を要請してきたのである。

しかし一八八四年に金王均らによる開化派のクーデターを、清国の袁世凱の軍隊が鎮圧した。ここに漢城(現　ソウル)には日本と清国の二つの軍隊が駐留することになったのである。

一八九四年この二つの軍隊の戦闘で始まった日清戦争は日本の勝利によって終わる。しかし閔妃は今度は宗主国をロシアとして親露政策をとり始めた。日本としてはロシアが朝鮮を支配するということは欧米の植民地化という匕首《あいくち》で喉下をつかれたような危険な状況になる。また下関条約で清国から移譲した遼東半島をロシア、ドイツ、フランスの干渉により返却を余儀なくされたので、ロシアという国名は当時の日本人にとって恐怖と憤りで忘れられないものとなった。

しかし迫りくるロシアの脅威に抗うだけの経済力と軍事力は、日清戦争で疲弊していた当時の日本にはなかった。ここに日本国民の「臥薪嘗胆《がしんしょうたん》」というスローガンが生まれる。国民全員がこの危機を理解して毎日の国民生活を切り詰めて生産力を上げて軍備の増強に充てたのである。このあたりが太平洋戦争の前とはまったく違った国民感情の発露であり興味深い。

むしろ陸軍大将の桂太郎首相を含む政府のほうが非戦論であり、当時の財政を考えると、とてもではないが経済力十倍のロシアとの開戦はありえないという意見が大半であった。また経済界も同じ意見で、渋沢栄一を筆頭に、軍事費の捻出や大陸への輸送船の確保など無理難題が山積みされていることを理解していたので、開戦などとは微塵にも考えていなかった。

一九〇三年、日露戦争の前年には、東京帝国大学木戸教授を含む七人の博士が桂太郎総理に対して「今、満州と朝鮮を失えば日本の防御線が危なくなる、こんなときに軍部は一体何をしているのか」という意見を新聞各紙に掲載して日本国政府の弱腰を誹謗した。

元老の伊藤はこの意見書に対して「我々政府は諸博士方の高説ではなく大砲の数と話をしているのだ」と取り合わなかったが、この記事によって国民感情だけはますます主戦論に向かっていったことは間違いない。

ここに政財界のこの考えを一変させた一人の男が登場する。

『児玉源太郎』

長州徳山藩出身のこの男は当時台湾総督と内務大臣を務めていたが、陸軍の参謀総長・大山巌から召集がかかり、内務大臣を辞して降格してまで参謀本部次長に就任していた。余談ではあるが、太平洋戦争が終わるまでの長い日本帝国陸軍の歴史の中で、降格人事はただこの一例だけである。

伊藤博文の同郷出身でもあり、よき軍事顧問でもあった児玉は戊辰戦争以来、軍人としても優秀であったが行政官としての能力もずば抜けていた。当時の彼の台湾における政策がいかに人心を捉えて的を得たものかは、現代の台湾人の日本好きに現れていることで理解できよう。

児玉は非戦派であった政府と財界に談判することに決めた。自分以外にこの難しい仕事ができる人物は国内でいないと思ったからである。

当時の政界のドンであった伊藤とは旧知の仲であったし盟友でもあるので腹を割って話すことができた。

「児玉君、軍人としての君にまず率直に聞く、日露が開戦して勝てるか?」

「伊藤閣下、まずは五分五分です。うまく知略を使ってよくて六分四分です。しかしこれはあくまでも今の数字で、時間が経てば経つほどシベリア鉄道が完成して満州へ送られてくるロシア兵力は増強されてしまい、一年後にはもはや五分五分も夢の話になります。今ならまだ間に合います、どうかご判断を!」

と膝詰めで答える児玉に
「わかった、彼我の戦力を知り尽くした君が言うことだ。不本意ではあるが開戦に踏み切ろう。今日の結論は元老会議の総意ということで桂総理に伝える。あとは陛下の採決を待つのみだ」

と応じた。

児玉源太郎 大将

政界の許可を取り付けて一方、財界の重鎮といわれた渋沢栄一のところに出向き

「渋沢さん、今ロシアと戦わないと日本の未来はない。大国ロシアは弱小国日本がまさか戦争に打って出るとは思っていない。われわれを侮っている今が最後のチャンスだ」

と説いたが、渋沢は

「児玉さん、今、日本中の金庫をさらってもそれだけの戦費は出ない。金がなければ戦争は勝てないことは貴方が一番よく知っているだろう」

と無下なく突っぱねたのであった。

梃子《てこ》でも動かない渋沢のもとを辞した児玉は決してあきらめなかった。次に財界ナンバー二の日本郵船社長の近藤廉平のところに行き同じことを説いた後、彼に満州視察旅行をさせたのであった。

しばらくして視察から帰った近藤廉平は渋沢栄一に

「渋沢さん、どうもこうも満州はロシアの鉄の色一色に染まっていました。児玉君が言うようにこのままでは数年のうちに日本はロシア軍によって滅びるしかないでしょう」

と満州で見たままを語ったのである。同じ言葉でも軍人が言うのと経済人が言うのでは意味が全く違う。近藤の言葉を真摯に受け止めた渋沢はもう一度児玉と時間をとって会合をもった。

「児玉さん、郵船の近藤君から満州の様子は聞きました。とんでもない状況だと彼は言っていました。ところで仮に開戦したとして勝つ見込みはいかがですか？」

「渋沢さん、とうてい勝つまではいきません。総力をあげ、なんとか戦いを優勢に持ち込み、あとは外交によって戦を終わらせるのがやっとというところです。しかし日本軍が作戦の妙を得、将士が死力を尽くせば、今ならなんとかやれる。近藤さんが満州で見たとおり、日本はここで決断して国運を賭して戦う以外に道はない。どうか財界のご決断を！」

感極まり泣きながら説得する児玉に渋沢は

「わかった児玉君、私もそのときには一兵卒として戦場に出るよ。開戦に備えてこの身を挺してでも資金調達をしましょう」

と涙ながらに答えたのであった。

ここに政界、財界の了承が揃ったのであった。児玉は日本人を代表して反対派に主戦論を説き、その後は軍服に着替えて満州へ作戦指導へと赴くのであった。今にしてみると児玉源太郎という個人無しでは、このタイミングでの日露の開戦はありえなかったであろうし、乃

渋沢栄一

木将軍を助けた旅順の攻略戦もなかったと考える。

参考までに当時の日露両軍の開戦時の陸軍の戦力比較を記す。

	ロシア		日本
歩兵	六十六万	対	十三万
騎兵	十三万	対	一万
砲撃支援部隊	十六万	対	一万五千
工兵と後方支援部隊	四万四千	対	一万五千
予備部隊	四百万	対	四十六万

海軍戦力比は前述のとおり

三　対　一

よく勝てたものである。

いずれにしても一九〇四年二月四日、伊藤らの元老会議で決定した対ロ開戦に対して、御前会議にて明治天皇の裁可が下り、五日後の仁川港の砲声によって日本とロシアは戦闘状態に入った。

11　バルチック艦隊

当時の帝政ロシアは強大な「陸軍国家」として有名であった。そもそも陸続きのヨーロッパでは、イギリス以外は隣国の侵入に対して海軍よりも陸軍を重視していた。

ロシアの隣国は当時一流の陸軍国家であったプロイセン（現　ドイツ）であった。皇帝ベルヘルム率いるプロイセン国家と、ニコライ二世率いる帝政ロシアとは当時蜜月時代ではあったとは言え、右手で握手しながら左手ではナイフを忍ばせるというのは大陸国家では常套の手段であった。

この時代の世界地図は、イギリスがアフリカ南東部、インド、ビルマ、シンガポール、香港、オーストラリアを塗りつぶし、フランスもアフリカ北部、マダガスカル、インドシナと蚕食し、オランダはインドネシアを蝕んでいる最中であった。

ロシアは北半球から地球を眺めた場合、その版図は横長で長大であるために大西洋、太平洋、黒海と同時に目を光らせる必要性があった。そのためにロシア全艦隊を三分して「太平洋艦隊」「黒海艦隊」「バルチック艦隊」とそれぞれ命名したのである。

太平洋艦隊は、本拠地を極東の不凍港ウラジオストク港として今回の日露戦争時においては旅順港にさらに分散させて駐留している。なおウラジオストクとはロシア語で「極東を征せよ」という意味で、いかにこの港にアジア征服をロシアが期待していたかがわかる。

黒海艦隊は正式名称を第三太平洋艦隊といい、トルコとの間で起きた露土戦争によって得た占領地セバストーポリ港を本拠地にしていたが、戦力的には副次的な拠点と見られており、港内に浮かぶ艦隊はどれも一線を退いた老朽艦ばかりが配備されていた。「浮かぶアイロン」と揶揄されるほどおよそ実戦には不向きな時代遅れの艦船を集めた艦隊であるが、この物語の後半ではカムラン湾で主力艦隊と合流することになる。

バルチック艦隊は正式名称を第二太平洋艦隊といい、ロシア大西洋側のリバウ港（現　フィンランド）を本拠地にして大西洋の睨みとともに、首都サンクトペテルブルグ防衛の重要さがゆえに常に最新鋭の戦艦・巡洋戦艦を配備していた。

ここまでを書くと「なぜ大西洋担当のバルチック艦隊がわざわざ遠路日本海まで来る必要があるのか、そもそも日本海軍相手には太平洋艦隊の備えがあったのではないか」という当然の疑問がわいてくる。

バルチック艦隊

ロシアが首都の防衛を放棄してまで虎の子の艦隊を東洋に派遣せざるを得なかった理由は、開戦時には拮抗していた彼我の戦力比のバランスが、日本海軍の奮戦によって崩れ去ったことである。

当初の第一太平洋艦隊は、十分に日本海軍に伍する火力と速力をもつ能力と、老将マカロフという智謀に長けた司令官が指揮する堂々とした艦隊であった。日本海軍もこの戦力は評価しており、この艦隊が健在である以上満州への陸軍兵の輸送に支障をきたす恐れがあった。しかし開戦後まもなく起こった黄海海戦によってマカロフ将軍は戦死、最新鋭戦艦一隻が日本側が仕掛けた機雷に触れて沈没という事態が起こった。

またその後日本陸軍第三軍による死力を尽くした二〇三高地の攻略後、旅順港に停泊している太平洋艦隊に向けて陸上からの過酷なほどの砲撃が加えられて旅順艦隊は全滅し、本拠地ウラジオストクに残す数隻以外は作戦行動ができないような状態であった。このことによって日本海を含む日本列島の周辺海域は日本帝国海軍の制海権となり、軍艦はもとより満州における兵員や食料、弾薬などの補給物資の海上輸送の安全が補償されることになった。逆にロシアにとっては海軍だけの話ではなく陸軍の戦いにも支障をきたすような事態に陥ったことになる。

この報を受けたロシア海軍司令部は、大慌てでバランスの調整のために一万五千海里という気が遠くなるほどの遠距離をおしてでも艦隊を派遣することになったのである。

しかしここで問題になったのは「誰」をこの無謀ともいえる遠征軍の司令長官に抜擢するかという人事であった。当時のロシア帝国内部は大国が陥る「慢心病」にかかっており、皇帝ニコライ二世をして「マカーキ（猿）の軍」と呼ばしめていた極東の国の日本海軍に対して、本気で情報を集めて、真剣に作戦を立てて戦いに挑む気質は皆無といってよかった。しかもウラジオストク艦隊が敗れた後でさえもこの気質は改善されることなく、誰もがまさに鎧袖一触「バルチック艦隊は行くだけで勝つ」という考えが蔓延していた。

ニコライ二世には日本でのいやな思い出があった。

一八九一年、彼は皇太子のころ親善のために一度日本へ来たことがある。軍艦パーミャチ・アゾーヴァに乗り神戸港に着いて京都観光の後、大津で琵琶湖見物の日であった。滋賀県庁で昼食を摂った後、街道を大勢の日本人がロシア国旗をふりかざす中、一行が通り過ぎたときに津田三蔵という警備の警官がいきなり人力車に乗ったニコライをサーベルで切りつけてきたのである。

この事件で右側頭部に九センチの傷を負い、顔面から血を流したままニコライは治療のために京都の病院に駆け込んだ。この報を聞いて慌てた日本政府は、賠償金の支払いや領土の割譲までも視野に入れた。この事件でその後のニコライの東京訪問は中止になった。

この報を聞いた明治天皇までもニコライが宿泊する京都の常盤ホテルに見舞いと謝罪のために出向き、さらにもう一回ニコライが帰国するときに周りが「人質として拉致されるから」と止める声を振り切って神戸に停泊する軍艦にまで謝罪に訪れるほどであった。

当時の日本がいかにロシアを恐れていたかがわかるエピソードである。

ロシア皇帝 ニコライ二世

皇帝になったニコライ二世は、当時の日本の野蛮さと天皇を含む日本政府の慌てようを目の当たりにしていたので「東洋のサルごとき」という認識は当然のことであったろう。

当時海軍少将であったロジェストウエンスキーは艦隊戦の経験の無い宮廷内の生粋の官僚主義者であった。彼の得意とする海は、日本海ではなく皇帝のご機嫌を取ることだけが毎日の関心ごととなっているロシア社交界という海であった。如才ない社交術と持ち前の端正な顔立ちからロジェストウエンスキーはロシア皇帝ニコライ二世の寵愛を受けていた。

バルチック艦隊を極東に派遣することを決定した最終閣僚会議においてニコライ二世は

「誰がその司令官になるか」とその場に居並ぶ海軍の将軍たちを見回した。将軍たちの脳裏には三万キロ、四十隻、七千五百名、石炭の補給、日英同盟、ゲネラル・トーゴーなどさまざまな後ろ向きな言葉が瞬時に浮かびそのひとつひとつが彼らの挙手を妨げたのである。

その沈黙の長さに落胆の色を隠せないニコライ二世の顔を見ながら、おもむろに立ち上がったロジェストウエンスキーはゆっくりと答えた。

「陛下、私が参りましょう。そしてご希望通りわが精鋭の艦隊と将兵たちの手によって黄色いマカーキを打ち滅ぼしてご覧にいれます」

その儀礼に乗っ取った彼の言葉を受けて

「おお卿か、卿が行ってくれるのであれば余も安心である」

実際この時のロジェストウエンスキーの本音はどうであったのだろうか。誰が考えても無謀な距離と補給の困難さを乗り越えて激戦に行くことは不可能なことぐらい、いかに世情に暗い皇帝でも理解していると考えて「もうしばらく行くのを待て」という回答か「その無謀な旅に卿を出すのには忍ばず」という回答を期待したのではなかっただろうか。

いずれにしてもロジェストウエンスキーの思惑は外れ、この瞬間あっけなくサイは振られたのである。

ここで、バルチック艦隊の編成を述べる。

最新鋭戦艦スワロフを含む戦艦六隻、巡洋艦七、軽巡洋艦五、水雷艇九、病院船一隻で構成され、これに多数の運送船、工作船などが付随した合計三十九隻、乗組員総数七千五百名の大所帯である。乗組員の数もさることながら質のほうも劣悪で、艦隊戦はおろかおよそ艦隊勤務の経験の無いはるかシベリアの受刑者や炭鉱労働者までが、まさに数あわせで乗り組みを命じられていたのである。

ロジェストウエンスキーが彼の妻に宛てた手紙の中で再三「同じ命令を五回言わなければ理解しない部下たち、さらに出来たかどうかの確認を五回やらなければならない部下たち」と表現したようにおよそ海軍の常識から外れた者たちも同道していたのであろう。

いずれにしても一九〇四年十月に、彼の率いるバルチック艦隊は重く霧が立ち込めたリバウ港を、華やかな軍楽隊の演奏も見送りも無くひっそりと出港する。

バルト海を南下するとすぐに、イギリス本土の東側に浅瀬が広がり格好の漁場となっているドッガーバンクにさしかかった。かねてからこのあたりまで日本艦隊の駆逐艦がきているというデマが流れていたために深夜、霧の中から艦隊の前に現れた漁船団を探照灯の明かりの中に見た途端に日本艦隊と見誤ったのである。そしてあろうことかそのうちの大型漁船一隻に向けて集中的に艦砲射撃がなされたために他の艦も追随して発砲しだした。パニックに陥った艦隊は恐ろしいもので、誤認した非戦闘艦に対して誰も指揮をしなくても射手たちがめいめいに砲弾を打ち続けたのである。

およそ古今東西の戦争で運・不運というのはつきものであるが、このバルチック艦隊ほど出港から日本海海戦終了に至るまで不運に見舞われ続けた艦隊もめずらしい。

濃霧のドッガーバンクで起こった漁船誤射事件で、翌朝艦隊が去った漁場では太陽の下で殺戮の限りが尽くされ破壊された漁船の群れが漂流していた。もちろんロシア側の生存者の救命活動も無く、艦隊ははるかかなたに去ってしまっている。

この事件でイギリス政府は断固とした抗議表明をロシア政府におこない、対処の仕方によっては戦争も辞さない態度を取ったのである。事実その後、名門イギリス艦隊がバルチック艦隊を追尾して、あるときには包囲し、あるときには抜き去った後反航したりのいやがらせ行為を続けて、素人集団である艦隊の見張り員の神経をすり減らしたのである。

さらにその後寄港したスペインのビゴー湾では、イギリスはスペイン政府に対して「非協力な態度を求める」と抗議をした結果、湾内での補給は許可されることはなく、波に漂いながらの給炭作業となり、その作業は困難を極めた。

またアフリカのダカール湾でも同様にイギリスはこの艦隊に対して決して心穏やかに休息と補給ができないように圧力をかけている。単なる日英同盟のよしみというくびきを超えて彼らがロシアにとった目に見えないいやがらせの数々は、まさに前述のドッガーバンク内で起こった罪の無いイギリス漁船団に対しての殺戮に対する報復であったのだろう。そういう意味ではバルチック艦隊は最初からツキに見放されていたとも言える。

およそ海軍の常識で、戦艦など多数の艦艇を引き連れて三万キロを走破するということ自体が、戦闘をする以前に常識はずれであった。しかし彼らはその常識を覆して困難を跳ね除けてついにアフリカ最南端喜望峰を通過することができた。

喜望峰を回った艦隊の次の寄港地はフランス領マダガスカル島のディエゴスワレス軍港であった。ここは現在でも使用されている大きな軍港であったので艦の補修や船底の牡蠣がらの除去などの作業も可能であるし、乗組員にとっても上陸ができるので快適な補給と休息を取ることは容易であった。今までの寄港地で苦渋を飲まされ続けてきた将兵にとって希望の安息地を約束していたにもかかわらず、ここでもまたもやイギリスが動き出したのだ。

寄港地を管理するフランス政府に対してイギリスはバルチック艦隊のディエゴスワレス軍港の使用禁止を要請してきたのである。

フランスはこれに屈した。しかし露仏同盟の関係もあるのでひっそりとノシベという田舎町にある小さな港をこの艦隊に用意した。ここは暑さのひどい場所で日中の甲板の温度は焼けた鉄板のようになり、当然その鉄板に囲まれた各部屋の温度はまるでサウナ風呂に入っているかのようであった。

十分な休息ができると思って期待していた将兵からは不満の声が連日上がり、ついには発狂して自殺するものもあらわれた。

バルチック艦隊の大遠征は現代のモーターレースに例えるなら、三万キロ離れたレース会場まで自力でレーシングカーを運転して行き、そのまま会場に着くなり休憩無しでフルスペックで耐久レースを戦うようなものである。遠距離移動のための相当な疲労によって本番レースで本来の実力が出ないことは自明の理である。

このように地球儀の上を半周「鼻つまみ者」扱いで航行してきたこの艦隊が、マダガスカル島を後にして今日到着したのがベトナム、カムラン湾であったのだ。いかに乗組員の全員がこの地に対して安息の日を期待していたかが理解されると思う。

12　石炭補給作業開始　午前

翌朝桟橋にて

朝早く村長のズンが不安な足取りで桟橋に来て見ると、期待していなかったがほとんど昨日集まった若い衆が顔を出していてくれた。数はざっと四百名はいるであろうか。

「おお、なんということじゃあ。みんなが来ておる。みんな、すまんなあ、ありがとう」

誰もいないと期待していなかったズンは涙目で全員の肩をたたいて回った。

「なあに、全員がおまえさんの泣き顔を見るのはいやだからな、仕方がねえよ」

タンが頭を掻きながら答えた。

「一週間だけだぜ！」

「親のようなあんたの頼みだ、仕方ねえ」

「昔、読み書き教えてもらったお礼だ」

カーが胸を張った。

「カー、教えてはもらったが、今は全然おぼえてないだろうが！」

タイが応える。

「ははは違いねえ！」

「みんな、ありがとう……おそらく今日の作業は重い荷物の運搬なので決して怪我だけはないようにしてくれ、それと作業が終わったら代表がワシの家に給金を取りに来てくれ。食事は朝と昼と帰る前に三度桟橋の横に見えるあの小屋で取れるようにしてあると聞いておる」

「しかし一日一フランたあ安い賃金だなァ、まったく。今日の農作業をおしつけたかみさんに対して顔が立たないな」

「今の漁なら一日十フランは稼げる時なんだが仕方がねえ」

「フランスの連中ときたら、おれたちベトナム人の扱いなんざあ牛馬のようなものさ」

わいわいと雑談を交わしている時に武装した手勢とともにカールマン大尉がやってきた。後ろには服装の異なる黒い軍服のロシア海軍の士官を三名連れてきている。

「やあ、ズン村長とみなさん、早朝からご苦労様です。もし集まっていなかったらと思って武装した部下を大勢連れてきましたが、その必要はなかったようですね。ものわかりのいい人は歓迎です。今日の労

現在のカムラン湾の砂浜

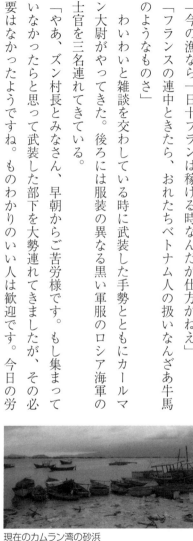

働は向こうに見えるハロン湾から来た三隻の給炭船から、石炭俵をロシアの戦艦に載せかえる仕事だ。なあにさして難しい仕事ではない、すぐに慣れる。労働時間は朝の八時から夕方四時までだから、終わり次第飯を食べて家に帰ってもよろしい」

「カールマン大尉殿、何度も言うようじゃが、決して村民に無茶なことをやらせないでほしい。それだけはお願いじゃ」

「わかった、わかった。では村長、チームを編成する。石炭補給用の桟橋は二ヶ所あるので今から全員を二つの班に分かれさせろ。そしてそれぞれの責任者を決めるように」

「わかった、ちょうどこの村には部落が北と南に二つあるのでな、北の部落の者はタンを班長として働くように。南の部落はカー、お前が班長をやるように。タンはともかくカーは少し心配じゃが、みんなそれぞれの班長の言うことをよく聞くようにな」

「よし、聞いての通りだ。名前を呼ばれた二名、前に出ろ」

カールマンの声に名前を呼ばれたタンとカーは前に出てきた。両者とも赤銅色した百九十センチの上背で、まるでプロレスラーのような体格と胸板をしている。後ろに並んでいる熊のようなロシア士官と比べても遜色がない。

「しかしやたらとでかいな、お前たちは。何を食ったらこんなにでかくなるんだ? よし、まずはお前たちにロシア海軍の補給を担当するチャノフ大佐を紹介する。こちらがチャノフ大佐だ」

小柄なカールマンが二人を見上げるように言った。

「ああ、諸君、私が担当のチャノフだ。艦隊の物資の調達を担当している。お前たち二人が石炭補給作業の責任者だな。毎日のノルマを確実にこなすように一週間よろしく頼む。作業は重労働なので十分休養を取る為に二交代制とする。つまり今日の作業をする組をAチーム、明日の組をBチームとしAとBが一日交代で作業を行うようにする」

「おれが北部落のタンだ。北の半島の先で網元をやっている。みんなは俺の指示に従う」

「おれが南部落のカーだ、おれも南で漁師をやっている、腕相撲は誰にも負けたことがない」

毛むくじゃらの背の高い大男のチャノフ大佐に、それぞれが自己紹介をした。

「よし自己紹介はわかった、さっそく今からAとBの二つのチームに分ける。今日仕事があるものは明日のBチームとする。おまえはたしかタンだったな、今日から第一桟橋の補給責任者を担当する。ロシア側はそちらにいるスワロフスキー大尉が担当だ。タン、班を編成しろ、そのうち半分は明日の担当だから帰していいぞ」

「わかったよ。おーい！　北の部落の者はおれの周りに集まれ！　全員幼馴染ばかりだから今更間違わねえよな！」

ぞろぞろと褐色の体格のいい者たちがタンの周りに集まってきた。

「この中で今日仕事があるやつは誰だ」

「おう」と大勢の漁師たちが手を上げる。

「よし、一・二・三・四と、だいたい半数だな。おまえらはBチームだ。今言われたとおり今日は帰っていいぞ。その代わり明日同じ時間にかならず来るようにな」

「タン兄い、本当に帰っていいのか？」

「おう、そのかわり明日頼んだぜ」

「よし、第二班はカーとかいったな。お前は第二桟橋だ。こちらの担当はマカロフ大尉だ。タンと同じように編成しろ」

「しかたねえなあ、よし、残ったものはおれんところの班だからな。心配すんなよ、おれが全部面倒見るからよ。今日仕事のやつは帰れ、そのかわり明日来るんだぞ」

「わかった、カーしっかりやんなよ」

「ああ、明日同じ時間にくるんだぞ」

砂浜に集まった男たちの半分ほどが明日のBチームとなり帰った結果、二百名強ほどの男たちが残った。彼らはタンとカーが率いる二つの班に分かれてそれぞれ毛むくじゃらの熊のような体格のロシア士官のあとに並んだ。

この様子を見てカールマンは満足げに
「よし、全員それぞれの担当のロシア士官のあとに続いて決められた戦艦に乗り込むように。各自担当士官の言うことをよく守るように、また意見があれば二人の責任者を通じて話すように。責任者は全員の監督と意見の調整役をするように。ズン村長調達ご苦労、もう帰っていいぞ」

「ああ、くれぐれも怪我のないように、みなを頼みましたぞ」

海岸を去っていくズンの姿が見えなくなった。

「大尉殿、各艦への乗艦準備ができました」

そのスワロフスキーの部下の言葉に
「よし、今は七時半だな。それではまずはあそこの食堂で全員朝飯を食べるように。その三十分後の八時から全員作業を開始する！　かかれ！」

この命令で自分の仕事がすべて終わったとカールマンは思った。あとは自動的に一週間後にすべての補給が完了して艦隊がこの港を去るのを待つのみだな、と安易に考えたのであった。

部下を引き連れて司令部に帰ろうとするカールマンに、石炭補給状況を管理しているノートから目を上げてチャノフ大佐が声をかけた。

「カールマン大尉ご苦労であった。また昨日の貴殿の部下によるもてなしも含めて、ロシア海軍に対する貴殿の努力に感謝をする」

「チャノフ大佐、露仏同盟のよしみです、当然ですよ」

「そうか、ありがとう。ところでちょっと聞くがこの村に大勢の人数が入るような酒場はあるかな？　将校たちもたまには狭い艦内を出て息抜きが必要だからな」

「そうことですか、私も海軍ですから久しぶりに上陸したときの気持ちはよくわかります。それでしたらこの村のニャチャンに通じる街道沿いに『カニの手』という海産物を中心とした酒場があります。おっしゃるような大人数が入りますし、酒も豊富に揃っていますので是非お使いください。行くときは私の名前を出して『カールマンの紹介で来た』と言ってもらうと待遇がよくなりますよ。是非使ってやってください」

カールマンはファットの小ずるい顔を思い出して躊躇なくチャノフ大佐に「カニの手」をすすめた。

「ありがとう大尉、それでは今晩からおおいに使わせてもらうとする。なにせ将校の数だけでもおよそ八百名はいるのでな、そのケアだけでも大変だ」

※

ここで当時の艦船への石炭の積載労働の過酷さについて説明しなければならない。

そもそもバルチック艦隊約四十隻の三万キロの航海に必要な石炭の量は、総量二十四万トンであった。しかしこれは平時航海の必要量で、もし海上戦闘が始まればその消費量は倍に跳ね上がることになる。

ここまでの行程でバルチック艦隊は述べてきたようにスペインのビゴー湾、アフリカのダカール港、マダガスカル島のノシベ港において数回石炭の補給をしてきた。いずれの場合も作業員は二十四時間休憩は無く、将兵の区別なく石炭の積みこみにあたり、あまりの暑さのために、作業中に熱射病で亡くなる士官も出たほどである。

実際の作業は、軍艦に横付けされた石炭船の起重機が石炭を詰め込んだ俵をつりあげ、甲板に下ろす。下で待っている乗組員は群がるようにそれを担いで艦内に運び込む。そのときには甲板上はもちろん、艦内にも石炭の粉塵が舞い上がり、機械類、戸棚、食器にいたるまで黒光りした石炭粉に覆われる。当然運んでいる作業員たちは頭からつま先まで真っ黒になる。さらに防塵用として覆っている布を通過した微粉は呼吸器官を通じて体内に達するので呼吸困難で倒れる将兵も数多くいた。

また昼間の作業はさらに過酷で、鉄で覆われた艦内が四十度を軽く通り越した中での重労働になる。水兵の多くはロシアの寒い農村出身で、気温四十度の艦内にマイナスの温度に慣れた北国育ちがいれば当然体調もおかしくなる。艦隊の乗組員七千五百名中、千五百名は熱中アレルギー症に悩まされていた。

さらに補給作業の過酷さに加えて、戦時中の石炭補給には厳しい国際法が存在していた。

当時の国際公法には「戦闘国は戦闘に参加しない中立国内の港湾においての石炭の補給作業を二十四時間以内に必ず終えなければならない」という厳しい制限があった。当然ロシアは戦闘国であるし、フランス領インドシナはこの法律上中立国にあたるのでこの国際法は遵守しなければならない。

本来なら国際法上二十四時間でこの労働は打ち切られるのであるが、これだけの数の艦隊ともなればすべての艦船に石炭を補給するのには最低一週間は優にかかる。

寒い国のロシア人と違って南国育ちで暑さには慣れているベトナム人といえども、この作業は同じ過酷さを要求されるのである。

※

「これがロシアの戦艦か、なんてえでかさだ！　おれの船の千倍はあるな！」

列の先頭のタンが戦艦アリヨールの艦橋を見上げて言った。

「どうだ、ベトナム人恐れ入ったか！　わがロシアが誇る世界最新の艦だ、名前をアリヨールという。さあ、お前たちの働き場所に着いた。百名全員この石炭庫に入るんだ。今から仕事内容の説明をするぞ」

「何だよ、全員がこんな暗い倉庫で働くのか。しかし背の高い倉庫だなあ、天井までゆうに十メートル以上はあるぜ。しかもがらんとして何もないではないか」

「そうだ、間もなく給炭船のクレーンが甲板まで石炭を運んでくる。それをお前たちが担いでここに運ぶんだ。運んだら俵から石炭を出してこの倉庫に撒くように。撒いた石炭をそこのシャベルを使って、できるだけ平らになるように均していけ。今日の作業の終わりまでにこの倉庫を一杯にするんだ」

「要するに石炭を運ぶ係、俵を開封して撒く係、それを均す係の三種類に人数を振り分ければいいんだな？」

「そうだ。お前は物分かりはいいようだな」

タンの質問にスワロフスキーは答えた。

「褒められて悪い気はしねえな、ようしお前たち、ここからこっちの人数五十名は上の甲板から炭の入った俵をここまで運んで来い。こっちの二十名の人間は運んできた俵を開けて床にぶちまけろ。この列の三十名の人間は俺と一緒にシャベルを持って均し作業だ。どうせやるんだ、漁の時と同じように元気よくやろうぜ！」

「おう！」

「結構結構、タンといったな、お前はほかのものに比べて頭がよさそうだな。手間が省けてやりやすいぜ」

「そうかい、ありがとよ」

——ドーン、ドーン

その時クレーンの音がしたかと思うと、甲板に石炭が投下された音が頭上に響いた。全員が何事かといっせいに頭上の天井を見つめる。

「ようし、石炭が運びこまれたらしい。お前たち上に行って担いで来い」

「よしわかった、任せておけ」

半数の五十名の屈強な漁師たちが威勢よく上の甲板に上がっていった。

「おい、このでかい倉庫は何トンの石炭が入るんだ？」

「千トンだ、さっきも言ったが今日中に終わらせたい」

「何？　千トン？　百キロを五十人が担いでも一回やっと五トンだぜ。それを二百回か？　無理だな」

「そういうな、こちらも石炭の運搬用に水兵を百名用意している。もっとも水兵としてはあまりできがよくない連中だがな」

「そうか百と五十で百五十名、一回の運搬で十五トンか。それでも千トンにするには七十回か……午前と午後で三十五回づつ、きついなこれは」

数字が得意なタンは瞬時に計算した。

「えっほ、えっほ」

間もなくかけ声がして百キロの石炭の入った俵を担いだ第一陣が帰ってきた。

「ようし、ご苦労！　おまえたちはそこのナイフで俵の口を切って中身を出すんだ。おれたちはそれをシャベルで均していこう。みんな大切な体だ、怪我だけはするなよ！」

「おう！」

タンたちベトナム人は、ロシア人が最も嫌う灼熱の石炭庫に入れられての作業を命じられた。ロシアの水兵は同じ作業を気温の低い夜間にやるようにして酷暑の中の作業を避けたのである。

「よし、どんどん持って来い！」

しばらくするとスワロフスキーのいったとおり石炭を運ぶ人間の中に、ロシアの水兵も混じる様になってきた。見たところ人数はベトナム人の倍くらいである。

俵から石炭をばら撒いたとたんに、もうもうと黒い粉塵があたりを暗くする。

タンたち倉庫組はスワロフスキーに手渡された手ぬぐいで口をふさいで石炭の均し作業を始めたが、息を吸うときに手ぬぐいの細かい目をかいくぐって石炭の粉塵が口の中に容赦なく入ってくる。

「しかし暑いなあ、こりゃ思ったより疲れる仕事だぜ」

「本当だぜ、何が簡単な仕事だ！　だんだん呼吸が苦しくなってきたぜ」

弟分のタイがシャベルを動かしながら応える。

八時から始めた仕事だが、昼に近づくにつれて艦内の気温は上昇し、密封された部屋はまるでサウナ風呂のような状況になっていった。いかに南国育ちの屈強なベトナム人といえどもその中での重労働は拷問にも等しかった。

「おう、スワロフスキーさんよ！　こりゃあきついわ！　時間を決めて休憩を取らせてくれ。このままじゃあ水を飲まないと全員死んでしまう」

あまりの状況にタンが担当のスワロフスキーに頼んだ。

「けっ、見た目に比べて弱いやつらだ！　まだ作業は始まったばかりだぞ！　水は階段の下の樽に入れてある。作業の合間を縫って適時取るように、飲んだらすぐに作業を続けろ。勝手に休憩を取ることは許さん」

「何だと、もしおれたちが死んで働く人間がいなくなったら困るのはあんたたちだろうが」

「口答えをするな、口より先に手を動かせ！　この三等人種どもが！」

「何を！」

「こら、石炭がまた降りてくるぞ、早く平たく均すんだ！　何度言えばわかる！」

――ピシャリ

スワロフスキーの竹の鞭が倉庫の床を叩いた。

「チッ、礼儀知らずな野郎だぜまったく。おぅ、みんな倒れたら元も子もねえ、しっかり水分を取りながら作業しろ、いいな！」

「おう！」

タンの言葉にベトナム人たちはもくもくと石炭を均していく。

※

十二時になった
「よーし、十二時になった。全員休憩だ。おまえたち一旦艦の外に出て昼飯を食って来い！

三十分たったら戻ってまた作業を続けるんだ」

スワロフスキーの声に
「ふー、やっと休憩か。しかしこんな地獄のような仕事を四時間もよくやれたな。みんなお疲れ様だ。飯にしようぜ！」

タンは全員に声をかける。

「おう、炭だらけで死にそうだぜまったく」

「目が真っ黒で何も見えねえ」

例外なく体中が真っ黒になったベトナム人たち百名はタンを先頭にぞろぞろと戦艦アリヨールを降りて食堂に向かって歩いた。

「ひえー！　外の風がこんなに気持ちいいとは思わなかった」

「見ろ、おれは体の筋肉が引きつっているぜ」

「まったく暑くてやってられねえぜ、べっ！」

タイが砂浜に吐いた唾液は墨汁のように真っ黒だった。

ベトナム人たちが入った食堂の横手には水が入った大きい樽と桶が置いてあり、そこで全員が顔から水をかぶって身についた粉塵を落とした。洗い場の排水溝はみるみるうちに真っ黒の水で一杯になっていった。

「ふー！　生き返るぜ！」

「まったくだ！」

体を洗ってすっきりしたら食堂の椅子に座って大声で全員が叫んだ。

「さー、飯だ飯だ。飯持って来い！」

「早くしろよ！　死ぬほど腹がへったぜ」

しかし出てきた食事を見て

「何でえ、この飯は！　重労働のあとだっていうのにたったこれだけかよ」

ベトナム人たちが並んで待って出てきたのはジャガイモを煮たものに野菜、それと黒パンが一個と薄いスープであった。軍艦内のコックが作ったのであろう典型的なC級ロシア料理だ。

「おい、これじゃあ力が出ねえだろうが！」

「まったくだ！　料理下手な母ちゃんの弁当のほうが何倍もましだ！」

「おい！　箸がねえじゃあないか！」

皆が不満の声をあげる中、タンが言った。

「まあ我慢しようぜ、どうせ午後もう一回同じ作業をやったら終わりだからな」

「ああ、もう少しの辛抱で家に帰れるぜ」

込み合う食堂に第二桟橋からカーが率いる二班の百名がやってきた。こちらも例外なく全員が疲労困憊した顔をしている。

「おう、カー！　お前たちも今終わったところか？　まあ同じ作業だと思うがどうだった？」

「タンか、どうもこうもないぜ。お前たちも同じだと思うが、戦艦スワロフとやらの倉庫での石炭運びだ、ありゃ地獄だな。二人が暑さで倒れたぜ」

「なんだと、倒れた？　大丈夫なのか？」

「ああ、今スワロフの医務室で寝てるが、どうなるかわからねえ。なんか午後には知恵をはたらかさなけりゃあ、このままじゃ全員死ぬことになるぜ」

「そうだな、よしみんな、提案なんだが。密閉された暑い中での作業と重いものを運ぶ作業の二種類の作業がある。両方それぞれつらい作業だが環境を変えたほうがいいとおれは思う。午前と午後で持ち場を交代しよう。いいな、午前五十名の運び役はこれからは倉庫の中だ。おれを含めて午前倉庫の中で仕事をしたやつらは、午後から運び役をやろう」

「いい考えだ、タン。それでいこう。おれは重い荷物はもうこりごりだ、肩が痛くて堪んねえ」

「俺もだ、暑い中で煤まみれで真っ黒になって仕事するより、少しでも潮風が受けれる甲板に出てえ」

「ようし決まりだ、午後からは作業は交替！　いいかみんな、くれぐれも怪我だけはするなよ」

「おう！」

13　石炭補給作業　午後

昼食が終わった。

現在でも同じであるが、ベトナム人は習慣で昼食のあとは必ず一時間は昼寝をする。これは時間に厳しい金融機関でも同じで、十二時を過ぎると銀行などでもカウンターの下で枕を抱いて寝ている女性行員をよく見かけることが出来る。

「さー、飯も食ったし寝るとするかー」

「しかしまずい飯だったなあ。なんでぇあの黒いパンは石炭とかわらねえな」

「そうだな、あの椰子の下が涼しそうだ。あそこで寝ようぜ」

三々五々ベトナム人たちは椰子の木陰を選んで横になった。椰子の葉から漏れる太陽の光を見ているうちに、ほとんどの人間が眠りについた。タンは木陰で新聞を読んでいる。

「貴様たち！　何を寝ているんだ！　三十分で帰って来るように言っただろうが！」

竹の鞭を持ったマカロフとスワロフスキーが桟橋から鬼のような形相で怒鳴り込んできた。

「どいつもこいつも豚のように寝やがって！　やいこら！　起きろ、この役立たずどもめ！」

スワロフスキーの竹の鞭が、寝ているベトナム人の顔と言わず背中と言わず容赦なく飛んできた。

「まったくだ、責任者のカーまで大口を開けて寝てやがる。こいつら立場をわかっているのか、こら起きろ！　大馬鹿者たち！」

マカロフも鞭で叩くだけでなく、大きな足で全員を蹴飛ばして起こしていった。

「痛えなあ！　血が出たじゃあないか、何をするんだ！」

カーが叫んだ。

「馬鹿者ども！　誰が勝手に寝てもいいといったんだ！」

「馬鹿者とはなんだ！　ここはおまえ達の国ロシアじゃない、ベトナムだ！　ベトナムじゃあ、誰でも昼飯のあとは必ず一時間寝るように決まっているんだよ。そんなもん、誰の許可もいらねえぜ、当たり前だろうが！」

「何を！　えらそうに言うな、この三等人種めが！　わがロシアにはそんなだらしのない習慣はない、みんな勤勉に昼飯のあとはすぐに働くのだ」

大声で口答えするカーの背中にさらに激しく鞭の雨が降ってきた。

「やめろ、マカロフ！」

タンがマカロフの鞭をつかんだ。

「なんだと、タン！　貴様も鞭で殴られたいのか？」

「やめろ、おまえ達の寒い国と違って、ここベトナムでは暑いので誰でも昼食後は昼寝の習慣があるのだ。大目に見ろだと、大目に見ろ！」

「大目に見ろだと、生意気に！　貴様も班の責任者だろうが！」

「その責任者だからこそ言っているのだ。小さいころからずっとこの習慣で育った俺たちは、昼寝をしたほうがすっきりして午後の仕事がはかどるんだ。郷に入れば郷に従えと言うではないか、理解してくれ！」

「何が理解してくれだ。そんな言葉はなぁ、対等な関係の者が言う言葉だ！」

「何だと、お前たちに協力しているおれたちは対等ではないのか？」

「こいつ馬鹿か？　偉大なるロシア人と劣等ベトナム人が対等なはずがないだろうが。勝手に一緒にするな、少しは考えてものを言え。悔しかったらあそこに浮かんでいるような戦艦を一隻でもおまえ達の手で作ってみろ。同じサルでも日本人は立派に作ったらしいぞ！」

タンの背中にも容赦なく竹の鞭が飛んだ。

その時一番背の高いタイがタンの前に入り、飛んできた鞭を掴んでマカロフを睨んだ。

「なんだあ貴様ぁその目は？　やるのか？」

タイは鞭を掴んだままマカロフを睨みつけている。

「タイ、よせ。こいつらに何を言っても無駄だ。ここは言うことを聞こう」

その言葉に鞭から手を離したタイに
「そうだ、最初から素直に従っていれば痛い目に会わずにすんだんだ」

「とにかく、三十分はロスをしている。ノルマは待ってくれない、全員早く持ち場に帰れ！」

スワロフスキーの言葉に、木陰にいた二百名のベトナム人はいやいやながら砂を払いながら立ち上がった。

「タンよう、おりゃまだ眠たいぜ……」

「仕方ねえ、みんな作業にかかろう」

血だらけになったカーに肩を貸しながらタンは悔しそうに命令した。

※

午後の作業は午前以上に壮絶を極めた。

鉄の塊を容赦なく照りつける太陽によって艦内は四十度をゆうに超えていた。

午前中石炭の運搬を行った組が、石炭庫に通じるハッチの取っ手を触っただけで火傷しそうであった。さらにそのハッチを開けたとたんに中から強烈な熱風が襲ってきた。

「なんだこの暑さは！　おれたちはこの中に入らなければいけないのか？」

「ぐずぐず言うな、早く入れ」

さきほどマカロフに恫喝したタイの背中にまた鞭が飛んできた。

「入るよ、入りゃあいいんだろうが、まったく！」

手ぬぐいで顔を覆った五十名が順番に石炭庫に入っていく。まだ何も作業をしていないのであるが全員の顔面はもう汗だらけになっている。

「まったく……まるで奴隷のようなあつかいだな」

「こんな暑い倉庫、人間の入るところじゃあないぜ」

「確実に死ぬな、こりゃぁ」

めいめいが文句を言い合っている間に「ドーン、ドーン」と石炭がクレーンから甲板に下ろす音が再開した。

「そろそろ上から石炭がやってくるぜ」

「そうだな、さっさと終わらせようや」

その言葉が終わらないうちに午前の倉庫の作業組が「えっほ、えっほ」の掛け声で炭を運んできた。しばらくしてロシア人百名もこの作業に加わってきた。

「何だここは！　死ぬほど暑いな、午前中はこんなに暑くなかったぞ」

午前倉庫作業をやってたタンが炭を下ろしながら言った。

「ああ、午後この倉庫組にあたって損をしたなあ。まあそっちの炭運びも楽じゃあねえからよ、どっちもどっちだ特に後半がきつくなるぜ」

「ああ、ベトナム人たち、午後は覚悟しといたほうがいいぜ！」

タンに続いて肩から石炭を下ろした薄汚れたロシア水兵が言った。

「なんでぇ手前は？」

タンの質問にロシア水兵が答える。

「おれの名前はプリボイだ、死刑囚だ」

「死刑囚？　何で死刑囚がここにいるんだ？」

「おれだけじゃねえ、今石炭を運んでるのは全員死刑囚だ」

「なんだと？」

「こら、そこ！　何を無駄話をしているんだ？　早く荷を置いたら上に上がるんだ！　さっさとしろ！」

スワロフスキーの怒声が飛ぶ。

「ま、そういうことだ。よろしくな」

石炭庫を出て行くプリボイのあとを追ってタンは走った。

「おい待て、お前何をやったんだ？　人殺しか？」

「いや、ただロシア政府に対して食糧供給改善のデモ行進をしただけだ。今上で働いているのも全員そのときの仲間だ」

「何だと、たったそれだけで死刑か、ひどい国だなロシアてぇ国は」

「おれはロシアに占領されたフィンランド人だ、あいつら占領した国の国民の命なんざ何とも思っていねえ」

「しかし、たかがデモだけで死刑はねえだろうが」

「去年の六月にオイゲン・シャウマンというおれたちの親分格が、ロシアから送られてきたフィンランド総督のニコライ・ボブリコフという奴を暗殺したのがことの始まりだ」

「そうか……ロシア人総督を殺っちまったのか？」

「ああ、それ以降はすべてのフィンランド人がやつらの目の敵にされてしまった。まあ、フランスも似たようなものじゃあねえのか？　現にお前ら関係ないベトナム人がこんな地獄につき合わされてるじゃあねえか。じゃあな」

プリボイは甲板につづく階段を駆け上がっていった。

タンは複雑な気分で石炭をもくもくと運ぶほかの死刑囚の群れを眺めた。

「こいつら全員が死刑囚とは……」

※

甲板にて

午後の作業も二時間ほど無事経過したころのことであった。

ベトナム人が今下ろされたばかりの炭を運ぼうとしていたときだった。

「おーい、早く炭をクレーンの下からとりあえず脇に移動させろ。倉庫に運ぶのはそれからだ！」

タンの指示で五人ほどが積みあがった炭俵に取り付いた。

その時クレーンが次の荷物を運んできて、まだ人間がいる上から俵の塊を落としたのだった。

「あぶない！　全員、逃げろ！」

タンの声が聞こえなかった二名の上に、まともに合計すると五百キロはあろうかという俵の群れがばらばらっと降り注いだ。

「ぐあ！」

落ちてきた俵に一人は弾き飛ばされ、一人は声にならない叫び声とともに下敷きになってしまった。

「グエンがやられた！　早くみんなで背中の上の俵をどかせるんだ！　急げ！」

周りで見ていた全員が一斉に駆け寄り下から引きずり出したがグエンにもう意識はなかった。

「グエン、大丈夫か？　ちきしょう意識がない、おい！　この艦に医者はいるか？」

タンが周りのロシア死刑囚に叫ぶ。

「この上の医務室に軍医がいる。早くつれていこう。おいお前ら早くこのベトナム人を担架で医務室に連れて行け！」

さきほどのプリボイが指示を出して同じ死刑囚のロシア兵が担架でグエンを医務室に連れて行った。

「プリボイとか言ったな、すまねえ恩に着る。しかしロシアのやつら、まだ下に作業中の人間がいるのに荷物を故意に落とすとはひどいな、こいつら人間じゃあない……」

「いや、こんなもんだよ、やつらはお前たちの命なんか屁とも思っていねえ」

　プリボイはつぶやいた。

「おれたちがデモ行進していたときなんざ、やつらは軍隊を出してきて、しかも兵士が一般市民に機関銃を撃ってきたんだぜ。考えられるか？　老人や女子供もいる中にだぞ。おれはそのあと刑務所に放り込まれたから詳細はわからないが、うわさでは三百名以上が殺されたそうだ。それがやつらのやりかたなんだよ」

　タンは悪評が高かった前任の総督ポール・ドメールの悪政時でもベトナムはそれほどひどくはなかったと思った。目の前で起こったロシアという国の残忍な行動で帝国主義の本質を見たような気がした。

　しかしその後に来たスワロフスキーの鞭の音のあと死刑囚たちは
「えっほ、えっほ」

――ザッザッザッ
　粉塵が渦巻く中での作業がその後も続いた。

14　作業改善要求

夕方六時

「ズン村長！　いるかー、俺だぁ、カー様だぁ。今労働から帰ってきたぞ」

「じいさん、入るぜ。タンだ」

早朝から夜までの厳しい石炭補給作業を終えた後、石炭のすすで真っ黒になった大男がズン村長の家にやってきた。二つの班の班長のタンとカーである。二人とも例外なく疲労困憊した顔で、カーは明らかに竹で叩かれたような傷を背中に負っていた。その日の労働がいかに過酷なものかを物語っていた。

「ああ、二人とも、よく働いてくれた、あまりにも遅かったから心配していたんじゃあ。四時に終わる約束ではなかったのか？　まあまずは座ってくれ、お疲れ様じゃ。おいヒューよ班長たちに水と給金を配ってやってくれ」

「はい、お父さん。タンさんカーさんお疲れ様でした」

ヒューは水の入った二つのコップと全員の給金の入った茶色い封筒を目の前に置いた。

「まったくお疲れ様じゃあないぜ、ヒュー。おまえ、この仕事がどれだけひどい仕事かわかっているのか？」

「タンさん、お二人の今の格好をみれば大変だったことはわかりますけど、どんな仕事だったの？」

「ヒュー、お前ためしに一回やってみろ！　しかもあいつら昼飯のあとの昼寝も許してくれねえんだぜ！　言う事を聞かないと鞭が飛んでくるし、ありゃ確実に死ぬぜ」

背中の傷を指差しながらカーが訴えた。

「あー、ひどい仕事だ。おれは体力のあるほうだが、この仕事だけは二度とはしたくねえな。しかも何が三度の飯だ、豚に食わすような飯をだしやがって！」

すすで真っ黒になった顔から目だけが光っているタンが答えた。

「とにかくひどい環境だった……しかも時間が来ても帰らしてくれねえ」

咳き込みながらカーが呟いた。

「ひどい環境の中のひどい仕事だと言うことはよくわかった。まさか、けが人は出なかったじゃろうな。それだけが心配じゃ」

ズンの言葉にタンが答える。

「けが人と病人は両方の班で相当出た。おれの一班はけが人二名、カーの二班は熱中症の病人が五名だ。全員今はロシアの船で治療を受けている」

「ほんとうか！　けがは大きいのか？」

「おれの班の二名はみんなの目の前で合計五百キロほどの石炭俵の下敷きになったんだ。ロシアの奴らは荷物の下に人間がいるのを確認せずに平気でクレーンを下ろしやがるんだ。この事故でグエンは骨折をしたはずだ。畜生俺たちを何だとおもってやがるんだ！」

　タンは言い終わるとドンと机をこぶしで叩いた。

「けが人だけじゃあねえ、おれの班でも五名が熱中症でぶっ倒れた。今でも意識が無い状態だ。鉄の部屋の中で温度が四十度以上ある中、すすで真っ黒になって運ばれる石炭を平らに均す仕事をやってた連中だ」

「タン、カーそれは本当か！　なんとむごい……」

「ズンじいさん、むごいのはここからだぜ。倒れて意識のなくなった仲間にマカロフから仕事をしろと竹の鞭が飛んでくるんだぜ。もちろん気絶してるから痛さはわからないがなあ」

「それは人間のすることではないな……」

「ああ、ありゃあ人間のすることではない。ろくに休憩も与えないでこき使いやがって、くそロシアの白熊どもめ！」

タンは擦り傷のある手を見つめながら怒りを放った。

「もっとあるぜ、ロシアの野郎はこの作業に死刑囚を使っているんだぞ」

「なんと死刑囚をか？」

「ああ、しかも何の罪もないフィンランド人だ。なんでも、デモ行進しただけで老人や女子供までが銃で殺されたらしい。ロシアってぇのは占領した国民を簡単に死刑囚にする国だ」

「ああ、おれんとこにも死刑囚がごろごろいたな。たしかポーなんとか人とかいったな。話してみたがそんなに悪くないやつらだ」

「ポーランド人じゃねえのか。しっかりしろよ」

「なんと死刑囚と同じ仕事とはなあ……よし、明日の朝わしがカールマン大尉にまず午後の昼寝を認めるように、それと仕事の時間短縮と内容をゆるくするように掛け合ってくる。このままじゃあ毎日けが人が出ることになるからなあ。みんなすまんが明日の仕事があるからわしを信じて今日は帰ってくれ」

「わかったよ、じいさん。とりあえずカールマンとの交渉のほうよろしく頼むぜ。おれたちは、けが人の家族のところに報告に行かなければならないんでな」

タンとカーは痛そうに背中をさすりながら給金の入った封筒を手に席を立った。

「みんな、すまんのぅ……」

※

翌日早朝、ズンは海岸通にあるカムラン司令部に向かった。ズンの家から司令部までは歩いても四、五分のところにある。

衛兵に起こされたカールマンは葉巻を吸いながら言った。

「おはようズン村長、まだ五時だぞ。こんなに朝早く一体どうしたんだ？」

「カールマン大尉、約束が違うではないか」

「なに約束？　約束した給金は昨日きちんと払っているではないか」

「給金の話ではない、仕事内容の話だ。昨日現場の責任者がワシの家に来て、作業の環境と扱いのひどさを訴えてきた。暑くてひどい環境の中で、昨日だけで二名のけが人と五名の病人が出ておる。ワシはけが人だけは出さないでくれと約束したはずじゃ。彼らはみんな各家庭の大事な大黒柱なんじゃ。それともう一つ、昼食後はベトナム人は休憩のために必ず昼寝をするのじゃ。これはベトナムの古くからの習慣じゃからこれだけは必ず守って欲しい。また労働時間も八時から四時と聞いていたが全員が解放されて帰れたのは六時だったそうだ」

「それは来るところを間違えましたね村長。われわれフランス海軍は昨日ロシア士官を紹介した段階で何の関係も無い話だ。その話なら労働を指揮しているロシア海軍と話をしてほしいものだ」

昨日の命令が最期でやっと肩の荷が下りたと思っていたカールマンは面倒くさそうに言った。

「ワシが約束したのはロシア海軍ではない。カールマン大尉、あなたじゃ。あなたがロシア海軍に掛け合ってほしい。村民はワシを信用して、ワシはあなたを信用してこの話を受けたんじゃ。ものごとには順序というものがある」

「これはこれは、面倒なことになりましたね。私はフランス海軍の軍人で、ロシアの軍人に指図できる立場にいないのでね」

葉巻の煙を吹きかけながらカールマンはにべもなく返事した。

「そんなことはワシらには関係ない。とにかく作業内容と時間の改善を断固要求する。これは村長であるワシの義務じゃ。わしは村長である以上、村民に対しては責任がある」

「わかりましたズン村長、そんなに怖い顔をしないでください。それでは今から電話でロシアのチャノフ大佐に連絡して、今あなたの言った改善要求を頼んでみます」

「うむ、わかっていただけるとありがたい、よろしく頼みましたぞ。それではワシは今から村民たちに改善を要求してきたので、昨日と同じように働いてくれと伝えてくる」

司令部から出て行くズン村長を見送るカールマン大尉に当直の衛兵が聞いた。

「大尉、村長はすごい剣幕でしたが、どうするおつもりですか？」

「なあにわれわれにとってはどうでもいいことだ、ロシア側には連絡はしない。どうせやつらベトナム人は使い捨ての駒のようなものだからな」

カールマンは吸い終わった葉巻を地面にたたきつけた。

※

カムラン司令部をあとにしたズンは、その足でタンの家まで来ていた。

「ああ、ミンか、今からカニ取りに出かけるのか？　いつもうちのヒューと仲良くしてくれてありがとうな。ところでお父さんのタンはいるかな」

ズン村長は、今まさに日課のカニを取りに行こうとするミンと入り口で出会ったのである。

「はい、ズン先生、おはようございます。父さんは中で寝ています。なんでも昨日の仕事で体中がひどく痛いとか言ってます」

「そうか、すまんが起こしてくれんか？」

ミンは尊敬するズンに椅子を勧めた。

「はい、ここに座って待っててください」

奥の暗がりから赤銅色の大男が出てきた。

「やあ、タンおはよう。体の調子はどうだ？」

「ズンさんよ、まだあちこちが悲鳴を上げてらあ。ところで昨日の話はカールマンとやらに通してくれたんだろうな？」

「ああ、つい今しがた司令部に行ってきて作業内容の改善と昼寝の件を頼んだところじゃ。ロシア海軍のチャノフ大佐とかいう担当者に話をしてくれるそうじゃ。みんなに今日は安心して仕事をしてくれと伝えてはくれんか」

「そうかい、それじゃあ昨日よりはましな作業になるんだな。今日から始まるBチームはラッキーってことだ。ところで作業時間の話はどうだい」

「おう、そうじゃそれも必ず四時には帰してくれるように頼んでおいたので安心するがよい」

「そうかい、それじゃあカーのところへ行って来る。今日は楽な作業になるから安心して作業に来ていいと伝えるぜ」

「すまんな、なにぶんよろしく頼む」

服を着替えて南地区のカーの家へ向かうタンの後姿にズンは手を合わせた。タンの家からカーの家は陸路で行くと大回りになるが自分の船で行けば目の前である。

船に乗りこむタンはズンに聞いた。

「じいさん久しぶりにおれの船に乗っていくかい？　カーを乗せたあとはそのまま桟橋まで送るぜ」

「おう、久しぶりに船に乗って潮風に当たるのもいいことじゃな。それじゃあ頼むとするかな」

タンの家の裏手には浮き桟橋があり、そこに泊めてあった船に二人は乗り込んだ。

タンの弟分のタイが操作する船の右手に、真っ黒い山のような戦艦群が目の前に迫ってくる。

「しかし近くで見れば見るほど大きい船じゃなあ」

「そうだろう、じいさん。あのあたりにある石炭庫でおれたちゃあ死ぬような地獄の作業をやってんだぜ！」

タンの船は軽快に走り抜け、対岸の岬にあるカーの家の桟橋に到着した。

「おう、カー起きてるか？」

「おう、その声はタンか！　起きるも何も背中が痛くて昨日から寝る事ができねえ！」

「ああ、おれも同じだ。ズンじいさんも来てるぜ。朝からカールマンのところに言って談判してきてくれたんだ」

上着をはおりながら家を出てきたカーはズンを認めた。

「ちっ、ズンじいさんか。おはようじいさん」

「ああ、おはようカー、具合はどうだ？」

「見ての通りだ、腫れがひかねえ！」

蚯蚓《みみず》腫れの背中を見せてカーは言った。

カーは先生のころからズンが苦手だった。十五歳のときにカーは、ニャチャンの北にあるビンディン省から漁師をやっていた従兄弟のフンを頼って、カムランにやってきた。ビンディン省は今でもベトナムの中でも一番武道が有名な省で、男女を問わず住民は全員素手で戦うボーベット（武越　空手のような武術）をたしなむ。何でも古くは諸葛孔明の軍がこの地域まで南下した際に、蜀の正規軍を素人の住民全員が素手で破り追い返したという武勇伝があるくらいだ。

カーはそのビンディン省の武芸大会で何度も一位をとったことがある、百九十センチの巨体から繰り出される彼の拳や蹴りは、ほかの選手を寄せ付けもしなかった。しかし最強のカーにも弱点はあった。そう、あまり頭がよくないのである。その証拠に彼の額には無数の傷あとがあった。

今でもそうであるがベトナムのすべての家は低く作られており、その低い玄関の横柱に彼は自分の身長を考えずに何度も額をぶつけた痕跡がそうである。南の地区では漁師仲間はそんなカーの事を親しみを込めて「今張飛」と呼んでいた。

そんなカーが十五歳のときにカムランに来て初めてズンに勉学を教わった。二桁の引き算で「カー、そういう場合はとなりから一を借りてくるんだ」と教えたら「ズン先生、おりゃあ貸し借りはきらいだ。引き算は一桁だけ出来れば十分だ」といって教室を出て行ったことがズンには昨日の事のように思い出される。

「カー、今日は待遇がよくなるようわしが頼んできたから安心しろ」

船の中で隣に座ったカーにズンは申し訳なく言った。

「ああ、わかったよ。おりゃあ勉強してる時はあんたがいやだったが、今は信用しているぜ」

「すまんなぁ、二人とも」

タイの操縦する船は艦隊の間をすり抜けてまもなく桟橋の近くの砂浜に近づいてきた。

「カーよ、先ほどから気になっているんじゃが、その腕の刺青は何じゃ？　漢字が一文字書いてあるようじゃが」

「ああ、わかるか？　俺が自分で彫ったんだ！　どうだ！」

誇らしく左手の二の腕をズンに見せるカー。そこには「第」という一文字が彫ってあった。

「じいさん、去年大好きだった俺の弟が海で亡くなったのは知っているよな。いつも『おとうと』がおれの腕の中にいるようにと願いを込めて彫ったんだよ」

「そうか、おまえが最も不得意だった漢字をなあ……本当に自分で彫ったようじゃな、間違いない……」

ズンはカーの腕にある「第《だい》」という一文字を哀れみを込めてじっと見つめていた。

※

目の前に迫ってくる砂浜には、七千五百名分の水が入った樽と食料が山のように積まれている。おそらくハノイのポール・ボー総督が調達したのであろう物資が所狭しと並んでいた。

「見ろよ、昨日俺たちが荷揚げした魚もあそこに積まれてるぜ」

タイが指をさす。

「ああ、ロシアのやつらのおかげで最近は魚の相場も上がってきて、おれたちも少しは潤っている。まあこれが唯一やつらがおれたちに貢献していることだな」

タンが朝日がまぶしいのであろう、手をかざして魚が積まれているほうを見て言った。

「今日は石炭補給のほかにも水と物資の荷揚げをやるようだ、しかしとんでもない量だな。あのクレーンでこちらの船に乗せかえるんだな。できれば石炭よりもこっちの作業のほうが楽そうでいいぜ。よし、タイこのへんでよかろう、降ろしてくれ」

三人を降ろしたあとタイの操縦する船は漁のために沖のほうに去っていった。

桟橋の周りには昨日家に返したBチームの二百人ほどがすでに集まってタンたちが船から下りて来るのを待っていた。

15　カニの手

「おやじい、酒だぁ。すぐに酒持って来い！　十本だ！」

「こっちにも早く酒を持って来い！　こっちは二十本だ。いつまで待たせるんだ、この能無しベトナム野郎！」

「おれたちゃあこんな箸は使えねえんだ、何度言ったらわかるんだ早くフォークとナイフをもってこい！」

ダン、ダン！　と机をたたく音がする。

「はいはい、ただいまお持ちします」

「注文したつまみのカニとエビはまだかぁ？　いつになったら出来るんだ！」

「こっちは椅子が三つ足らねえぞ、おれたちに立ったまま食えというのか？」

「こっちは注文した貝がまだ来てないぞ、おれたちロシア海軍をなめてんのか！　ふざけるな！」

「こら、チャン！　ぼーっとしないでお酒を一番奥のテーブルへ早く運ぶんだ」

「もう、お父さん！　こっちのテーブルからも早くしろって怒られてるのよ！」

「いいじゃあねえか、店始まって以来の大繁盛だ！　おまえの友達も明日から働きに来てもらえ。給金ははずむから何人でも誘って来い！　まったく笑いが止まらねぇとはこのことだな」

「おーい、まだかあ！」

「はいはい、ただいま！」

艦隊がカムラン湾に寄港して以来、連日のようにここ居酒屋「カニの手」はまさに猫の手を借りたいくらいの大忙しの毎日であった。臨時で近所から給仕の手助けを呼んで来ているが、それでも間に合わない状況であった。

おりからフランスの悪政のおかげで酒の価格が五倍に跳ね上がっていた時代ではあるが、近々海上決戦を控えている海軍の将校にとって、金は持って死ねないのであろう、その使いっぷりの荒さは店主のファットも驚くほどの初めての経験だった。

「こりゃ、五倍どころか十倍にしても飛ぶように売れるなあ。まったくバルチック艦隊さまさまだ。カムランどころかベトナムじゅうの酒をかき集めても足りないかもしれないな。まったく熊のような大男ばかりが連日連夜これだけの数が来るんだったら、店も狭いので明日から広げるとするか」

「おやじ、勘定してくれ」

「はいはい、チャノフ大佐殿ありがとうございます。こちらが勘定になります」

「なに、こんな料理とまずい酒でこの値段か、まあカールマン大尉の紹介でもあるし他に行く店がないから仕方ないな、明日もまた来るぞ！　ほれ偉大なるロシア軍票で払ってやる、釣りはいらんからとっておけ。それとおやじ、船に残っている仲間の手土産にさらに酒を買って持って帰りたい。海軍はなあ、半舷上陸と言って、おれたちが上陸しているときには半分の将兵が船を守っているんだ。お疲れ様の意味で五十本ほど用意してやってくれ」

「わかりました、ありがとうございます。これチャン、五十本お酒をお持ち帰りだ、すぐにここへ用意しろ」

「ところでおやじ、込み入った相談があるのだが。二人だけで話がしたい、人のいないところへ行こう。ところでおやじ名前はなんという？」

「私はファットといいます。へえ、酒以外にもまだ何か御用があるんですか？　さあこちらは私の部屋なので誰も来ません」

「おい、お前たち、おれは今からこの部屋でこのおやじと二、三分話しをしてくる。酒を五十本この小娘から受け取ったらその間店の外で待っているようにな。よしおやじ、いやファット、単刀直入に聞くが、この村に女を置いている店はあるか？」

「はあ、女ですか……チャノフ大佐もお好きですねえ。へえ、この村は小さいながら漁師町ですんで北と南にそれぞれ小さいのが二軒あります。女は十人ほどいますが……」

「なに？　たったの十人？　そんなんじゃあ話にならんな。おいファット、貴様急いで一週間余りの期間、大量の女を集めることが出来るか？」

「大量と言いますとどのくらいが入用で？」

「考えてみろ、船の中には一ヶ月間女知らずの水兵が七千五百人いるんだぞ。そいつらの下の処理を考えてやるのも輜重隊長であるわしの仕事だ、それにこれはこの町の治安維持のためでもあるので住民のためにも早くする必要がある。そうだな少なくとも女は百人は集めて欲しい。わかっているだろうが若ければ若いほどいいぞ！」

「百人ですか！　となりのニャチャンや別の村から集めればなんとかなりそうですが、場所はどうします？」

「昨日からわが工兵隊がフランス軍の許可を得て桟橋の横に上陸した将校の休憩所を作っている。そこに女たちを送ってくれればいい。将校たちはこれから死ぬかも知れない海戦を控えている。この世の最期の思い出として金払いはいいだろう。利益はおまえとわしで折半でどうだ」

「折半ですか！　そういうことなら急いでやってみましょう。早速明日の夜から手配しますのでお楽しみになってください。とびっきりいい女を用意します」

「よし、おまえは物分かりがいいな。迅速な対応に感謝する。それでは明日からよろしく頼むぞ！」

「はい、お任せください。ありがとうございます！」

ファットの部屋を出たチャノフ大佐は用意された五十本の酒を持った部下たちに合流して栈橋のほうに歩いていった。ファットはその後姿に深々とおじぎをした。

「ねえ、お父さん、あの将校さんと一体何の相談だったの？」

「ああ、チャンか大事なお仕事の話だ。まったくありがたい話だ、これからまた別の大儲けができるぞ。ロシア軍さまさまだ」

「そう、どんどんお金が溜まっていくのね！」

「そうだチャン、父さんは今からニャチャンに行ってくる。店のあとかたづけを頼んだぞ」

「え、今からニャチャンに？　こんなに夜遅く、急ぎの用事？」

「ああ、幼なじみのクワンの兄貴ところに行ってくる。大急ぎの大事な用事だ、明日には帰る。とにかく後を頼んだぞ」

「わかった、気をつけてね」

ほくほく顔のファットはニャチャンに通じる街道を足取りも軽く歩いていった。

現在のカムラン市からニャチャンに続く道

16　石炭補給作業二日目

艦隊が寄港して三日目の桟橋

昨日始まった石炭補給作業は二日目になる。昨日働いたAチームは今日は非番で代わりのBチームが今日の作業を行う手筈だ。

タンとカーがズン村長を伴って船を下りたあと桟橋に近づいていった。

昨日と同じ人数が朝日がまぶしい桟橋に集まっていた。

「おはよう！　みんなご苦労さんじゃな」

ズンが全員を見回して労をねぎらう。

「おう、村長さんよ、昨日となりの家のグエンが帰ってこなかったぜ」

「あー、グエンはおれの班だ、落ちてくる石炭が腰に当たって昨日は艦の中の医務室に泊まった。昨日の夜、家族にはそう伝えてある。無事だといいが……とにかくみんな怪我には注意してくれ！」

タンが答えた。

「ちっ、まだ体のあちこちが痛いぜ！」

カーが叫んだ。

「なあ、タン。本当に昨日のような無茶な労働ではなくなるんだろうな」

「ああ、わしが今朝早くカールマンのところに改善要求で陳情に行ってきた。彼を信じるしかない。きっと改善されるじゃろう」

「だといいがなあ」

そのとき艦のほうからロシア士官が三人大股で歩いてきた。

「やあ、今日も揃っているな諸君。結構結構。昨日の成果は昼間のベトナム人・ロシア人混成チームで二千トンの補給が出来た。夜間は我々ロシア人たちで同じく二千トン、合計四千トンが消化できた。目標の三万トンまではあと二万六千トンだ。とにかく一日二千トンのノルマの死守だ、急いでやるように」

桟橋からやってきたチャノフ大佐はノートを見ながら大きい声で指示を出す。

「全員朝飯は食べたか。間もなく八時だ、今日はあそこに見える別の戦艦二隻の石炭補給を命ずる。昨日働いたタンとカー以外は新しいメンバーだな。昨日と同じように一、二班それぞれの桟橋にて作業を行う。作業開始！」

ぞろぞろと二人のロシア士官のあとに続いて体格のいいベトナム人達の列が桟橋のほうに向かった。

朝日が灼熱の鉄の檻となるべく容赦なく戦艦を照らし出している。今日の作業も暑くなりそうだ。

「なあカー兄い、昨日タン兄貴の組でけが人が出たそうじゃないか。本当に大丈夫なのか?」

「ああ、さっきも聞いたとおりズンのじいさんが今朝フランス海軍に抗議してくれたから大丈夫だろう。さあ、作業にかかろう」

弟分のシンの問いかけにカーは答えた。

「カー、昨日はよく眠れたか?」

毛むくじゃらからのぞく笑顔でマカロフ大尉が聞いた。

「ああ、おかげさんで背中が痛くて一睡も出来なかったぜ。なあ、マカロフの旦那よう、クレーンの操縦士に必ず下を確認してから石炭を下ろすように注意してくれ。昨日はそれが原因で一班で事故があったからな」

カーがマカロフに頼んだ。

「なんだと、おまえたちが我々に指図することはできない。ベトナム人のくせに何をえらそうな口を利いている。おまえたちが間抜けだから怪我をしたのではないか」

「何だと！　もう一度言ってみろ！」

「おう、何度でも言ってやる。怪我をしたのは間抜けのおまえたちベトナム人が悪いのだ。おまえたちアジア人はわれわれ白色人種のために存在しているのだ。そのことを忘れるな」

「おれたちゃあ、自分たちの仕事を放棄してまでお前たちに手伝ってやっているんだぞ」

カーがマカロフのむなぐらを掴んで食ってかかった。

「おい、この手を放せ。いいのか俺たちを怒らせても。港に泊まっているバルチック艦隊が本気になったらわずか一分間の砲撃でおまえたちのカムラン村は跡形も無く壊滅するんだぞ。その中には大切なおまえたちの家族や友人もいるのを忘れるな」

「おいそこの二人何をしている！　そのへんにしておけ、喧嘩はやめて早く作業にかかれ！」

チャノフ大佐が促した。

「お前たちベトナム人もクレーンの下で作業するときは注意するようにしろ。わかったな」

「そういうことだカー、早く二つに組を分けて作業を始めろ！」

マカロフが促すと
「ちっ、やりゃあいいんだろう！」

――ドーン、ドーン

甲板にクレーンから石炭が下ろされたようだ。

「いいか、おれよりこっちは午前中は石炭運搬係、くれぐれもクレーンに気をつけろよ。こっち側のやつらは俺と一緒に石炭庫だ。まったく気にくわねえやつらだが早くやっちまおうぜ」

「お前たち、荷物が甲板に降りてきたぞ！　運搬係は上の甲板に行け！　あとはカー、昨日と同じだ、早く作業にかかれ！」

マカロフ大尉が命令した。

「よーし、さっき分けた運搬係は上に行って来い、残った組はこのシャベルで均す作業を俺と一緒にやる、いいな！　納得いかねぇくそ作業だが元気よくやろうぜ！」

「わかった！」

五十名の運搬係はカーの一言で勇んで上の甲板に上がっていった。

「えっほえっほ」

まもなく百キロの俵を担いだ男たちが降りてきた。その中にはポーランド人の死刑囚もまじっている。

「いいか、残った倉庫組はこの手ぬぐいで顔を覆え。今から石炭均し作業に入る。暑いから水分補給はその樽の中の水を取るように、さあ、やるぞ！」

「おう！」

と威勢のいい声がかかり二日目の作業が始まった。

「ザッザッザッ」

昨日と同じ作業の音だけが広い倉庫に響いた。

タンとカーの注意が功を奏して午前中は特に大きな事故もなく作業が終わった。

※

昼食時
「さーてと、飯も食ったし寝るとするか！　このあたりがいいな」

カーが椰子の木の下で丸くなった。

「しかし昨日は昼寝の許可は出なかったと聞いたけど大丈夫か？」

「おうよ、昨日は大変だったぜ。しかしズンの爺さんが今朝掛け合ってくれたみたいだ、安心しな。おやすみ」

その言葉が終わると同時にカーはすぐにいびきを掻き始めた。カーのその言葉にまわりの漁師達もめいめいに場所を決めて昼寝を始めた。

「こらっ！　おまえたち何度言ったらわかるんだ。昼寝せずにさっさと作業に戻れ！」

マカロフが飛んできて思い切り、寝ていたカーの腹を蹴り上げた。

「くっ、痛えな……この野郎なにしやがる！」

「昨日も言っただろうが、昼寝はなしだ！　ベトナム人は物覚えが悪いのか？」

スワロフスキーも鞭を持ってやってきた。

「それはちょっと違うな、スワロフさんよ。今朝フランス海軍からおれたちの改善要求を聞いてないのか？」

椰子の木陰で新聞を読んでいたタンが立ち上がった。

「寝言を言うな、そんなものは聞いていない」

「そもそもお前たちが改善要求を出せる立場と思っているのか？　この三等民族めが」

スワロフが竹の鞭で寝ているベトナム人の背中を叩いて回った。

「ちっ、どうやらズンじいさん、カールマンって野郎にうまくはめられたようだな」

「そのようだな」

「タンとカー、無駄話しないで手下に早く作業に戻るように指図しろ！」

「断る！」

タンの毅然とした声に
「何？　断るだと？　お前立場がわかっているのか？」

「おう、責任者の立場だからこそ言っている。手違いでおれたちの改善要求が伝わっていないのなら今ここで要求する、おれたちに習慣である昼寝をさせろ。以上だ」

「きさま！」

とスワロフスキーがタンの背中に鞭を打った。

「おう、スワロフスキーよ。おれは見ての通り立派な体を親からもらった。おかげさんでそんな鞭は痛くも何ともねえ」

胸を張って仁王立ちするタンにさらに鞭がふるわれる。

「おれを打つならいくらでも打て、しかし部下たちは昼寝をさせてやってくれ。理由は昨日言ったはずだ」

「なにを！」

タンが何度も打たれている間にベトナムの屈強な男たち二百人が起きてきて二人のロシア

人士官とその部下数名を取り囲んだ。

殺気をもった二百人がじわりじわりとロシア人たちの囲みを詰めていく。

「で、どうなんだよ？　マカロフ？」

カーが詰め寄った。

「よし、わかった一時間だぞ、そのあとはしっかり働いてもらうからな！」

ベトナム人たちの気迫に負けてマカロフが応えた。

「ああ、そっちが約束を守るならおれたちも素直に従うぜ！」

しぶしぶ艦に戻る二人の背中にタンが声をかけた。

「おう、みんなさっさと昼寝だ！　寝たら作業だ、いいな！」

「おう！」

男たちはめいめいの場所に行き昼寝を始めた。

「しかしベトナム人ってのは動物と同じだな」

二百名の男たちが三々五々横になって寝る姿を桟橋から見て、マカロフは相棒のスワロフスキーに言った。

「そうだな、扱いにくくて仕方がねえな。しかしあいつら本当に一時間で起きて作業を再開するのかね」

「まあ、あんだけえらそうに豪語したんだ。来るんじゃあねえか？」

「ああ、そう願いたいな。しかしあのタンってのはまったくしぶとい野郎だぜ。竹の鞭が折れちまった」

「ああ、こっちのカーってやつもやりにくい。頭は悪いがなにしろ一本芯が通ってやがる」

「同じ東洋人の日本人もこいつらみたいにやりにくいのかな？」

「ああ、これは思ったより、てこずりそうだな」

※

一時間が経った。

「おうい、みんな起きろ！　作業だ！」

読んでいた新聞から目をそらしてタンが指示を出す。

「よーし、よく寝た」

「ああ、これで気分よく働けるぜ」

「ああ、タンだけ痛い目させてすまねえな」

二百名の男たちが砂を払い立ち上がって、めいめいに体を伸ばしている。

「午後の作業はさらに暑いからきついぞ、肝に銘じておけ！」

タンの声に全員が桟橋まで歩いてきた。

「おう、スワロフスキー、約束どおり来たぜ。作業を開始する」

「おまえは、本当に手間が省けていいやつだな」

「ああ、ありがとよ。それともう一個の要求がある、おれたちを約束どおり四時に家に帰すんだ。いいな！」

「わかったよ、おまえには負けたよ」

「さあ、みんな聞いての通りだ、仕事にかかれ！」

「おうっ」

午後の作業も、この日は昼寝をしっかり取ったベトナム人たちはまじめにこなしていった。

しかしやはり灼熱の中での作業なのでカーの班で熱中症で三名が作業中に倒れた。

「おう、マカロフ！　この三人に休憩を与えてくれ」

倒れた三人を気遣うカーの要求に

「おい、さっき昼寝したのじゃあなかったのか？　まったくベトナム人ってのは口だけは達者で中身は弱いもんだな」

「なんだと！」

「よし医務室へ連れて行け、そのかわりカー、お前が三人分余計に働けよ」

「ああ、お安い御用だ馬鹿野郎！」

医務室に担架で運ばれる仲間を見送ってカーが応えた。

※

タンの班でもフィンランド人の死刑囚が、慣れない暑さと疲労と睡眠不足で二人倒れた。

「スワロフスキー！　こいつらをすぐに医務室に運べ」

「ほうっておけ、そいつらはフィンランド人だ。お前たちベトナム人には関係ないだろうが」

「どこの国の人間でも同じだ、このままだと死ぬぞ」

「そいつらはどうせ死んでもいい連中だ、むしろ手間が省けていいぐらいだ」

「なんだと、同じ人間だぞ。おいしっかりしろ！　だめだ、二人とも気を失っている」

「そいつらに構うな、タン。それより作業の手を止めるな」

「それでもお前は人間か？」

「いちいちお前はうるせぇやつだな、仕方ない。おい、こいつらを甲板まで連行しろ」

「スワロフスキー、ちゃんと医務室に行かせろ、いいな」

スワロフスキーの部下が二人の死刑囚を担いで階段を上がっていくのを見てタンが念を押した。

「ああ、わかってるよ、いちいちうるさい奴だ……」

※

この日は全員の奮闘でノルマも達成したようなので時間通り四時に帰ることが出来た。

桟橋に降りて家路につこうとするタンにプリボイが耳打ちした。

「さっきの二人が死んだ……」

「なに？　医務室で手当てをしたのにか？」

驚いてタンが聞き返す。

「いや、やつら二人を医務室に連れて行かずにそのまま暑い甲板の上に放置しやがった」

「ちきしょう！　おれが抗議してきてやる」

走り出そうとするタンの袖をプリボイは引っ張った。

「よせ、その気持ちはうれしいが、どうせ抗議したところで死んだ部下は帰ってこない。それにこれはおまえたちベトナム人には関係ない。フィンランド人死刑囚とロシア軍内の問題だ」

「ううぅ……」

やり場のない憤りでタンは唇を噛んだ。

17　不夜城

およそ軍隊の中でも工兵隊ほど優秀な組織はない。行軍の途中で橋がなければ数時間で架けてしまうし、道路の舗装なども瞬時で通行可能にしてしまう。艦隊の中にも当然工兵隊が搭乗していたので、ここは彼らの出番であった。しかも今回作る建物の目的が目的なので作業するロシア人たちはつい自然に力が入り、いつもの作業効率の数倍の効果が上がった。

栈橋のはずれに本当にわずか一日の間で大人数が入れる休憩所を作ってしまったのだ。

昨日チャノフ大佐から要求を受けた根っからの商売人であるファットの行動はすばやく、昨夜のうちにたどり着いたニャチャンから夜の商売をしているクワンの助けで、その要求どおりおよそ百名近い女を連れて帰ってきたのである。まさに「行動は金」という彼の心情どおりである。

兵員休憩所

「相場の三倍払うと言えば、簡単にこれだけの人数の女が集まったぜ。まったくクワン兄貴のおかげだ」

「おい、ファット。こんなに大勢連れてきたのはいいが、三倍も払う客は本当にいるんだろうな。もし仕事がなかったら俺の顔は丸つぶれだぞ！　しかもそもこんな大人数一体どこで働かせるんだ？」

「ああ、ロシアの海軍さんが言うには桟橋の横で休憩所を作っているとか……おう、あれじゃあないか？　海軍ってのはすごいな、本当にこんなでかいものをたったの一日で作っちまいやがった」

休憩所の前に集まった百名のベトナム人女性たちに向かって
「ここか、おうお前たち！　いいか、これから一週間ここでロシア人の客を取るんだぞ。金は約束どおり三倍払うから精一杯サービスしろ！」

「わかったわよ。でも建物だけで客がいないじゃあないの」

「そうよ、本当に仕事が出来るの？」

「うまい話であたしたちを騙したりしないでしょうね」

「三倍の給金の約束は守ってもらうわよ」

黄色い声が桟橋に響き渡る。大勢の原色の服に身を包んだ女の姿を海岸に見つけたらしく、桟橋に接岸している各艦から、いっせいに拍手がおこり「ハラショー！　ハラショー！」と大声や奇声が上がった。気の早い士官はもう待ちきれないのか、タラップを降りて休憩所のほうに走っていくつわものがいた。

その士官の行動が口火を切ったらしく、仕事の手空きの大勢の将校たちが各艦から札束を握ってなだれのように休憩所の入り口に殺到してくる。そしてみるみるうちに休憩所の前には長い行列が出来上がった。

「おう、これは壮観な眺めだな、まったく人類最古の商売とはよく言ったものだ。下半身に国境なしだな。おう、クワン兄貴、お前が店番をやれ。大切な金の管理はお前に任せる。今日は手始めに相場の二十倍でやつらにふっかけてみたらどうだ？　どうせ全員末期の金だ。おれはこの前で順番待ちの野郎相手に屋台を開いてもう一儲けするぜ。今から店に帰って酒と飯をしこたま持ってくるから、ここで待っていてくれ」

「しかしお前は根っからの商売人だな。負けたぜ！」

「ちっ！　兄貴にだけは言われたくないぜ」

ファットはそういって自分の店のほうに去っていった。

※

ほどなくして、大勢の使用人に椅子と机と酒を用意させて、ファットは休憩所の前に手際よく臨時「カニの手ブランチ」を築いたのであった。この作業の速さはロシア軍工兵隊も真っ青であった。

「さあ、ロシア海軍のみなさん、順番待ちは退屈でしょう！　こちらで一杯やりませんか」

「みなさん、今日はパーッと派手に飲んで遊びましょう！」

休憩所で並んでいる将校たちに手拍子をしてファットは大声で呼び込みをはじめた。

それを見たクアンはつぶやいた。

「やっぱり、やつには勝てねえ……」

店番に座ったクワンの前には、次から次へと金を握った熊のようなロシア人が鼻の下を伸ばして並んでくる。

「すげーな、おい！　本当に二十倍の値段でも関係ねえな、誰も文句は言わねぇぜ。しかもこれだけの人数だ、これは一日で蔵が建つわ。これならファットの言うように、もっとふっかけてもよかったぐらいだぜ」

一戦を終えて出てくる士官にファットは聞いた。

「だんな、いかがでしたか？」

「おう店主か、最高だった。久しぶりの女に満足だ、明日も来るぞ！」

これ以降、桟橋横の休憩所ではまさに不夜城のように朝まで嬌声と笑い声が響き渡り、戦時中を忘れさせた。施設には朝まで電気が煌々とともり、酒と女に飢えたロシアの白熊たちの欲望を満足させたのである。

一方海上に浮かぶ艦隊でも同じように電気が煌々とともった中で、クレーンの音とともにロシア人水兵による石炭の補給作業が続けられた。カムラン湾の岸と沖は不夜城のような電灯の光によってまるで昼間のような錯覚を覚えた。

古今東西、女とは現金なものである。

さきほどまでファットの言葉に疑問を抱いていたのが、実際三倍の金額を払う大量のお客を目の前にしたとたんに「外国人は怖いからいやだ」、「言葉がわからないから怖い」と尻込みしていた女たちでさえ積極的に嬌声を上げて順番待ちをしているロシア将校の周りに群がってきた。

「おう、お前はベトナム人にしては色が白いな、チップをやろう！」

「おれはこの子がいい、モスクワに置いてきた彼女に目元がそっくりだ。さあ、チップをはずむからこっちへ来い！」

酒が入ったロシア将校とチップをもらった女の嬌声は時間とともにだんだん大きくなってくる。

そのころ今日は作業の無かった漁師のシンが沖合いから漁を終えて船で戻ってきた。桟橋を通過する時に白熊の大声や女の嬌声が聞こえてきたのである。

煌々と電気が灯る施設の前で多数の大柄なロシア将校がコサックダンスを踊っているまわりでベトナム人女性が手拍子をとって「トロイカ」を歌っている音が聞こえてきた。持ってきた軍票を派手にばら撒いている士官もいる。

「けっ、あんな下種な店を作りやがって、どうせファットの野郎だな！　俺たちが毎日体を張って労働してるってのに、ロシア野郎相手に大儲けしてやがるぜ、許せねえ」

「何でも『カニの手』は毎晩酒と女で大繁盛らしいぜ。あのファットが『笑いが止まらねえ』と言ってるって村でも評判になっている」

シンの手下が応える。

「べっ」

船を運転するシンがまだ黒さが残るつばを海に吐いた。

18　焦燥

一方日本海軍のほうに話を移す。

日本海軍はバルチック艦隊の動向について、昨年十月にリバウ港を出発して以来常に情報戦を展開してきた。もちろん情報源のメインは日英同盟のよしみでもたらされる世界中に耳と目をもつイギリス情報部であった。しかしマダガスカル島を発った後の艦隊は、最後にマラッカ海峡からシンガポールに向けて航行する姿を四月八日に見たという報告のあと、ぷっつりと消息が途絶えていたのである。

おそらく海軍の補給の常識と露仏同盟の関係から「次はフランス領ベトナムのどこかの港」との予測は立っており、八代六郎中将率いる艦隊にサイゴン、ハイフォンなどベトナムの沿岸沿いの町に情報網を張っていたが、有力な情報が無いままにいたずらに日が過ぎていたのである。

「いったい露助の艦隊はどこに行ったのだ？」

「我々に怖気づいてロシアに帰ったのではないか？」

「いや太平洋側に日本を大きく迂回しているのではないか」

といろいろな憶測が飛び交った。

バルチック艦隊の目的が「ウラジオストクと旅順にいる太平洋艦隊と合流して日本海軍を殲滅すること」はわかっていたが、この大遠征の途中において合流すべき太平洋艦隊は全滅していたのである。おそらく洋上にいる彼らもこの情報をどこかで手にしていたと推測されるので彼らの目的そのものが変わったら引き返す可能性もあったのである。

歴代日本海軍の中で最も智将といわれた秋山参謀は、毎日の日課のようにバルチック艦隊が日本海に現れてからの戦い方を百万回も頭の中で繰り返していた。彼は海軍兵学校の同期の友人である小笠原長生から教えられた、彼の家に伝わる能島水軍の攻撃方法を模倣して、七段構えでの敵の殲滅方法を編み出していたので必ず勝つ自信はあった。また彼自身が発案した四個の機雷を百メートルのワイヤーでつなぎ、海流を計算して放流し相手の艦を攻撃する新兵器「連携機雷」にも自信があった。よって彼は何万回シュミレーションをしてもバルチック艦隊に負けるイメージは湧いてこなかった。しかし肝心の敵がどこにいるのかわからないようでは話にならない。

秋山参謀の考える一番悪いパターンは、敵は日本艦隊の目を盗んで太平洋を大きく迂回して、もうすでにウラジオストク港に到達しているのではないかという考えであった。

こうなってしまったら、ウラジオストクを根拠地にされて日本列島の周辺の制海権は握られてしまい、連合艦隊は日本本土から大陸に送る物資や兵員の輸送船の護衛に専念しなければならない。

そう考えて秋山参謀はあらかじめ日本列島の周辺を碁盤目のように区切って何百という数の漁船を改装した偵察船を配置して情報を得ようと試みていたが、どの区域からも一向に知らせが入ってこないのである。あれだけの大艦隊が人目を避けて秘密裏に航行できるはずがないのだが、四月八日にシンガポール沖で確認された以後は音信がぷっつりと途絶えている。

ある日、焦燥感にさいなまれて艦橋にて考え込む秋山を見て東郷平八郎は言った。

「秋山参謀長そう悩むな、敵は予定通り対馬に来る」

「長官、なぜそう言いきれるのですか？」

「なあに、おれの運と勘だよ」

「運と勘……でありますか」

「ああ、おれはきわめて運と勘のいい人間でな。とにかくおれの幕僚になったからには、おれの運と勘を信じろ。だからお前は敵さんが対馬に来たときのことだけを集中して考えるように」

「わかりました」

と幾分気持ちが楽になって答えたものの、秋山は「何千万という日本国民の命を一人の人間の運と勘に頼っていいものなのだろうか」という思いは拭いきれなかった。

しかし古来から歴史に名を残した大将軍には、実際の能力とともに他を寄せ付けないある種の特殊能力が存在していたように思う。同じだけの武芸の技量を持ちながら他の将軍を差し置いて頂上に上り詰めるからには、当然の事ながら何か他の将軍たちと違う点がなければならない。その点東郷は自分自身でも感づいていたのであろうが、運もいいし勘もいい提督であった。

東郷平八郎

東郷には逸話が多い。

日露戦争が始まる十年前の日清戦争の劈頭であった、東郷が巡洋艦浪速の艦長をしていた時の話である。

黄海を航行している浪速の前に清の陸兵と武器を満載したイギリスの商船が現れたのである。この船は高陸号《こうしょうごう》といって清国が兵員輸送船としてイギリスからチャーターしたものであった。東郷はこの船に対して停船命令を出して、すぐに臨検のために士官を送り込んだのであるが、甲板上で乱闘が始まったのである。戻ってきた士官の報告を受けた東郷は、抵抗するこの船を魚雷で撃沈することを決めた。軍艦と商戦では相手にならない。一発の魚雷が高陸号につきささり轟沈してしまった。乗っていたイギリスの船長や航海士は救助されたが、多くの清国の兵は船とともに海の藻屑になってしまった。

この事件は有名な「高陸号事件」といい、この報を受けたイギリス政府は「無抵抗な商船を軍艦が攻撃して沈めるとはなんという野蛮人たちだ！」と日本政府に猛抗議したのであった。

しかしその後、東郷のとった行動は国際公法に照らしても違法性がないということがわかり、当のイギリスも認めたのである。東郷は若いときに公費でイギリスに渡り、国際公法の勉強をしていたのでこの行動には自信があったのである。日本国政府が当時の日本のおかれていた立場からひやひやしてことの成り行きを見守っていた中、処罰の対象候補となっていた東郷は処罰どころか「冷静に国際公法を守った武人」として逆に賞賛されることになったのである。

強運である。

強運といえば、そもそも現在彼が連合艦隊司令長官の椅子に座っていること自体も彼の運のよさの現れである。

もともと日露戦争が勃発する前の常備艦隊司令長官は、同じ薩摩出身の日高壮之丞大将であった。常備艦隊司令長官とは平時の呼び名で、そのまま戦時に移行したら呼び名が変わって「連合艦隊司令長官」となるのである。日露間の風雲急を告げる時期に、ある日、日高は階級が下の山本権兵衛大佐に呼び出される。山本は同じく薩摩出身であったがこの時は自分の出身の薩閥の海軍を梃入れするための刷新人事に奔放されていた。彼は単に薩摩出身というだけで何の勲功もない大先輩に当たる将軍たちをまるでゴミ箱に捨てるようにバッサリ切り捨てていたころの話である。

日高は山本の呼び出しをてっきり日露開戦時の連合艦隊司令長官の指名と思い込んで喜んで彼の部屋に入った。そこで山本は大先輩の日高に対して、連合艦隊司令長官不適任の烙印を押されてしまった。日高は激昂して持っていた短剣で「山本、こんなに恥をかいたのは生まれて初めてだ。黙ってこの短剣で俺を刺し殺してくれ！」と哀願したのである。

「ところで俺の後任は決めてあるのか？」と言う日高に対して

「はい、後任には舞鶴鎮守府の東郷平八郎を考えています」と答えた山本に対して

「他のやつに負けるのはともかく、なぜあのでくの坊の東郷に俺が負けなければならない！」

と詰め寄ると

「東郷さんは大本営の命令を忠実に守る人だ、しかし貴方はその場の自分の判断で動く性格だ。近代戦というものは確実に海軍も陸軍もチームプレイに変わる。中央の司令を着実に守る人間ほど信頼できるものはない」という山本の言葉に日高は納得したという話である。

新しく連合艦隊司令長官に決まった東郷の推挙の理由を明治天皇が山本に尋ねた。明治天皇もそのまま日高が長官になると思っていたからである。

山本は一言「彼は運のいい人間ですから」と説明した。

いずれにしても舞鶴鎮守府にいた閑職の東郷が、山本権兵衛という触媒に触れて時代の晴れ舞台に再登場したのである。これを強運と言わずしてなんと表現したらよいのであろうか。

秋山も連合艦隊内ではかなり変人と思われた人物であったが、この東郷平八郎という男はその変人で鳴る秋山も一目置くほどの大変人であったと思われる。しかし世の中は凡人が評価できない変人ほど大きな仕事を成し遂げている事実は歴史を振り返っても明らかである。

いずれにしてもカムラン湾を抜錨して今から日本に向かってくるバルチック艦隊は好むと好まざるとに関わらず、この日本を代表する二人の大変人の指揮する日本海軍連合艦隊と戦う運命が待っていたのだ。

19　アジアの誇り

「やつらはおれたちベトナム人を何だと思ってやがるんだ。二言目には『三等人種』呼ばわりだ！　今日もくそロシア人に罵倒されての重労働だ。しかもフィンランド人の死刑囚まで暑さで二人死んだ！　いや殺された」

　タンはこぶしで机を叩いて怒鳴った。

「ああ、おれの班でも今日暑さで三人が倒れていまだに動けねえ……じいさんが頼んだカールマンってやつは本当にロシアの野郎に抗議してくれたのか？　結局昨日と同じでまったく何も改善されていなかった！　午後の昼寝の件もそうだ、タンが体を張って抵抗してくれたおかげでやっと許されたんだぜ」

　カーが傷だらけのタンの背中を指差して叫んだ。

「ひどい傷じゃなあ、どうやらカールマンに裏切られたようじゃな……ロシアの将校に連絡を取ると言っていたが、さてはあれは口からのでまかせだったようじゃな。すまん、全部わしの責任じゃあ」

「村長さんよう、そのことはもういい、終わったことだ。ところでサイゴンによく行っているアンタは物知りだ、今のベトナムを含む世界の情勢とやらに関して詳しく教えてくれ。正直俺たちはアンタの言うことは守りたいが、せめてこれだけの無茶をやらなくてはいけない意義を教えてくれないか」

「そうか、わかった。世界情勢に詳しいサイゴンの友人の言うことと、わしが自分で新聞から得た知識じゃが……今、大国ロシアと弱小国日本が戦争をしている。このこと自体はわれわれベトナム人には何も関係のないことじゃ」

「日本ってぇいうのは十年前に清国に戦って勝ったあの日本だろ？　うわさによると数多くの清国の兵を殺したって話だ。つまりやつらはわれわれアジア人の敵じゃあないのか？」

「たしかに同じアジア人同士で日本が清国と戦争を起こしたことは事実だ。タン、おまえさんの言うように双方に多数の死傷者も出した。しかし聞くところによるとこの戦争の意義は他のヨーロッパの国と違って清国への直接侵略ではなく、日本の生命線である朝鮮半島を死守するということであったそうじゃ。その証拠に日本軍はその勝ちに乗じて首都北京までは攻め上ってはいない。このたびのロシアとの戦いもまた同じじゃ。日本は南下主義というロシアの満州、朝鮮半島の占領の意思を敏感に感じて十年間国民全員が食うものも食わずに、今回の戦の準備をしてきた。これはもしロシアが朝鮮を領土としてしまっては今度は自分たちの国土が危なくなるという危機感から出たものだ」

「じいさん、日本国民全員と今言ったな？」

「ああ、言ったが？」

「日本てぇ国は、国民全員が今の自分たちの国の状況を理解しているのか？　そんなことはこのベトナムじゃあ絶対に考えられねぇ。いなかの農民や漁師はいまだにベトナムはフランスに占領されている事すら知らない連中がごろごろいるぜ」

「日本人は国民全員が文字が読めて新聞を通じて情報を共有しているように聞いておる。なんでもせっかく日清戦争で勝ち取った遼東半島をフランス、ドイツ、ロシアに返還要求されたことに国民全員が怒りを忘れていないとのことじゃあ。『臥薪嘗胆』という中国の故事にならって全国民がロシアに対して復讐を誓っていたそうじゃ」

「日本人は全員頭がいいのか？　あんたの授業で習ったが、ついこの前まではサムライたちがチャンバラやハラキリをやってた未開国だろう？」

「ああ、わしは今回、調べれば調べるほど日本という国はすごい国じゃということがよくわかった。迫り来る白人種の帝国主義に対して、すべての国民が今までの国内の対立や利害関係を超えて一致団結して『明治維新』という無血革命をやったのじゃ。そしてその後わずか四十年でサムライ国家から近代国家へと変えたのじゃ。その国が今まさにアジアに忍び寄る白人種ロシアの毒牙と戦っているのじゃ」

「ということは、今度の日本のロシアとの戦いは我々有色アジア人を代表しての白人との戦いということになるのかい？」

「そうじゃ、ワシらのベトナム阮王朝にももっと金と知恵があったらのぅ。整った近代軍備とヨーロッパ諸国がアジアを狙っているという危機感さえあれば今のようにフランスに対して抵抗して屈服することはなかったのじゃ。そのことはもう今悔やんでも遅いことじゃが、いくら考えても残念でしかたがない」

「しかしおれたちはその不甲斐ない阮王朝のために、占領しにやってきたフランス軍とその盟友のロシア軍に毎日いいようにこき使われている。今日の労働もそうだ、重い石炭俵の運搬中ちょっとひといき入れただけでロシアの水兵から竹の鞭が飛んできてこのありさまだ」

蚯蚓腫れになった背中を指差してタイは怒鳴った。

「もうひとつ聞いてもいいか、じいさんよぅ？」

カーが手を挙げる。

「おや？　カーがわしに質問とは、はじめてのことじゃなあ、こりゃ明日は雨が降るわい」

「ちっ、まじめに聞いてるんだ、まじめに答えてくれ」

「わかったわかった」

「やつらがよく使う言葉で一等国てえなんだい、それに三等国ってえのもわかりやすく教えてくれ」

「カーにわかりやすくとな……これは至難の業じゃが。よし、わかりやすく言うと一等国とはおまえたち漁師だ、三等国とはお前たちが捕らえている魚だと思うがよい」

「なるほど漁師と魚か、わかりやすいな」

「そうじゃ、ぼやぼやしておれば魚はすぐに漁師に捕まり食べられる」

「おれたちベトナムはフランスの魚だが、あと何匹フランスは魚を飼っているんだい？」

「そうじゃな、北アフリカ、マダガスカル、カンボジア、ラオスとこのベトナムだ」

「まったくやりたい放題だな、この世界に漁師は何人いるんだ？」

「そうじゃなイギリス、フランス、ドイツ、ロシア、スペイン、ポルトガル、オランダ、アメリカといったところかな」

「それと日本は二等国てえ聞いたが二等国てえのは？」

「がんばって魚から漁師になろうとしている国のことじゃ。さっきも言ったとおり、日本はそのために国民全員が団結して短期間で力を蓄えたのじゃ」

「なるほどなぁ、わかりやすかったぜ」

「おれもいいかな、じいさん？」

シンが手を挙げた。

「おおシンか、何じゃ？」

「あいつらがよく話しているロシアとフランスの同盟やら、日本とイギリスの同盟てえのがよくわからねえ。これもわかりやすく頼む」

「そうじゃな、簡単に言えばおまえたち漁師の縄張りと考えるんじゃな。たしか五年前にお前たちの漁場をニャチャンの漁師たちが荒らしに来たことがあったな。覚えてるか？」

「ああ、もちろん覚えているぜ。やつら勝手におれたちの漁場を荒らしやがったんだ。それでおれたち南地区と北地区が合同で抗議したんだ」

「それが同盟じゃ。お互いの国が利益を脅かす共通の敵に対して団結することじゃ」

「なるほどな、てえことはフランスとロシアが一チーム、日本とイギリスが一チームってわけだな」

「そうじゃ、みなのものわかったかな？　しかしいつになく今日はみんな熱心じゃな。学校のときもせめてこれくらい熱心じゃったら助かったのに」

全員の納得のいった顔にズンは満足した。

「おい、みんなじいさんの話を理解したか？　聞いての通り、同じアジアの日本人が国の誇りを持ってはるかに強い白人に戦おうとしているんだ。俺たちは今日のような理不尽な重労働をしてもいい、竹で殴られてもよしとしよう。しかしおれたちがやっていることが、同じアジア人の日本軍の利益にならないことをしていることだけはどうにも我慢ならない。みんなはどうだ？」

タンがみんなを見回して問いかけた。

「そうだ、おれたちが体を張ってまで白人ロシアの味方をすることなどない！」

いつになく激昂したカーが叫んだ。

「おれたちは漁師の集まりだから銃を持って直接ロシアと戦えないが、銃を持って戦う日本人の助けくらいなら出来る！」

同じように竹の鞭の跡が残るシンも叫んだ。

「今おれたちがやっていることはアジア人全体の利益に反することだ、これじゃあいつも『弱いものの味方をしろ』と言っている子供たちに顔向けが出来ない」

タイも同意した。

タンはみんなの顔を眺めながら満足そうにズン村長に迫った。

「村長さんよう、あんたの立場はよくわかっている。カールマンのおっさんとの約束もあるしな。俺たちも全員今までのあんたには恩義があるから、立場を悪くするようなことはしたくはない。しかし実際にこれだけの人間が、ロシア艦隊の石炭運びに関して何の意義も見い出していない。むしろアジアのために戦っている日本に対して罪悪感すらを感じている。どうだろう、明日から全員が組織的にサボタージュするのは。もちろん港から人間がいなくなればやつらも怪しむし、あんたの立場もない。だから港へは毎朝全員出向く、そのあと仕事をサボる、なあにサボろうとサボらまいと竹で叩かれるのは同じことだ」

「しかし、相手は銃を持った軍隊じゃあ。いつまでもやつらが我慢するかのう……」

「なあにやつらにとっても俺たちゃあ大切な労働力だ、しかも大切なフランスからの借り物だ。いくらなんでもおれたちを殺しはしないだろうよ」

「そうだといいのじゃが。うまくいくことを願うのみじゃあ……みんなも毎日苦しいだろうがよろしく頼む」

「わかった、それで決まりだな。おういみんな、明日も労働があるから給金もらったらさっさと家へ帰ろう、そして先ほどのサボタージュ作戦を覚えておいてくれ、明日からは港には行くが働かねえからな」

20　石炭補給作業三日目

「ベトナム人ども、今日も揃ってるな！　昨日の成果は昼間のベトナム人二チームで千八百トンの補給しかできなかった。夜間は我々ロシア人たちでお前たちの穴を埋めて二千二百トン、一日四千トンのノルマはなんとか達成している。いいか戦艦の補給は昨日までで終わりだ。今日はあの巡洋艦群に石炭を積み込め！　巡洋艦の石炭庫は戦艦の半分で一隻五百トンだ、今日中に四隻を終了させたい。昨日のようにさぼるなよ、いいな！」

ノートをめくりながらチャノフ大佐が叫んだ。

「今日の補給は戦艦じゃあねえ、巡洋艦だ。サイズと排水量は小さいから石炭庫もその分小さい。甲板から倉庫までの距離も短いから昨日よりはやりやすくなるはずだ。全員飯は食ったな！　早く仕事にかかれ！」

スワロフスキーが命令した。

その言葉を聞き終えても二百名の男たちはまったく動かなかった。

「何をしている聞こえているのか、早く持ち場に着け！」

マカロフの言葉にも誰も腕を組んだまま微動だにしない。

「お前たち、また殴られたいのか！」

「おれたちゃやらねえぜ！」

ゆっくりタンが答えた。

「何だと？　もう一回言ってみろ」

「おう、何度でも言ってやるぜ。こんな奴隷のような仕事はおれたちは一切しねえ！」

カーが大きく言い放った。

「なんだと、お前たちにはロシア海軍は一人一日二十フランの金を前払いで支払っているんだ。給与分だけは働いてもらうぜ」

マカロフが竹を持ってカーの前に立ちはだかった。

「なんだと二十フラン？　どうも計算があわねえな、おれたちゃあ一日たった一フランしか受け取っていねえぜ！」

タンが答える。

「それはフランス海軍に言うんだな、とにかくロシア海軍はお前たちの労働代金を前払いですべて支払っているのだ！」

「とにかくやらねえと決めたものは決めたんだ、待遇が変わらないなら全員この砂浜から梃子でも動かねえぜ。なあみんな！」

カーの問いかけに
「おう！」と二百名の力強い返事が帰ってきた。

「貴様ら……」

スワロフスキーがその大きな声に気圧された。

「チャノフさんよぅ、もし俺たちを動かしたかったら矢でも鉄砲でも持ってきな！」

タンが落ち着いた声で言った。

「いいのかタン？　今の言葉、後悔するぞ！」

「かまわん！　好きにしろ！　おうお前たち、みんなこの砂浜で今から座り込みだ、こっちに集まって固まるんだ！」

「おう！」

威勢のいい男たちが返事をしてタンの周りに集まってきた。

「タン、今『矢でも鉄砲でもと』言ったな、よしマカロフ、ベトナム人は鉄砲がお好きだそうだ、水兵に銃を持たせてここに来るように指示しろ」

「了解しました。おう、すぐに銃を持った一個小隊をここに呼んで来い。おい、カー。命乞いするなら今のうちだぜ」

マカロフは部下に艦隊まで小隊を呼びに行かせた。

「け、てめえなんかに誰が命乞いするかよ！」

「あれを見てもそんな強がりが言えるのか？」

マカロフはロシア軍艦から銃を持って降りてくる十六人の小隊を指差した。

――ザッザッザッ
砂浜を駆ける音が近づいてきた。

「ようしミハエル小隊長、この言うことを聞かないくそベトナム人を包囲しろ！」

「了解しました、全員囲んで銃を構えろ！」

「は！」

車座に座り込んだベトナム人たちを銃を構えたロシア兵が囲んだ。

「タン、やっぱり死ぬのか？　俺たちぁ」

カーが心細くタンの耳元にささやいた。

「馬鹿野郎、フランス軍に無断でそんなに簡単に俺たちを殺すかよ、ただの脅しだ。お前らしくねえな、でんと構えておけ」

目をつぶって腕を組んだままタンは答えた。

「わかった！　タン兄貴を信じるぜ！」

カーも真似をして腕を組んで目を閉じた。

「ようしもう一度言うベトナム人、立て！　そしてすぐに労働を始めるんだ！　今ならおとなしくいう事を聞けば命の保障はしてやる」

チャノフの大きな声が海岸に響いた。

その声に対しても誰も微動だにしない。

「ミハエル、最初は威嚇射撃だ、いいな」

スワロフはかたわらの小隊長に小声で告げる。

「了解です」

まだ誰も動かない、カーに至ってはタンの言葉に安心したのか居眠りをはじめた。

「よし！　今から三つ数える。それでも動かなければ引き金をひく。ひとーつ、ふたーつ、みっつ」

誰も動く気配すらない。

「よし撃て！」

「小隊、射撃用意、構え、撃て！」

小隊長の命令のあと
——パン、パン、パン、パン
と銃声がしたかと思うとタンやカーの周りに十六箇所の砂煙が舞った。

その瞬間ベトナム人全員が首をすくめて縮こまったが誰にも弾に当たっていない。

「見ろ、やっぱり威嚇だけだったろ？　おいカー、この状況でまさかおまえ寝てるのか？」

「撃ち方やめ！　どうだ、こちらは本気だぞ。おまえらこれでも動かないのか？」

「おい、ロシアのおっさんたちよぉ、フランスの領土の人間にこんなことしていいのか？

ここで俺たちを殺したら飼い主のフランス軍が黙ってないぜ！　ここはおまえたちの領土ではないんだぞ」

肩にかかった砂を払いながらタンは諭すようにゆっくりチャノフに言った。

「何を！……」

タンの正論に対してチャノフは言葉を失った。

それを見たスワロフスキーは
「まったく頭にくる野郎だぜ、フランス領であろうがなかろうが、東洋人なんてどこも同じだ。ここで何かあってもフランス軍も大目にみてくれるだろうぜ。大佐、こんなやつの言うことにいちいち構う事はねえ、見せしめに一人血祭りに上げようぜ。こいつらの生殺与奪権はおれたちにあることを知らせてやる」

「血祭りの一人はおれにしろ。仲間は関係ねえし俺は責任者だ」

タンがゆっくり立ち上がった。

「タン、この役はおまえじゃあ、だめだ。お前は自分の痛みには耐えられるやつだが、自分以外の人間の苦しみには耐えれないはずだからな。この中で一番不必要な頭の悪いやつは誰だ？」

スワロフスキーの言葉に全員が一斉にカーのほうを向いた。

「おい、おれかよ！」

動揺するカーにマカロフが笑いながら言った。

「カーよ、二日間の作業で俺もお前はそうとう頭が悪いと思ってはいたがどうやら間違っていなかったようだな、お仲間全員のお墨付きをもらったぜ」

「おまえ、カーというのか。満場一致だな、立ってあの椰子の木の下に行くんだ」

チャノフが命令する。

「わかったよ、どうせまた撃たないんだろうが。腰抜けめ！」

何も深く考えずに椰子の木に向かって歩こうとするカーに

「カー、よせ、行くな。流れをよく読め、今度は本気で撃ってくるぞ」

とタンが制した。

「いや、タンよぉ、ここは誰かが行かなきゃおさまりがつかねえ場面だ。おれは独り身だから、もしも死んでも気にするやつもいねえ。タンよぉ、もしなんかあったら後は頼むぜ！」

「馬鹿、そのなんかがあるんだよ！」

「それでもかまわねえ、ロシアの腑抜け野郎に本当のベトナム魂を見せてやる調度いい機会だ、おれの好きにさせてくれ。こら、くそロシア野郎よく聞きやがれ、暴力だけでこの世の中誰でもいう事を聞くと思ったら大間違いだ。撃てるものなら撃ってみやがれ！」

大きな声で喧伝したあと巨体のカーが動き椰子の木の下に立った。

全員が息を凝らして見守る。

「よーし小隊前へ出ろ。目標は大きいから外す心配はない、簡単な仕事だ」

――ザッザッザッ
スワロフスキーのこの命令で椰子の下で腕を組んでふんぞり返っているカーの前にずらりと十六人の小隊は並んだ。

「もういいやめろ、スワロフスキー止めてくれ！」

タンの要求に
「タン、もう遅い！　小隊撃ち方用意！」

カーのいる方向に助けようと飛び出すタンを、スワロフスキーとマカロフが腕力で抑えこんだ。

緊張が走った。

「今度も威嚇ですよね？」

ミハエルがかたわらのマカロフにささやく。

「いや、今度は本当に撃ち殺せ。他の奴らへのいいみせしめになる。よし小隊構えろ！」

マカロフのその言葉に、小隊は誰も構えようとしない。

「どうしたお前たち、早く構えろ！」

チャノフの声が飛ぶ。

「早く構えろ！　この役立たずのくそポーランド人たちめ！」

スワロフスキーのその言葉にも誰も反応しない。

マカロフの鉄拳が一番近くにいたミハエル小隊長の顔面を殴った、血が砂浜に飛び散る。

「ミハエル、貴様、それでも名誉あるわがロシア軍の小隊長か！　おい、お前たちこいつらから銃を取り上げろ！」

「はっ！」

マカロフに命令された部下たちは十六名を押さえつけて彼らの銃をすべて取り上げた。

「お言葉ですがマカロフ大尉、われわれの小隊は所属はロシア軍ですがその心はロシア人ではありません！　軍隊といえども横暴な命令には従わない権利があります」

殴られた口元を押さえながらミハイル小隊長は言った。

「貴様、劣等国ポーランド出身の二等国民のくせにわれわれに逆らうのか！」

「私の母国のポーランドは、決して大尉のいうような劣等国ではありません」

「馬鹿かお前は、ではなぜわがロシアに簡単に負けたのだ？」

「それはわが祖国は暴力を是としない国家だからです」

この予期しないやりとりで突然蚊帳の外となってしまったカーは、そっとタンの隣に座った。

「タン、なんだかうまく一難去ったようだが一体何が起こっているんだ？」

「どうせお前にゃ話してもわかるまい。あとでゆっくり説明する。今はその一難とやらがやつらポーランド人のほうに行ってしまった、いいから黙ってみてろ」

マカロフとのやりとりを見かねたチャノフ大佐がミハエルに叫んだ。

「よーしお前たちはロシア軍に対する反逆罪だ！　全員の武装を解除して捕縛しろ！」

その声にロシア水兵たちは、抵抗するポーランド人十六名を後ろ手に縛った。

「ミハエル、反逆罪の首謀者は死刑だということは知っているな？」

「ああ、知っている」

「知っていてなんで上官の命令に背いた？」

「ベトナム人のやつらの言葉を聞いたからだ！」

「こんな三等国の人間の言葉がどうだというのだ？」

「さっき叫んだベトナム人は祖国に誇りを持っている、ただそれだけだ。さあ殺せ、おれはこの軍に入ったときからすでに死ぬ覚悟は出来ている。そのかわり部下だけは絶対に殺すな」

「わかった。いい覚悟だ、ミハエル。ロシア軍紀を維持するためにここでお前には死んでもらう。しかし部下は首謀者ではないから見逃そう、そのかわり今日からはこいつらベトナム人と一緒の重労働だ。最期に言い残すことはないか？」

「ああ最期に言っておく、おまえらは絶対日本に負け……」

――バーン！

一瞬の出来事だった。マカロフの抜いた拳銃の音がして、砂浜一面にミハエルの脳漿《のうしょう》が飛び散った。

「隊長！」

「ミハエル隊長！」

ロシア兵に縛られて動けないミハエルの部下たちが全員叫んだ。

「なんてぇ野郎だ、本当に撃ち殺しやがった」

タンが唸った。

「ちくしょう、おれの身代わりになったようなものだ……」

カーが唸ったあと、もう息のないミハエルを抱きかかえた。

「ようし首謀者は始末した。おい、この反乱分子十六名をすぐに艦内に連行して営倉にぶち込んでおけ。今日からは死刑囚と同じ扱いで石炭補給の労働をさせるんだ。さあぐずぐずしないでさっさと歩け！」

ロシア水兵に引きづられた十六名は隊長のミハエルの遺体を砂浜に残して艦内に連行されていった。

「さあ、待たせたなベトナム人たち。今度はおまえらの番だが……」

「お前たちは人間ではない！」

タンが食いついた。

「そうだ人間の命を虫のように扱いやがって！」

ミハエルの亡骸を抱えたカーが吼える。

「虫が何を言っている」

たった今、人を一人殺したばかりとは思えない平然とした口調でマカロフが答えた。

「おれたちは命を大切にする国、ベトナムの人間だ。こいつの弔いをするから邪魔をするな。さあみんな丘の上の墓地に行こう。今からおれの身代わりになって死んだミハエルとやらを弔う。邪魔立てすると真剣に暴れるぜ！　そこをどけ！」

真剣に怒ったカーの剣幕にさすがのロシア人たちもたじろいだ。

「補給作業はどうする？」

マカロフが聞いた。

「午後からやるよ、心配すんな」

現在でもそうであるが、自国の文化や習慣を汚されたり、面前で愛国心を馬鹿にされたベトナム人は、さっきまでの笑顔はなんだったのかと思うほど別人のように豹変して手がつけられないときがある。これはベトナム戦争で世界最強のアメリカ軍を追い出した歴史や第一次中越戦争で中国の正規軍を農民たちだけで撃退した事例を見ても明らかである。このときの豹変したカーがまさにそうであった。

ミハエルを抱えたカーを先頭に、二百人の男たちはカムラン湾が一望できる村の共同墓地に着いた。

「おう、シン！　シャベルを貸せ！　ミハエルとかいったな、今からこいつの墓穴を振る。ところでポーランドてえのはどっちの方角だ？」

草むらの上にミハエルを静かに横たえてシンからシャベルを受け取ったカーが掘り始めた。

「カー兄ぃ、日が沈むほうが西ですからこっちです」

「そうか！」

カーの肩が動くにつれ土が飛ぶ。

三十分ほどでポーランドの方角を向いた墓穴が掘れた。

頭を母国のほうに向けてカーはミハエルの亡骸を静かに横たえた。

「すまねえ、おまえさんも今朝起きたときにはまさか今日死ぬとは思ってなかっただろうに……おれたちベトナム人がロシアの野郎に逆らったばっかりに……」

二百名の男たちがめいめい頭をたれてやってきて手を合わせた。

カーは亡骸の上から土をかぶせた。

「ようしみんな、こいつの分まで生きてやろうぜ！」

「そうだな、彼にも故郷に家族や恋人がいたはずだ、こんな遠い異国で一人で眠るとは不憫でしかたないな」

そっとタンも手を合わせた。

※

「こらぁマカロフ！　約束どおり帰ってきたぜ！」

巡洋艦の甲板に立つマカロフの眼前に百名を連れたカーが立ちはだかった。

マカロフの後ろにはさきほどの反乱を起こした十六名のポーランド人水兵が早速石炭俵を運んでいるのが見える。

「おまえたちの勝手な行動のおかげで今日のノルマが達成できないだろうが！　早くしろ！」

竹の鞭を振り上げたマカロフに
「今日はおれたちのために死んだポーランド人の弔いだ。そんな鞭は必要ねえ、言われなくてもきちんと仕事するぜ。おれたちぁ動物じゃねえ」

カーはシャベルをとって黙々と仕事を始めた。

――ザッザッ

もくもくと働くカーに

「珍しいな、今日はまじめじゃあないか。それでいいんだよ」

とマカロフはからかう。

「おう、マカロフ！　今日はおれに話しかけるな。虫の居所が悪いんだ」

その迫力にマカロフは返答すら出来なかった。

――ザーッ

シャベルを動かすカーの前に新たな石炭が撒かれた。

さきほどカーたちを撃とうとしたポーランド人水兵のひとりだった。

「おまえさんは、たしかさっきのポーランド人……」

「ああ、ミハエル小隊のポリスキーという、さっきは命拾いしたな」

「ああ、ポリスキーというのか……さっきは助かった。恩に着る。しかしすまねえな、命まで助けてもらった上に、こんな重労働までさせてしまって……」

「いや、おれを含む全員がおまえの言葉に感動した。おれたちポーランド人が忘れかけていた気持ちをお前が言ってくれたおかげで目が覚めた」

「おれが、なんか言ったか？」

「ああたしかおまえは殺される覚悟で『暴力だけでこの世の中誰でもいう事を聞くと思ったら大間違いだ』と大声で言ったな」

「言ったかなぁ、そんなこと」

「おい、覚えてないのか？　ここは一番大事なところだろ？　とにかくお前のその言葉で十六人全員がロシア軍の命令に従わなかった」

「そうか。よくわからないが、いずれにしてもお前たちの親分にはすまねえことをした。さっき仲間たち全員で丘の上に埋葬して花を手向けてきた。だから安心しな」

「ミハエルは部下想いの本当にいい隊長だった。おれたちの代わりに弔ってくれてありがとうよ、カー」

「おい！　そこ！　なにを無駄口をたたいている！　さっさと働け！」

マカロフの叱責が飛ぶ。

「じゃあ、またあとでな！」

「おう」

そう言うとポリスキーは次の荷を取りに甲板に向かって上がっていった。

——ザッザッ
石炭庫の中にはカーと手下のシャベルの音だけが響いた。

しばらくすると将校の服を着たロシア人が二名ノートを持って降りてきて、しきりに石炭を指差しながら会話をはじめた。

「おい、マカロフあいつらは何て言ってるんだ」

石炭貯蔵庫に降りてきた機関科の将校の言葉にカーはそばにいたマカロフに尋ねた。

「おまえには関係ない」

「そういうな、教えろ！」

「ちっ、機関専門の将校がベトナムの石炭は燃焼効率がよく煙の出ない良い石炭だと褒めているんだ。専門家にそう言ってもらえるだけありがたいと思え」

「こんな真っ黒いベトナムの石炭のどこがいいんだ？　おれにはよくわからねえ」

「世界最高峰のイギリスの無煙炭に匹敵するくらいカロリーが高く煙も出ないそうだ。今まで使っていたドイツ産の泥の混じったような石炭とは大違いだと機関科のやつらは大いに褒めている、よかったな」

「そんな高品質の石炭をおれの母国のベトナムは産出していたんだ」

「ホンゲイ炭というそうだな、きさまら三等国にもたまにはいいものがあるってことさな。まあありがたく思えや。それより手を止めるな！」

「チッ、わーったよ！」

その後無心に石炭の補給をやっていたカーにある考えがひらめいた。

「おいマカロフ、いい石炭を供給するとどうなるんだ？　何がいいんだ？」

「お前馬鹿か？　まずは燃焼効率がいいので同じ量の石炭でも遠くまで船が走ることが出来るだろうが。しかも早く走れる。次に無煙炭なのでいくら焚いても煙が出ない」

「煙が出ないのがなぜいいんだ？」

「ちっとは考えても見ろ、おまえ頭使った事はあるのか？　今から俺たちは日本海軍と最後の戦いに行くんだぞ。煙が遠くから見えたら敵に自分たちの接近を知らせるようなものだろうが」

「今まで使っていたドイツから買った石炭はまるで泥のようだといったな？」

「ああ、そうだ燃焼効率は悪いわ、煙はもうもうと出るわで最悪だった。おまけにやつらはクズのような石炭に高い値段までふっかけてきやがった」

「そうかい、いい話をありがとよ」

カーはこの時ある作戦を考えた。しかし実行はとても一人では出来ないので今夜タンと相談することに決めたのである。

21　策略

三日目の労働が終わっての帰り道
タンとカーが連れ立って歩いてる。

「タン、俺は頭が悪い」

「おう、それは村でも有名だな。おめえは掛け算ができねえからな」

「チッ、そんなおれでも今日いいアイデアを思いついたんだ。おれは何としてでも日本海軍に勝ってもらいたい」

「馬鹿の考え休むに似たりだが……いいだろう言ってみろ」

「泥だ！」

「泥？」

「そうだ、おれは知らなかったが、おれたちの祖国ベトナムから出るホンゲイ炭てえのはすばらしくいい性能だそうだ。今日、ロシア野郎の石炭の専門家がわざわざ暑い石炭庫まで降りてきて褒めていたんだから間違いねえ。なんでも艦は早く走るし、おまけに煙も出ねえときた。しかし今まで買ってたドイツの石炭は泥のように最悪だとやつらは言っていた。わかるかこの意味が？」

「いや全然見えてこねえ」

「タンよぅ、お前はおれよりちったあ賢いと思っていたが、今日は正直がっかりだ」

「偉そうに言うな、もったいぶらずにはっきりと言え！」

「いいか、石炭に泥を混ぜるんだ。今やつらに補給している石炭に何とかして俺たちが泥を混ぜる。そのことでロシアの艦隊の速度は落ちるし走ったら煙だらけになる。つまりだ早く敵にみつかるし足も遅くなる、どうだ！　一石二鳥だろ？」

「お前の口から一石二鳥なんて難しい言葉を聴くとはおもわなかったぜ。そうか、なるほどなあ。そうすりゃあ日本海軍が早く見つけてやつらをやっつけることができるな。おめえ生まれて初めて頭を使ったな！」

「馬鹿野郎！　しかし問題はどうやって泥を混ぜるかだ。まあとにかく俺の出番はここまでだ、あとは『今関羽』と呼ばれているタン、お前が考えてくれや」

「そうか、泥か……気づかなかったな」

「頼むぜ、それじゃあ作戦が決まったら教えてくれ。じゃあな！」

　カーは自分の家のほうに向かって大股で歩いていった。

※

タンは、カーとの会話のあとズン村長の家に来ていた。

「村長さんよ、生まれてはじめてあのカーが頭を使った作戦だ。何とかものにしてやりてぇが、知恵を貸してくれ」

「なるほど、泥か……こいつは気づかなかったわい」

「そうだろう? カーの野郎、一生分の頭を使ったみたいだ。やつらに気づかれずに石炭に泥を混ぜる何かいい手はないか!」

「そうじゃなぁ、やつらの軍艦の貯蔵庫は二十四時間見張りがいるので近づくのが大変じゃが、サイゴンやハロンから来た石炭補給船はどうじゃ。誰も気にも留めてはいまい。しかもおあつらえむけに艦隊からは死角になって見えない位置に泊めてある」

「お、そうだな。確かに補給船は分かりづらいところに泊めてあるな。しかもおれの船も横に泊めているが、たしかに警備は誰もいない。ここが狙い目だな」

「作戦としては、夜間に泥を満載したお前たちの船で補給船に忍び込むしかないじゃろな。

石炭と泥をすり替えるか、それができなければ石炭に泥を混ぜるんじゃ。しかしやつらに見つかったら一巻の終わりだ。全員の命はないと思え」

「んなものはぁ、こっちは最初からないと思ってやっているんだよ。さっそく反撃の開始だ。じいさん邪魔したな、ありがとよ！」

「くれぐれも、無茶だけはするなよ。聞くところによると今日も鉄砲隊が出てきて殺されそうになったそうじゃあないか」

「わかってるよ！　そこで拾った命だ、惜しくはない。とにかく時間がない、じゃあな」

タンは家に向かって走った。

※

タンは北地区の漁師全員に自分の家に集まるように集合をかけた。時刻は深夜の十二時だ。遅い時刻にもかかわらず集まった人数は昼間の半数の百名近くはいるだろうか。

「おう、お前たちこんな夜分に集まってもらってすまねえ。全員船で来ただろうな」

「ああ、おれたちは漁師だ。あたりまえだろ」

「こんな時間におれたちを呼ぶってことはいい話だろうな、タン兄貴！」

「おう、みんな。ロシア野郎に対してここいらでおれたちの反撃開始をしようじゃあないか。ただし言っておくが、しくじったら命の保障はしねえ」

「兄貴よう、そんなものはぁ、最初から誰も保障されたくねえよ」

「よーし、それじゃあよく作戦を聞け、今からおまえたちの船を全部総動員する。もちろん俺の船も出す。で、おれの家の裏山から泥を運んでおまえらの船に乗せろ。うちの裏山の土は黒いから、ぱっと見た目は石炭と変わらねえ」

「なんでえ、泥を運ぶのかよ。地味な作戦だなあ、まったく」

「ああ、これじゃあ昼間の石炭補給作業と変わらねえぜ」

「いいか、この泥が味噌だ。艦隊からは死角になって見えない桟橋の奥に今日サイゴンから来た石炭補給船が三隻泊まっている。おれも確認したがここにはロシアの監視はいねえ。その横におれたちの船を着けて、できるだけ石炭と泥を移し変えてくれ、もしそれが難しければ石炭に泥を混ぜろ。いいかもう一度言うぞ、見つかったら死ぬぞ」

「やることはわかった。簡単な作業だな、しかし石炭を泥に変えたらいいことがあるのか？」

「あたりまえだ！　何もいいことがなくて夜中にこんな危ないことが出来るかい！　いい

か、石炭に泥を混ぜることでエンジンの燃焼効率が落ちる」

「そのなんとかが落ちたらどうなる？」

「少しは頭を使え、船の動きが鈍くなるんだよ」

「鈍くなったらどうなるんだ」

「最後まで説明が必要なのか、てめえらは！　あのカーが考えた作戦だぞこれは。ロシアの船の動きが鈍くなったら日本海軍のかっこうの的になるだろうが」

「そうか、おれたちの仕事でロシア海軍の足を引っ張れるんだな。そして仕上げは日本海軍に任すわけだ。こいつはいいや！　しかしあのカーが本当にこの作戦を考えたのか？　おれには信じられねえ」

「そうだ、信じられないだろうが、正真正銘カーが考えた。やつはこの作戦で多分一生分の頭を使ったはずだ、わかったか。わかったらさっそく仕事にかかれ！　時間がない！」

「おう、こいつは面白そうだな！」

「ああ、やりがいがあるぜ！」

「見ていろあの白熊どもめ！」

「日本海軍との連携作戦だな」

男たちはめいめいに自分の船を泊めてあるところに走っていき、船を出してタンの家の裏山にある浮き桟橋に集合した。

「おい、本当に石炭のような色をした泥だな」

「おう、これだと混ぜても絶対バレねえな」

全員が黒い泥を手にとってながめた。

「よし全員このシャベルで泥を急いで積み込め。積み込んだ船から順次北の岬を回って補給船に向かうように。いいな、さいわい今日は月は出ていねえがくれぐれも見つかるなよ」

「おう！」

——ザッザッザッ
闇の中で男たちのシャベルの音だけが響いた。

一時間ほど経過したころ黒い泥を満載した船たちが一列縦隊で艦隊の眼を忍んで石炭補給に近づいていった。

「まぬけだな、思ったとおり誰も監視がいないぜ」

三隻の補給船のまわりに泥を満載した二十隻ほどの漁船が取り巻いた。

「よし、全員そろったな。今確認したがこの補給船は石炭が俵ではなく裸の状態で積載されている。よって交換は無理だ、混入作戦に変更する。かまわねえからこの石炭庫にどんどん泥を放り込め、急げ！」

「ようし、わかった。やろうぜ！」

「おう！」

そうこうしているうちに別働隊の発案者であるカーもタイの連絡を受けて泥を満載した船に乗ってやってきた。同じようにまわりには二十隻近くの手勢を率いている。すべて南地区の漁船たちである。

「おう、北地区のやろうども！　お前らこれはおれのアイデアだからな！　覚えておけよ！」

「おう、カーか！　お前にしては珍しく頭を使ったそうだな！　熱は出てないか？」

「そうよ、ちったぁ見直したか？」

「まだまだだ！」

「あはは」

「さあ、みんなぐずぐずするねぇ。いいか、陽が上る前にやり終えるんだ」

「おう！」

この掛け声で南北両方の地区の合計二百人の男たちが黙々と泥を補給船に放りこむ作業を

はじめた。深夜三時を回っていたにもかかわらず、屈強な男たちの額からは玉のような汗が噴出してきた。

「いやー疲れる作業だが、一向にきつく感じねえな」

「まったくだ、昼間の無意味な作業とは違うからなあ」

「ああ、ロシア野郎、泥でも喰らえ！　だな」

昼間と同じくらいの重労働にも気にならない漁師たちはどんどん泥を移動させていった。

ほとんどの船が空になりかけたときに不意に陸上からライトが照らされた。

「こら！　お前たち、そこで何をしているんだ！」

その声に全員の手が止まった。

ロシア海軍の制服を着た水兵五人が銃を構えて叫んだ。

「怪しいやつらだ、全員手を上げてこちらに来い！」

「ちくしょう見つかっちまったか。ちっ、もう少しのところだったのに……」

シンが呻いた。

「畜生、一世一代のいい作戦だったのに」

カーが唇を噛んだ。

「くそ、たしか見張りはいなかったはずだが……」

タンもうめく。

「仕方ない、相手は銃を持っている兵隊だ。みんなここはおとなしくやつらの言う事を聞こうぜ。どうせ昨日拾った命だ、あとは野となれ山となれだ！」

補給船から桟橋を伝って二百名の男たちがぞろぞろと手を上げて砂浜に降りてきた。

警備を担当しているロシア兵の隊長が彼らの顔を見てうなった。

「お前たちは……見覚えがあるな……そうか、昼間のベトナム人の石炭作業員か！　たしかお前はタンとかいったな」

その声はフィンランド人のプリボイであった。

「おう、その声はプリボイか！　こんな深夜まで見回りか？」

「そうだ、湾内の深夜の警備を、おれたち死刑囚にやらせている。疲れる作業は全部おれたち死刑囚の仕事だ。ところでこんな夜更けに一体何をしていた？　おい、みんな銃を降ろせ。安心しろ、こいつらは俺たちの敵ではない」

この声にフィンランド人で構成された見張隊が一斉に銃を下げる。

「ご覧のとおりだ、おれたちベトナム人漁師たちで補給船の石炭に泥を混ぜていたんだ、これでやつらの艦隊の足を鈍らせる作戦だ」

「発案者はこのおれさまだがな！」

後ろにいたカーが胸を張って出てきた。

「そうか……」

「どうする？　まさかおれたちをロシア野郎に差し出すのか？　プリボイ？」

「……」

プリボイはしばらく考えてから
「いや、おれたちは今夜ここで何も見なかった。そういうことにしておくから急いで作業を終わらせるんだ」

「すまんな、恩に切るぜ。プリボイ！」

「なあに、俺たちぁ、どっちにしてもやつらに殺される運命だ。今はロシアの服を着てはいるが、むしろお前たちを手伝ってやりたい気持ちだぜ」

「ありがとう、恩に着る！」

「今日は俺たち以外にここに見回りは来ねえはずだ。安心して作業を続けてくれ。じゃあな」

手を上げて何事もなく去っていく五名の見張りに対して、理由がわからないほかの漁師たちはタンとプリボイの会話に狐につままれた顔をしていた。

「なんと一日に二回も命拾いしたな……」

カーがつぶやいた。

「ふー、もうだめかと思ったぜ！」

「おれもだ、さっきかあちゃんにさよなら言ったところだった」

「一体どんな手品を使ったんだ、タン兄貴？」

「なあに、あいつらは肌の色と服装は違っても心の中は俺たちと同じなんだよ。さあ、時間がない、続きを早くやっちまおうぜ！」

「おう！」

威勢のいい掛け声の後
――ザッザッ
――ザッザッ
日の出まで男たちのシャベルの力強い音が続いたのであった。

22　石炭補給作業四日目

「今日も揃ってるようだな、おまえたち四日目になるが、いやに元気そうじゃあないか。結構、結構。昨日の成果は昼間の騒動のおかげでベトナム人二チームでわずか千二百トンしか補給が出来なかった。夜間は我々ロシア人たちでなんとか二千五百トン、合計三千七百トンだ。四千トンにあと三百トン足らない！　お前たちのふざけたサボタージュでペースが落ちてきているが、とにかく死ぬ気でノルマをやりきるようにしろ！　今日はあそこの駆逐艦の補給作業だ。以上」

補給状況の書かれたノートに目を落としながら朝の日課であるチャノフ大佐の言葉だ。

「カー、なんか今朝はおまえ変だなぁ、昨日とは違う顔をしてやがる。にやにやしやがって何かいい事でもあったのか？」

マカロフが疑問をぶつける。

ついさっきまでの徹夜での泥運び作業を終えたばっかかりで一睡もしていないタンやカーも含めて全員の顔からは笑みさえも浮かんでいた。

「いいじゃあねえか、元気ってえのは？　それとも何かいいマカロフ、あんたらはおれたちに元気に作業されたら困るのかい？」

　カーが答えた。

「いや、そうじゃない。しかしなんか変だな。まあカー、お前は普通の人間じゃないから判断に苦しむが、お前の部下たちが読めねえ。まあなんでもいいぜ、こっちはしっかり仕事してくれるならよ」

「ようしシン、聞いてのとおりだ、早く仕事にかかろう。この駆逐艦ての は艦も小さいし倉庫も戦艦に比べると小さいから楽そうだぜ」

「わかったぜカー兄ぃ、おうみんな！　さっさと石炭を運び込もうぜ！」

「おう！」

　駆逐艦の給炭作業は戦艦と違って甲板から、俵ではなく竹で編んだかごに入れた石炭を背負って石炭庫に持ってくる。その石炭の中身は当然彼らの夜間から先ほどまでの作業で半分が泥であった。

「おう、見てみろよこの石炭」

「ああ、間違いねえ。さっきまでおれたちが運んだ泥が混じっているな」

　石炭庫にぶちまけた石炭を踏み潰してカーがほくそ笑んだ。

「こら、そこ！　何をこそこそ話をしている」

マカロフの声が飛ぶ。

「何でもねえよ」

「口より先に手を動かせ！」

「わーってるよ！　よーし野郎ども、どんどん石炭を持ってこい！　今日はやりがいがあるぜ！」

今まで以上に全員がやる気をもって作業したので、驚くほど効率があがった。

「ほっほっ」

――ザッザッ
テンポのいい労働ぶりを見てマカロフが褒めた。

「なんだ？　おまえら、やりゃあできるじゃないか！」

「まあな、これがベトナム人の本当の実力よ！　参ったか！」

汗を拭いながらカーが応える。

「いつもこの調子でやってくれるなら監督はいらねえがな」

「ああ、今に吠え面をかくことになるぜこのロシア野郎……」

「今なにか言ったか？」

「いや、おい！　みんな早くやってしまおうぜ！」

「おう！」

と威勢のいい声が倉庫に響く。

その後全員は心の中で「日本のため、アジアのため」と言いながらシャベルを使った。

カーは荷を背負って下りて来るポーランド人のポリスキーに目配せを交わした。

「ん？　どうしたカー？」

「おう、ポリスキー、石炭をいいからどんどん持ってこい！」

「さっきからちゃんと持ってきてるじゃあねえか。そんなにベトナム人はこんな辛い仕事がしたいのか？」

「違うんだ、大きな声では言えねえが、こいつには泥が混じっているんだ」

「しー！　お前大きな声だなあ、聞こえるぞ。しかしなんだと！　泥がこの中に？　本当か？

見た目にはまったく変わらんが……」

「ああ、昨日の晩からおれたちが徹夜で混ぜたんだ。これでこの艦の速力が落ちる」

「本当か！」

「ああ、これでお前たちの親分の敵討ちにもなる。だからじゃんじゃん持ってこいって言ってるんだ。わかったら早くしろ！」

「わかった！　こいつは面白えぇ！」

ポリスキーとカーの会話に
「こらあ、そこ！　さぼるな！」

とマカロフの怒号が飛ぶ。

「じゃあな！」

この秘密がポリスキーからポーランド人たち全員に伝わったのであろう、その後の運搬作業は全員が人が変わったようにはかどった。中には重労働にもかかわらず笑みを浮かべているポーランド人さえ見受けられた。

「おう、ベトナム人、聞いたぜ！　お前たちもやるもんだな！」

「これは作業に力がはいるぜ！　ベトナム人ありがとよ」

全員が笑みを浮かべてカーの肩をたたいていく。

「カー、ミハエル隊長もさぞや天国で喜んでいるぜ！」

カーは次々と荷を降ろして声をかけてくる彼らに目配せのあと親指を立てた。

この日はベトナム人とポーランド人全員がまさに身を粉にして働いたので時間内にノルマ

は達成したのである。

「よーしお前たち、今日はよくやった。珍しく日没前にノルマの四千トンは達成した。毎日この調子でやるようにな！　解散！」

マカロフの大声で四日目の作業が終わった。

※

その日の夜タンの家には作業を終えたほとんどのメンバーが集まっていた。

「おう、タン、そっちの首尾はどうだった？」

カーが尋ねる。

「ああ、おれたちのあまりの作業の熱心さにスワロフスキーから『何か企んでねえか？』と聞かれて最初は怪しまれたかなと思ったが、全然大丈夫だったな。やつらは積み込まれる石炭の量しか見てねえから安心だ」

「こっちもそうだ、昨日助けられたポーランド人にも話してやったら、やつら大喜びだったぜ」

「よし今晩もがんばって全員で泥を詰めるぞ！」

タンの声に
「おう！」
と大きな声が響いたあと、男たちはシャベルを担いでタンの家の裏庭に向かった。
ロシア艦隊の石炭庫に積まれて日本行きが決まったタンの裏山は時間とともに徐々にその姿を変えていった。

23　石炭補給作業五日目

駆逐艦とは軍艦の中で一番足の速い艦である。昨日からこの艦に泥を混ぜた石炭を積み込んでいる。タンもカーも知らなかったが、駆逐艦というのはその早い速力を活かして平時には索敵、連絡、哨戒任務につく。また戦時には戦艦などの大型艦を守るのと、その速力を活かして相手に肉薄して魚雷攻撃をかける大切な任務がある。つまり彼らが泥を混入して妨害していたのは運よく戦場で一番速力が必要な艦であったのだ。

昨日泥を満載した駆逐艦がカムラン湾の真ん中に浮いていた。

「おいタン、昨日泥を入れたのはあのあたりに浮かんでいる艦だな」

カーの問いかけに

「ああそうだな、あいつらは戦場では確実に足手まといの亀になるぜ」

「それなら最初からあのでかいのに入れたかったな。マカロフにもう一度石炭を積み替えるように頼んでみるか」

カーは大きな戦艦をあごで指した。

「いやまんざらそうでもねえぜ。艦隊ってのは全体のスピードを一番速力の遅いやつに合わさないといけねえ。おれたちが全員で漁に出たとき、どれだけみんながお前のボロ船が追いつくのを待ってたと思ってるんだ？　それと同じだ。あの駆逐艦だけでも足手まといになるなら間違いなく効き目はある」

「そうか、それならいい。今日もやつらに腹いっぱい泥を食わせてやる！」

カーは桟橋に横付けされている今日の積み込み予定の駆逐艦を睨んだ。

日課のように大勢のベトナム人が集まる正面にチャノフがいつものようにノートをつけながらやってきた。

「しかしお前たち昨日はよくやったな、驚いた。三等国民でも少しは見直したぞ。おそらくは毎日の作業で仕事が慣れてきたのだろう、昨日のノルマは達成している。残りの駆逐艦を今日もその調子でやってくれ。以上！」

「ようし、いつものように配置に着け！」

スワロフスキーの大声が飛ぶ。

「ちっ、何が『慣れたきたのか』だ、要はやる気の問題なんだよ。やる気の」

カーがつぶやく。

「まったくだ、おかげさんで今日もやる気満々だぜ、なあカー兄ぃ」

シンが笑って中指を立てた。

午前中は全員のそのやる気で昨日以上に作業がはかどった。

人間というものは同じ仕事でも、やる気がある時とない時ではこんなにも差が出るのかとカーは感心した。

※

十二時
「よーっし、駆逐艦てやつに腹いっぱい泥を食わせてやった。今度はおれたちの番だな、飯にしよう！」

「おう！」

昼食時の食堂でカーが食べてる横に死刑囚のプリボイが座ってそっと耳打ちした。

「なあ、ベトナム人よう、おまえたちを見込んで大事な話がある」

「おう、プリボイか、おとといの夜は助かった、ありがとうよ」

「で、例の泥作戦はうまくいっているか？」

「ああ、おかげさんでな。午前中もしこたま『特上の石炭』を駆逐艦とやらに詰め込んできたぜ。ところでなんだ大事な話ってのは？」

「反乱に手を貸してくれないか？」

「反乱？」

「しっ！　カー、声がでけえ、お前とは内緒話は無理だなぁ」

「反乱たぁ、穏やかじゃあねえな。しかしおれに言うということは勝算はあるんだな」

「そうだ、ロシア側の七千五百名の中身はほとんどが水兵だ。命令する将校はわずか一割しかいねえ。ロシア軍将校は規則で貴族出身者しかなれねえ、つまり平民や農民はどんなにがんばっても水兵どまりだ。ロシア海軍内での水兵の扱いは、お前たちほどではないが牛馬のようなものだ。ましてやおれたちは被占領国家フィンランド出身で死刑囚だからさらに扱いがひどい」

「それはお前たちが寄港してからずっと見ているが、そのようだな。よくも全員の不満が爆発しねえものだな。そもそも上陸して酒場で飲んで遊んでいるのも将校だけだろう？」

「そうだわかるか、将校以外は遊びでの上陸は禁止だ。艦内はこの理由のほかにも今不満で爆発しそうな状況で、誰一人今回の戦闘に参加したくない。ひょっとしたら将校の中にもそう思っているやつもいると思う」

「で、いい作戦はあるのか？」

「おまえたちの協力次第だ」

「よし聞こう。しかしちょっと待て、難しい話になりそうだからタンを呼ぶ。おーいタン、こっちに来てくれ」

先に食事を終えて新聞を持って出て行こうとしたタンをカーは呼び戻した。

※

「なるほどな、要するにおれたちベトナム人が出汁になるわけだな……」

タンが確認する。

「ああそうだ。この前お前たちが浜辺で座り込んだろ？　この作戦はロシア軍のあの時の対応を見て思いついた。やつらは口ではああいっているがフランス軍の手前、おまえたちを簡単に殺せない。そのかわり俺たちは見てのとおり簡単に殺すことができる」

「まだ見えてこねえ、タン」

「もう少しで見えてくる、黙って聞いてろカー」

「そこでベトナム人全員に質問だが、そもそもお前たちはこの重労働をしないという選択肢があるにもかかわらず、何でこんなことをやってるんだ？　つまり毎朝来なくてもかまわないのに何がそうさせているのか聞きたい。給料か？」

「ちがう、給料でもフランス野郎の言葉でもない。おれたちを動かしているのはズンという俺たちにとっては親のような村長の言葉だけだ。最初はな……」

「最初はな……ってことは今は違うのか？」

「ああ、同じアジア人種のためにロシアと戦う日本海軍のためだ。その話もズン村長に聞いてはじめて学んだ。そのための例の『特上石炭補給作戦』だ」

「なるほどな。おれたちはアジア人ではないからそこの考え方は少し違うが、まあロシアを敵としている点では同じだな」

「で、具体的にどうする」

「簡単だ、明日からここに来ないで欲しい。つまり労働を放棄してくれ」

「そりゃあ簡単だな。見えてきた」

　とカーが膝を打つ。

「するとどうなる？」

タンが尋ねる。

「まちがいなく補給担当のチャノフ大佐は激怒して次の二つの動きが起こる、一つはすぐにフランス軍に抗議をする。なにせお前たちの労働代金は前払いしてあるはずだからな。それを受けたフランス軍は村長に抗議する、ないしは村長を拘束するだろう。二つめは俺たち水兵におまえたちベトナム人の捜索命令が出される。だからお前たちは午前中は自分の船で遠くへ避難していろ」

「なるほど、しかし俺たちの捜索はフランス側がやるのでは？」

「ここの司令部にはフランス人の数が二十名ほどいると聞いた。サイゴンからの補強で二百名増えたが彼らは治安維持部隊だ。白熊の番をしなければならないから町を留守には出来ない。だからフランスはお前たちの捜索をロシア側に依頼する、間違いない」

「で、お前たちが隠れている俺たちを捜索すると、こういうわけだな？」

「正確には俺たちではない。俺たちよその国出身の囚人組はもう白熊に信用されてねえ。しかし第二、第三の俺たちが無数に艦内にいるし、このことはすでに連絡済だ」

「第二、第三のお前たちが俺たちを探す名目で上陸するのはわかった。その後は？」

「捜索隊は大人数のお前たちの抵抗に備えて、全員が銃で武装をしている」

「なんとなくわかってきたぜ」

タンがつぶやく。

「おれにゃあまだ見えてこねえ」

カーだ。

「この武装集団が、毎夜将校たちでドンちゃん騒ぎの『カニの手』を包囲する。将校を人質にして反乱の開始だ。大事な点は人質になる将校の数より多い兵に銃を持たせて捜索に出すかどうかだけだ。数が多い力自慢のお前たちが相手となれば最低でも百人くらいの捜索隊を出すのは見えている」

「やっと見えた！」

とカーが膝を叩く。

「しかし相手の将校も全員ピストルを持っているし、武装した護衛もいるだろう？」

「なあに酔っ払ってしまえばあいつらに撃てるもんか。それに仮に撃ち合いが始まったとしても数はこちらのほうがはるかに上になるはずだ」

「たしかにそうだな、おれたちを捜索して捕縛が目的である以上、おれ達に拮抗するだけの兵力を出すだろうな。しかしその後フランス側に拘束されたうちの村長さんはどうなる？」

「そこだけだ心配は……だから相談に来た。おそらく村長はフランス側からロシア側に渡されて旗艦スワロフに監禁されるだろう」

「よし村長はおれたちが何とかする、心配するな。で、いつ決行するんだ？」

「時間がない、明日だ。とにかく明日はお前たちは港に来ないでほしい」

「わかった、今夜の泥作戦が終わったら午前中は港には行かずに船で沖に出ておく。その後全員おれの家に集めておく、それでいいな」

「よし、それでいい。それとタンもう一つ頼んでいいか？」

「なんだ？」

「こいつはかなり危険な仕事だが、頼めるか？」

「ああ、この前の借りを返さなくてはいけねえ。遠慮なく言ってくれ」

「夕方、艦隊の司令長官と交渉するために、人質を空になった石炭補給船に乗せて湾内の戦艦スワロフに近づく」

「そんなことをしたら人質がいても一撃で沈められるだろうが」

「そうだ、そこでお前たちの船団を出してもらって交渉するあいだ、われわれの補給船をガードして欲しい。さっきも言ったが、おれ達は撃ててもベトナム人は撃てねえ。撃てば間違いなくフランスとロシアの国際問題になる」

「わかった、こいつぁ命がけだな。いいだろう。これでこの前の借りが返せるなら安いものだ、やってやるぜ！」

「おいそこの死刑囚！　いつまで無駄飯を食っているんだ。早く午後の仕事に就け！　おまえたちベトナム人もだ！　この能無しどもが！」

スワロフが食堂に入ってきて鞭で扉をたたいた。

「じゃあな」

「わかった、明日の朝だな」

※

五日目の午後の作業も昨日と同じで非常にはかどった。はかどったというような生半可な表現では足らないくらいであった。全員が親の敵のように『泥入り石炭』を運んでは均していく。このおかげで駆逐艦の石炭庫はみるみるうちに一杯になっていった。

カーにいたっては灼熱の倉庫の中で鼻歌を歌っている。

「おい、カー。この暑い中でよく鼻歌がでるな！」

マカロフの疑問に
「ああ、ベトナム人は辛ければ辛いほど鼻歌を歌うんだよ」

と適当に答えていた。

※

「ようし四時前だが今日のノルマは終了した、帰っていいぜ。しかしお前たち、なかなかやるじゃないか。少しは見直したぜ、帰っていいぞ。タン、明日も時間通りに来いよ！」

スワロフスキーの言葉に
「ああ、ありがとうよ、単純作業なんで慣れたきたからな。こんなものなんでもねえよ。明日も必ず来るから心配するな」

と汗を拭いながらタンが適当に応える。

今日の作業で合計五隻の駆逐艦に泥石炭を満載させたので、ベトナム人と死刑囚たちは達成感で一杯だった。

「よし帰るぜ！　おーいみんな仕事は終わりだ、家へ帰ろう」

タンの言葉に全員がシャベルを置いた。

「タン兄貴、今日もしこたま泥を喰らわせたぜ。おりゃ満足だ！」

「ようし、とりあえず解散だ！」

男たちは駆逐艦を後にして家路に着いた。

タンとカーはそのまま家に帰らずズン村長の家に向かった。

※

「というわけだ、今回はじいさん、ちょっと危ない目に遭ってもらうぜ。じいさんは捕まっても俺たちの行動をあくまで『知らぬ存ぜぬ』でとおしてくれ」
タンの説明に腕を組んで黙って聞いていたズンは
「よぉくわかった。一枚岩のように見えていてもロシア軍も内部はだいぶんガタが来ているようじゃな。要は夕方までわしが人質になればいいのじゃな」

「そうだ、じいさん。思ったより頭がいいな！」

「カー、お前が言うな。わしはこの身がどうなってもいい、人質の件は引き受けよう。しかし反乱は軍のご法度じゃ、そう簡単にいくとは思えんのじゃが……」

「まあ、そこは連中が考えるところだ。おれたちの仕事ではないからやつらを信じて任せようぜ」

「ああ、タンのいうとおりだ。白熊は馬鹿だから内部のゴタゴタに誰も気づいていねえ」

「カーに馬鹿呼ばわれされるとは……なんだかのぅ、ロシア人がかわいそうに思えてきたわい……」

「まあ、じいさんよ、そういうことだ。今晩の泥詰めの作業のあと、おれたちは全員船で湾外に逃げる。それで怒ったカールマンがここに来る。あんたは人質になる。あとは俺たちが救い出すから心配するな」

「わかった、わかった何度も言うな。それではわしの命を『今関羽』と『今張飛』に賭けてみようかのぅ」

24　日英同盟

世界史上これほど奇異な同盟は未だかつてなかったであろう。ここでこの同盟が成立した状況を述べなくてはいけない。

本同盟が締結した一九〇二年当時のイギリスと日本の国力差と、国際的な立ち位置はまさに『月とスッポン』以上の隔たりがあった。まして一方は白人種、片方は黄色人種、搾取する側とされる側の対立するこの二つの人種間で結ばれた世界初の同盟がこの日英同盟であった。

ここにその不可能を可能とした一人の人物がいた。

柴五郎中佐

『柴五郎中佐』

一八六〇年会津藩生まれのこの男がいたからこそ、当時不可能と言われた日英同盟が一九〇二年に結ばれた。このことは今の日本では語られることがまずない。

時は一九〇〇年、舞台は北京。

当時北京には英国を含む十一カ国（日本、イギリス、アメリカ、ロシア、ベルギー、フランス、イタリア、ドイツ、オーストリア、スペイン、オランダ）の領事館があった。各国は租界地という限られた同じ地区内に領事館を設けていた。もちろん日本領事館もその中にある。

中国大陸では当時、義和団という徒手空拳でもって威力を誇示した武闘派集団が北京周辺に存在していた。彼らは古の諸葛亮孔明を崇拝し「扶清滅洋」をスローガンに日清戦争に負けた清王朝を最後まで支持して列強各国の在北京領事館を襲撃する企てを温めていた。日本の幕末で言うところの西洋列強に対抗する攘夷運動である。まず手始めに義和団は、北京と外港であった天津をつなぐ鉄道を爆破して破壊した。このことによって北京市内の各領事館は外界から孤立状態になった。

一九〇〇年五月、外界から孤立した十一カ国の領事館が二十万余という義和団によって一斉攻撃を受けた。これを迎え撃つ各国の守備兵の人数は、全部の国を合わせてもわずか五百名というあきらかに劣勢の状況であった。その中で英国領事館を最期まで少数の部下で守り通したのが柴五郎であった。当時イギリス領事館には女子供を含む一般市民も多く避難していた。各国から来た兵士たちがほとんどもうあきらめかけていた中で、最期までサムライ魂で迫りくる義和団兵からイギリス一般市民を守りきったのは、この柴五郎の部下の安藤大尉の部隊であった。

柴五郎は北京大使館に赴任して六年になる。つまりほかの十カ国の司令官よりも在北京の滞在期間が一番長くまた中国語が堪能だったので、地元の「地の利」と「人の和」を築き上げていたのである。

義和団の包囲が縮まる中での司令官会議中、柴五郎は新興国である日本の立ち位置を理解して一切の積極的な発言を控えた。しかし次第に戦況が不利になるにつれ、あわてふためく他国の司令官たちの中で一番冷静であった柴五郎の落ち着いた態度と理論的な作戦が、彼の意思とは関係なく会議の場の中心となっていった。彼は各領事館を放棄して背後の北京城に籠城するようすすめ、各国の部隊に守備のための配置を与えた。また籠城戦の不利は味方の弾薬の数が限られていることにある。無駄玉を使わせないために柴五郎はわざと負けたふりをして敵を城内に誘い込み、広場が敵で充満したときに一斉射撃で殲滅させるような作戦を展開した。

彼は籠城戦というものを今までに二回経験していた。

一度目は戊辰戦争の末期、政府軍が会津若松城を攻めたときのことである。当時の彼はまだ十歳であった。父や兄たちが包囲された若松城に立てこもり、最後は銃弾が尽きて降伏するのを見ているのである。そのとき彼は幼少であったために山菜取りという名目で山の中に避難させられており、帰ってきたら母親や姉たちが男たちの足手まといになることを察して自害しているのを見た。柴は篭城の悲惨さを身をもって知っていたのである。

二度目は海軍の秋山真之とともに駐米武官としてアメリカにいたころに、スペインとアメリカの米西戦争に従軍している。このときのキューバ島のサンチャゴ要塞の閉塞戦と、その後孤立した要塞がいかに脆かったかをこの目で見てきている。

いずれにしても後世に「北京の五十五日」という有名な映画にもなったこの戦いは、各国の正規軍が援軍として到着するまでの二ヶ月間を柴五郎が中心となって篭城して凌ぎきったのであった。

当時のイギリスは、膨張するロシアの満州などへの権益確保に対して攻撃的であった。その中で東洋の国の日本がその尖兵となってこれを阻止することはお互いの国益にかなっていた。しかし「崇高なる孤立」をモットーとして、今までどの国とも同盟関係を構築しなかったイギリスにとって、単に利害が一致するからという理由だけで最近、近代化されたばかりの日本と同盟を結ぶことは考えにも及ばなかった。つまり信用するに足りるかどうかわからない東洋の新興国との同盟は躊躇されたのである。そこに柴五郎率いる日本陸軍の北京での奮戦を目の当たりにして、イギリスは日本を「信用するに値する国」との判断を下したのである。

柴五郎中佐は義和団事変のあと、その勇気ある行動に対して十カ国から勲章を授与された。これによってロンドンタイムズ紙は「軍人の中の軍人、コロネル・シバ」と絶賛し、彼の名前は明治時代初期に初めて天皇や伊藤博文などよりも世界中で有名になった。

しかしこのことが日本国内であまり知られなかった理由は、彼は薩長を中心とした新政府から見ると逆賊の会津藩出身であったからである。

また当時のイギリスは一八五〇年から五十年間の時を費やして情報収集のために世界各地を海底ケーブルで結んでいた。今で言うところのインターネット網の構築である。

北京で起こった出来事は、この海底ケーブルを伝って瞬時にイギリス本国に打電された。

一方、日本国内では戦時の情報伝達にいち早く取り組んだのが、前述の児玉源太郎である。彼は戦時中の命令伝達のために大本営のある東京からまず福岡まで電線を巡らせ、その後、壱岐そして対馬を経由して釜山まで海底ケーブルを引いて繋いだのである。その後は釜山から陸路でソウルまで延長し、続いてピョンヤンまでこの通信網は完成した。そして日英同盟が締結するとピョンヤンから北京までを繋いでイギリスの既存の通信網に接続して東京とロンドンまでが直通したのである。日本はこの同盟によってまさに「タダで」イギリスの情報網を使う事に成功したのである。

この物語のイギリスによる各港でのいやがらせや、バルチック艦隊の各港の動向把握はすべてがこの海底ケーブルによってもたらされた情報である。日本はまさに当時、世界最高の情報インフラを児玉源太郎の発案でこの同盟によって手にしたのである。

ちなみにイギリスの相手国のフランスは、このような情報網の重要さに気がつかなかったので、当然情報インフラは持ってはいなかった。ましてロシアに至っては想像に難くないであろう。そう考えると情報戦として日露戦争の帰趨は最初から決まっていたように思える。

25　圧力

入港六日の朝　七時

「どうも最近は耳が悪くなったようだ、よく聞こえなかった。もう一度言ってくれないかジョンキエルツ少将」

よく通るロジェストウエンスキーの怒号が司令部内の室内に響いた。

「ですから、今からすぐに艦隊をカムラン湾から退避させてほしいのです」

「入港の日にたしか君は私と約束をしたな。『一週間は大丈夫ですからご安心ください』と。あの話はうそだったのか！」

「うそではありません、閣下。イギリスが貴艦隊の当地での行動を察知して、昨日わがフランス政府に対して二十四時間以上の補給活動に対して国際法を破っている、との猛抗議をしてきたのです。それと並行して日本政府からも同じ抗議文が送られてきました。まさかこんなにも早く察知されるとは思いませんでした」

「そうか、君だけは同じ船乗りとしての矜持《きょうじ》を持っている稀有の存在とばかり思っていたがやはり君も他の役人と同じだったわけだ」

「閣下、違います。現に五日間もイギリスから抗議されることのリスクを犯してまでベトナム人に石炭の補給作業をさせてきましたし、閣下たちにも将校たちにも休養と食事をあたえてきたではありませんか。これはまさに船乗りの矜持から出たものです」

「ふむ、それは素直に感謝しよう。で、補給の終わっていない我々にどこに行けと貴殿は言われるのか？　何より我々は前にも申したように、ここで黒海から来る第三太平洋艦隊と合流しなければならないのだよ」

「行き先はバンフォン湾です」

「どこだそれは？」

「カムラン湾から八十キロ北にある港です」

「そこに行けば休養と補給が待っているのか？」

「いえ、まことに言いにくいのですが、イギリスに行動が知れてしまった今では桟橋につけての補給はすべて無理とお考えください」

「それでは、貴殿は我々にカムラン湾からバンフォン湾までの間の海域を遊弋《ゆうよく》して第三太平洋艦隊を待

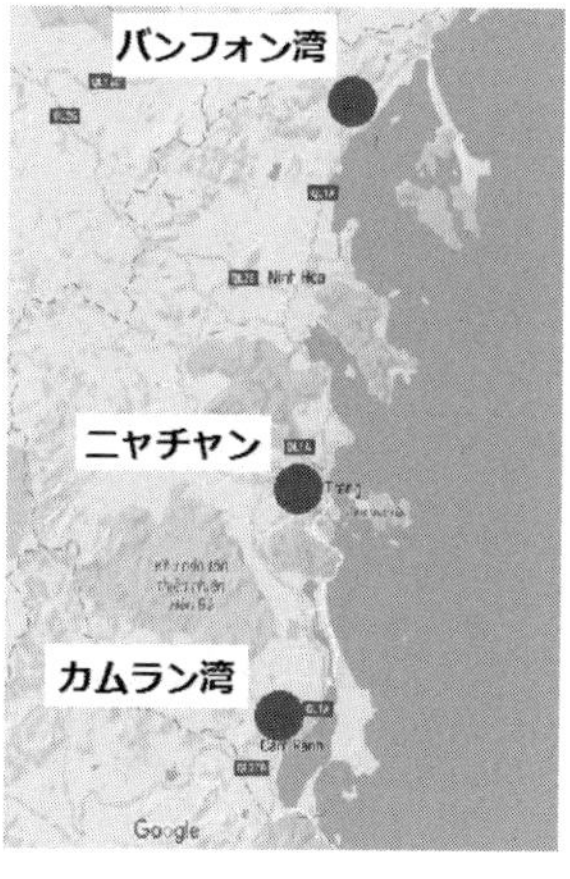

て言っているのか？」

「おっしゃるとおりです。フランス政府も世界世論に対抗してまでぎりぎりまでの譲歩をしました。ですから今度はロシア側の譲歩をお願いしたいのです」

「なるほど譲歩か……しかたあるまいな。フランス国に世話になったのは事実だからな。よしこの件は不本意ながら了解した。それではイワノフを呼んではくれまいか」

「ご理解いただきましてありがとうございます。今イワノフ艦長をお呼びいたします」

宮廷流に深々とにお辞儀をしたジョンキエルツは、内心ほっとしながら部屋を辞そうとした。

「ところでジョンキエルツ君、いつまでが期限かな？」

「今朝の零時に両国から抗議文が来ました。つまり期限は今夜の零時までです」

「よろしい、わかった」

※

「閣下、お呼びによりイワノフ入ります。何かございましたか？」

「うむ、イワノフ艦長よく来てくれた、さっそくだが悪い知らせだ。昨日フランス政府がイギリスと日本の猛抗議に屈したのだ。わが艦隊は不本意ではあるが、またもや湾外に出て行かなければならない。まったくわがロシア政府は外交と言うものを知らん。脳無しの腑抜け役人しかいないのか！」

「閣下、お怒りはごもっともです。しかし中立国内の港では二十四時間以内で石炭補給を完了させなければならないのは国際法で取り決められています」

「そんなことはわかっておる」

「その法を無視してまで、ここまで五日間面倒を見てくれたフランスに感謝するべきです。しかもこの五日間将校たちは酒と女で、最後になるかもしれないこの世の春を謳歌できました」

「そうだな。少なくとも英気を養わせてくれたことは間違いない。ところで二月十五日、黒海のセヴァストポリを出港した第三太平洋艦隊はどこまで来ているのだ？」

「それが未だに連絡がとれていません。ここカムラン湾に来ると言う約束だけでロシア海軍省も現在の位置を把握しておりません」

「そうか、あのぼろぼろの『浮かぶアイロンたち』でも数が増すことで戦力増加にはなるからな。何より合流すれば将兵たちの士気もあがるだろう、枯れ木も山の賑わいだ。いずれにしても本日深夜零時をもって全艦に命令して抜錨するように。石炭を節約するために湾外で遊弋しながら第三太平洋艦隊を待つ」

「わかりました、至急各艦長に出港命令を伝えます。しかし石炭の補給を終えていない艦がまだ残っていますが、いかがしましょうか?」

「仕方がない、湾外にて補給船を横付けにして作業をするように。波に漂いながらの難作業であるが今までもやってきた作業だ、これもベトナム人を使いながらなんとかするように。以上!」

「了解しました、至急指示をします」

敬礼をしたあとイワノフ艦長が退室した。

「これもイギリスの圧力がなせる業か……」

とイワノフはつぶやいた。

26　確執

「ねえみんな聞いて。私はみんなとのカニ取りは今日で最後なの」

チャンはいつもの日課の朝のカニ取りの前にみんなに言った。

「えーどうして？　せっかく練習してうまく取れるようになったのに……もったいない」

ヒューが残念そうに尋ねた。

「チャンが来なくなると毎朝私たちだけで来なければならないの？」

チャンの近所の年下の子供たちも引率者がいなくなるので不安げな顔をしている。

「もう私がカニを取って家計の足しにする必要はなくなったの。もしカニが必要になったらみんなの分を高く買い取るから持ってきてちょうだい」

「それってもしかして、あなたのお父さんのお店がロシア海軍の兵隊さんで大儲けしたからじゃあないでしょうね」

ミンが不服そうにたずねた。

「そうよ、お父さんが言うにはたったこの五日間で一年分儲けたそうよ。うちの金庫の中は入りきらないくらいのロシア海軍の軍票っていう紙幣で一杯よ」

「ひどい！　うちのお父さんは毎晩血を流して石炭の補給をやらされているのに……」

「そうだよ、きつい重労働で何人ものけが人や病人が出ているんだぞ。少しは後ろめたいとか、恥ずかしいとは思わないのか！」

「それはあなたたちのお父さんたちが力仕事しかできないからでしょう。私のお父さんは別に悪いことをしているわけではないのよ。毎日ロシアの海軍さん全員がとても喜んでいるもの。お父さんは商売が上手なだけなのよ。それにそんな危険な仕事をフランス軍から簡単に引き受けたのはヒュー、あんたのお父さんじゃない！　むしろ一番うらまれるべきなのはヒューのお父さんのズン村長だわ！」

「なんだと、チャンもう一度言ってみろ！　どれだけ父さんがこの村のために毎日苦悩しているのかおまえにはわかるまい」

「そうよ、ズン村長はわたしたちのよき先生じゃあないの！」

「村のためと言うけど、うちの店があるからロシア海軍の荒くれた男たちは村で乱暴なことをしないですんでいるってお父さんが言っていたわ。うちは一番大切な村の治安維持のために仕事をしてるって。これは自慢してもいいことでしょう？」

「ねえ、チャン。よく聞いてね。こんなことは長く続かないのよ、ロシアの艦隊はすぐに日本との戦いでカムランを出て行くのよ。そんな簡単なことをわからないあなたではないでしょう?」

　ミンが諭す。

「あら、長く続けさせてくれているのは、あなたたちのお父さんたちによるサボタージュでしょ。どうやらロシア海軍は歓迎してないみたいだけども私たちはおおいに大歓迎するわ」

「チャン、一体何のために命を懸けてまでお父さんたちはサボタージュをしていると思っているの。今ロシアと戦っている日本のため、ひいては私たちアジア人たちのためよ」

「あいにく私はその日本という国も知らないし、アジア人がどうとかも全く関係ないわ」

「パンッ」ヒューがチャンの頬を殴った音がした。

「チャン、おれはお前が好きだった。しかしそれ以上言うな！　おまえはアジア人として、いやそれ以前に人間として恥ずかしくないのか？　最低の人間だったんだな、おまえは」

「あなたたちは毎日朝早く起きてこんなカニを取る生活がいいの？　あなたたちそれで本当に幸せ?」

　打たれた頬を押さえてチャンがまわりの子供たちにも尋ねた。

「私は幸せだよ」

「私も」

「幸せかどうかはわからない。でも毎日楽しかった。チャンおまえ、覚えているか？　水平線の向こうにどんな国があるか、カニを取りながら話したことがあったな。いつか外国に行ってみたいと言っていたよな。そんな時間がおれは楽しかったよ」

「あいにくもうそんな話には全く興味がなくなったの。外国に行く事も夢ではなくてもう手が届く話になったのよ。さよなら！」

「ベトナムのことわざに『金さえあれば神でも買える』と言うが、今のチャンはまさに神様を買った気でいるのだろうな」

走って去っていくチャンの背中にヒューがさみしそうに呟いた。

27　衝突

六日目の朝

この朝チャノフ大佐がいつものように海岸に来てみると、ベトナム人労働者の姿は見えなかった。いつもはベトナム人で一杯になる砂浜はがらんとして打ち寄せる波の音だけが聞こえている。

「おいスワロフスキー、マカロフ、なんだこの光景は？　あの連中は今日はどうした？　なぜ集まってこないのだ？　まさかおまえたち勝手にやつらに休養を言い渡したのか？」

「いや、やつらに休養を与えるなんて、めっそうもないです。昨日は素直に言う事を聞いて責任者も今日も時間通りに必ず来ると言ってましたが……」

スワロフスキーが応える。

「ではなぜ誰もいないのだ？　これでは今日の石炭補給はできないではないか？　ノルマはどうするのだ？」

何度もノートを叩きながら言うチャノフに

「大佐、これは私の勘ですがやつら何か企んでますぜ。おとといから急に作業態度が豹変したから変だとは思っていたのです」

「どういうことだ？　マカロフ？」

「いや、いままで鞭で叩きながらの作業だったのが、おとといの朝からやつらから進んで作業をするように協力的になった。おう、スワロフスキーそっちはどうだった？」

「そうだな、言われてみればおかしな点がいくつかある。まず全員が休まず自発的に石炭を運ぶようになってきた。それとベトナム人と死刑囚の会話が増えてきたし、あの環境でも作業中に笑っているやつさえいたな」

スワロフスキーの言葉にチャノフ大佐はしばし考えたあと
「いずれにしてもベトナム人め、ここまで明らかなサボタージュをするとは完全にロシア海軍をなめているな。よし、俺は今からフランス海軍のところに行って抗議してくる。お前たちはベトナム人をすぐに拘束する捜索隊を編成しろ」

「了解しました。今回の捜索隊には外人部隊はこの際使いません。何せやつらは信用できねえ」

「そうだな、最近は上陸して帰ってきた酔っ払った士官を鬼のような形相で見ているからな。信頼できる親衛隊の使用許可をもらおう」

マカロフが応える。

「よし、いずれにしても早くベトナム人を探し出せ。おれはフランス海軍司令部のカールマン大尉のところに行って来る」

※

チャノフ大佐がフランス軍カムラン司令部に行ったのは、そのあと八時過ぎであった。ちょうどジョンキエルツがロジェストウエンスキーに湾から出るようにと通告した直後であった。イワノフが司令部の部屋を退室したと同時に、桟橋からチャノフ大佐が走って来た。司令部の入り口で二人は出会った。

「おおチャノフ大佐、あわててどうした。石炭の補給はうまくいっているのか？」

「イワノフ艦長、その石炭補給のベトナム人たちが今朝は一人も集まっていないのです」

「なんだと、今朝わが艦隊に深夜零時までに湾外に立ち退くようにフランス海軍と日本政府から抗議が来た。ベトナム人が集まっていないのはそのためか？　いずれにせよとにかく急いで調べるんだ」

「わかっています、そのためにここに来ました。カールマン大尉は今どこに？」

「上の部屋にいるから至急会いに行け！」

「わかりました」

チャノフは二階に続く階段を駆け上がった。

「カールマン大尉、問題が起こった」

「これはチャノフ大佐、おはようございます。私の集めたベトナム人たちはちゃんと働いていますか？」

「昨日まではな、しかし今日は誰も集まっていない。これはどういうことだ？　何か大尉から指示を出したのか？」

「誰も集まっていない？　それは腑に落ちませんな。ベトナム人は扱いにくい連中ですが、一旦納得させたら従順に従う連中ですが」

「カールマン大尉、ノルマが急迫している。今下でイワノフ艦長から聞いたが今夜零時までにわれわれは湾外に出なければいけないそうだな。そうなると今日の残りの時間が重要だ。われわれが独自で捜索隊を編成してベトナム人を探すことに同意して欲しい。それとやつらベトナム人を束ねているのは誰か？」

「チャノフ大佐、今夜零時までに湾外に退去することは是非守っていただきたい。そしてあ

なたたちによるベトナム人労働者の捜索は許可します、こちらの兵は出せない状況ですから
ご自由にしてください。それから彼らを束ねているのは前回砂浜で紹介したズンというこの
村の村長です」
「それではすぐに彼を拘束して欲しい」
「ズン村長をですか？　彼はいたって温厚な人間です、今はおそらく家にいますよ、この近
くですから今から行かれたらいかがです？」
「われわれロシア人はここではよそ者だ、ベトナム人を拘束すれば内政干渉になるのでこれ
だけはフランスの方でお願いしたい」
「わかりました、ズン村長は拘束してそちらに渡します」
「ありがたい、礼を言う。それとわれわれが湾外に退去しても引き続きベトナム人を洋上補
給作業に使わせて欲しい。金は先に払っているからな」
「わかっています」

※

一方ロシア艦隊内部では裏切りや謀反を考慮して、出自のよい身元のしっかりしたロシア出身者のみで作られた精鋭部隊が集められた。この部隊はロジェストウエンスキー司令長官の身辺を警護する、いわば親衛隊である。また航海中の艦内の謀反や反乱に備えて組織された部隊でもある。

「おい、今から親衛隊は、舐めたまねをしたベトナム人の捜索隊として組織する。全員銃を持って海岸に集まれ！」

マカロフ大尉が叫ぶ。

「中隊、百二十名集まりました！」

護衛隊長のロマノフ指揮官の声に

「ようし、ロマノフ少尉。今からこの中隊にベトナム人捜索の任務を与える。まず北地区のタンの家に行け！　次に南地区のカーの家に行くんだ。どうせどちらかの家にいるに決まっている。いいか、抵抗してもくれぐれもやつらを殺すな、大切な労働力だ。生きたままここに引っ張ってこい！」

「わかりました！　お任せくださいマカロフ大尉」

「うむ、頼んだぞ。それと貴部隊との連絡用に一人伝令をここに残しておくように」

その指示のあと中隊は北地区のタンの家の方角に向かった。

タンの家の前にはベトナム人全員の船が泊めてあり、部屋の中では徹夜の泥詰め作業を終えたベトナム人たちが待っていた。

ロマノフ隊長がタンの家の中に向かって大声で叫ぶ。

「ベトナム人労働者のタンに告ぐ、プリボイから作戦は聞いていると思うが、私が反乱軍の隊長のロマノフ少尉です。今すぐに話がしたいので出てきてください」

「あんたかい、血筋のいいロシア軍の隊長っていうのは」

部下百二十名の前で姿勢を正すロマノフの前にタンとカーが出てきた。

「そうです、今回の作戦では大変世話になります」

「まあ気にするな。おれたちゃお前さんの同僚のプリボイとミハエルって奴に二度も命を救われたからな。借りは必ず返すのがおれたちベトナムの流儀だ」

「ご厚意をありがたく思います。早速ですが今から我々百二十名はここから引き返して上級将校たちが飲んだくれている『カニの手』を襲います」

「ああ、将校の人質を取るそうだな、まあこれだけの人数がいれば軽い仕事だな。とにかくがんばれよ」

「ご理解ありがとうございます。貴殿たちは村長救出のために、戦艦スワロフに精鋭部隊を率いて乗り込んでもらえますか。多分チャノフ大佐の部屋に監禁されています」

「ああ、だいたいのメドはついている。安心しな」

「あと十隻ほどのベトナム漁船でわれわれの補給船の周りを囲んでくれればより司令長官と交渉がしやすくなって助かります」

「その話もすべてプリボイから聞いてるよ、タイミングのいいところで現れるように言ってあるから任せておけって！」

「すまない、貴殿たちの厚意と神のご加護に感謝いたします」

「ところでプリボイはどこにいる？」

「彼ら死刑囚は簡単には外には出られません。補給作業のあとは戦艦スワロフの中でいつも軟禁状態にあります」

「そうか、それは気の毒だ。それでは今回の作戦では会えねえな」

「はい、彼らはそもそも異国人だから信頼されていません。しかしこの部隊から狼煙が上がれば這ってでも出てくると思います」

「そうかい、やつもなんとか救ってやりたいと思ったが」

「ありがとう、気持ちはいただいておきます。それではまた今夜湾内でお会いいたしましょう。総員回れ右！　前へ進め！」
――ザッザッザッ
百二十名の足音は「カニの手」に向かっていった。

※

その日の昼
カールマン大尉の部下ジャック兵曹長がズン村長の家に入っていった。

「おいじいさん、困るな。労働条件をしっかり守ってもらわないと」

ジャックの質問に
「どういうことだ？」

「どうもこうもない、朝から一人もベトナム人が集まっていないそうだ。どういうことだ？」

「わしゃ、何も知らん。そもそも昨日まではしっかり働いていたそうではないか」

「しかし彼らは今朝は港に来なかった。これは村の指導者のあなたのミスだ。釈明はあるか？」

「とにかくわしゃ知らん」

「ようしズンを引っ立てろ！」

ジャック兵曹長の指示で部下の水兵が乱暴にズン村長の両手に縄をかけて連行した。

※

午後一時
「おい、聞いたか。フランス側から今夜零時までに艦隊の退去要請が出たらしいぜ」

マカロフがスワロフスキーに告げる。

「ああ、聞いた。ということは今日が最期の陸地になるな」

「そうだ、ベトナム人を探しに出た捜索隊はまだ帰ってこない。おそらくベトナム人たちは山地にでも逃げ込んでわれわれの目の届かないところにいるのであろう。俺だったらそうする」

「そうだな、しかし艦隊の湾外退去の指示が出ている以上、捜索隊の帰りが遅くなってもいけない。今日はベトナム人捜索はあきらめて中隊に帰還命令をだすか？」

「それがよかろう、これ以上フランス政府と余計な悶着を起こしたくないからな」

「おい伝令、急いで捜索に出た中隊を呼び戻せ。われわれは今からカムラン湾外に出るから至急だ！」

「わかりました、しかし昼間から上陸して酒を飲んでいる士官たちはいかがいたします？」

「最期の陸地だ、好きにさせてやれ。その代わり帰りはボートで湾外に停泊している艦まで帰るように伝えてくれ」

「了解しました、それではいまからロマノフ少尉のところに向かいます」

「よし頼んだぞ」

※

マカロフの伝令が「カニの手」に向かう百二十名の中隊を見つけた。

「ロマノフ少尉、捜索の中止命令がでました」

「そうか、捜索なんて最初からしていないがな。ところでマカロフたちは我々の動向に勘づいていなかったか？」

「それは大丈夫です。まだマカロフ大尉はわれわれの行動にまったく気づいていません」

「そうか、まさか貴様も反乱分子の一人とは夢にも思わないであろうな。あわれだな」

ロマノフと中隊は伝令を引き入れて予定通り『カニの手』に向かった。

しばらくすると前方に『カニの手』が見えてきた。中からは相変わらず騒々しい声が聞こえている。

「中隊止まれ、今から隊を二つに分ける。半分は正面、半分は店の後方に回りこめ。静かに店を包囲してやつらの退路を遮断するのだ」

「は！」

その声とともに静かに多数の兵士が移動して『カニの手』を包囲した。

※

「おう、どうやら今日が最期の陸地になりそうだぜ」

「聞いたぜ、明日からはまた湾外生活だ！」

「まあ考えてみれば、ベトナムってぇところもいいところだったな」

「ああ、女も素直で良い子だった」

「カニの手」ではフランスからの退去の要求を聞いた士官たちが集まり、三十名ほどが大いに最期の陸地を満喫していた。

「失礼します、ロマノフ入ります」

その声に手勢を連れたロマノフ少尉が店の中に入っていった。

「どうした、ロマノフ少尉？　手勢を率いての見回りか？　ご苦労だな。どうだこっちへ来て一杯飲むか？」

旗艦スワロフの艦長が手招きする。

「これはこれは。各艦の艦長全員がお揃いですね。昼間から宴会とはうらやましい限りです。イワノフ大佐、お楽しみの最中ですが全員手を上げていただきたい」

ロマノフが率いる百二十名の中隊が銃を構えた。

「冗談はよせ！　これはどういうことだ、ロマノフ少尉？」

「どうもこうもありません、われわれは全員堪忍袋の緒が切れました」

「貴様、気でも狂ったのか？」

「これだけの過酷な長旅です、気も狂いましょう」

「血迷ったか、貴様の父親は忠実なロシア海軍軍人だろう？」

「ええ、確かにそうでした。しかし今では部下の罪を償って、おかげさまでシベリアの炭鉱掘りです。さあみなさん銃をこちらへ」

ロマノフの部下たちが全員の銃を取り上げた。

「貴様、こんなことをしてただで済むと思っているのか？」

「思ってはいません、私も軍人なのでロシア軍法により死刑になることは熟知しております。しかし戦場にこのまま行けば同じくわれわれはただではすみません。どちらを選んでも同じ事です。このような気持ちをわれわれに抱かせたロシア海軍をあなたがたは恨むべきです。さあ全員こちらへ」

ロマノフの部下が酒場で飲んでいた将校全員の銃を取り上げて全員を店の前に並ばせた。その周りを武装した部下が取り囲んだ。

※

店主のファットはいきなり始まったこのやりとりを見て、ただおろおろするばかりである。

「おい、クアン兄い、こりゃ一体何が始まったんだ？」

「さあ、銃を持った奴がこれだけ集まってすげぇ剣幕で話をしているんだ、どう考えても穏やかな話ではないな」

「流れから察して、ここらが潮時かな？」

「ファット、お前もそう思うか？」

「思う、手仕舞いだな」

「しかし少し早くはないか？」

「もともと一週間の予定が、たったの一日減って六日間になっただけの話だ、想定内だろ。しかし手仕舞うにしてもさらに一儲け考えたぜ」

「なんだ、今度の悪だくみは」

「女たちには今まで働いた給金を約束どおり三倍の値段で今ここで支払う」

「それじゃあ悪だくみでもなんでもねえだろが。むしろいい奴だろうが！」

「違うんだ、話はここからだ。そこで奴らには三倍の金額のロシア軍票を手渡すと言う。すると奴らはどう言うか想像つくか？」

「多分『こんな使えないお金は要らないわよ！　馬鹿にしないで！』だろな」

「そうだ、そこで『わかった、現金で欲しいなら二倍の金額になるがいいか？』と聞き返す。どうだ？」

「なるほどな、あいつらは多分訳のわからない三倍の金より二倍でもベトナムの金が欲しいと言うな」

「そしたらおれ達はもっと利益になるよな。兄貴、ところで奴らに支払うだけのベトナム通貨は持ってるか？」

「ああ、今はないがニャチャンの家に行けばそれくらいはあるぜ」

「ようし決まりだ、今日で店じまいだ。ロシア野郎から貰った札は半分がカールマンとチャノフの手数料だから、残りの半分を今ここで二人で折半しようぜ」

「なるほどなぁ、よく思いつくなぁ。本当にお前にゃあ勝てねえな」

「よっこいしょっと、重いなあまったく。ほらよこれが全部兄貴の取り分だ。今からこれを持って女たちとニャチャンに帰る支度をしてくれ。しかしまあよくもこれだけ稼いだもんだな、これでお互い四、五年は遊んで暮らせるな」

「しかしファット。ひとつ大事なことを聞きたいが、この軍票は間違いなくベトナムの通貨に換金できるんだろうな」

「あたりまえよ、それどころかカールマン大尉が言ってたぜ。『今度の日本との戦いにもしロシアが勝ったら軍票の価値は今よりも二倍にも三倍にもなる』ってな。だからおれはしばらく換金せずに持っておくぜ」

「本当かそれは！　ロシアが勝てばおれたちゃさらに儲かるのか？　しかしもしも日本が勝ったらどうなるんだ？」

「兄貴よう、あそこに浮かぶ堂々とした大艦隊を見ろよ！　あんなのに東洋の小さな国の日本が勝てると思うか、普通？　常識でものを考えてみろよ！　とにかくおれの今の気持ちは『ロシア海軍がんばれ！　日本海軍くそ食らえ！』だ」

「そうだな、昔日本人てえのは三百年前にホイアンに住んでいたことがあるそうだ。おれのホイアンの親戚が言うには、なんでもやつらはベトナム人よりもさらに小さな体型だったそうだ。こりゃどう考えてもロシアが負ける気はしねえな。じゃあ、おれもおまえの言うとおり日本との戦いが終わるまで換金せずに楽しみに持つとするか」

「ああ、そのほうがいいぜ」

「しかしそうなるとおれたちの利益はいくらになるんだ？　計算もできねえぜ。ファットありがとよ、またいい儲け話があったら必ず教えてくれよな」

「ああ、またロシアとどこかが戦争してくれればの話だがな」

「おうい女たち集まれー！　仕事は今日でおしまいだ、今からニャチャンに帰るぞー！」

クワンが大声で女たちを集めて説明をはじめた。

※

「イワノフ艦長、そしてその他の艦長のみなさん、この際はっきり申し上げましょう！　あなたたちの敵は日本海軍ではありません。今までさんざん虐げてきた私たちロシア国民なのだということを今の酔った頭で理解できますかな？」

「なにを言い出す、貴様！　軍法会議だぞ？」

両手を挙げたイワノフの言葉に

「軍法会議結構です！　ここから法廷は三万キロ離れていますが、どうぞお好きに裁いてください。覚悟はできています」

「貴様、少尉の身分でなぜこんなことをするのだ？　貴様もわれわれと同じ士官の待遇を受けていたはずだ。言ってみればこちら側の人間だろうが」

現在のホイアンの街並みと日本人橋

「確かにおっしゃるように私は士官です。しかし少尉という身分は一番水兵たちに近い階級です。毎日艦上で彼らに指示を出すのは私たち少尉の仕事です。また毎日彼らの不平を直接聞くのも少尉の仕事です。あなたたちに、毎日理不尽な仕事を与え続けなければならない下級士官のこの苦労がわかりますか?」

「なにを！　少尉の分際でえらそうに言うな、それが軍隊というものだ！」

持っていたグラスを床に叩きつけて戦艦アリヨールの艦長が怒鳴った。

「そうです、それが軍隊です、しかし軍隊にはこのような謀反もつきものです」

「わかった、とにかく要求を聞こうか」

イワノフは観念した様子で尋ねた。

「要求は三つです。

一つ　艦隊はロシアに引き返す事

二つ　われわれはここに残り亡命を希望する

三つ　亡命後フランス政府にわれわれの身柄の引渡しを要求しない事

以上です」

「そんなばかな要求が呑めるか！　そんな要求を呑めば今後は軍隊として機能しなくなる」

「今のこの状況を見てもそれが言えますか？　ようし全員構えろ！」

「ザッ」

中隊全員の銃が囲みの中心に向けられた。

「で、回答は？」

「わかった、ロマノフ少尉。とりあえず銃を降ろせ」

「降ろせではありません『降ろしてください』です」

「わかったロマノフ、銃を降ろしてください」

「よし、銃をおろせ。今から全員捕縛して戦艦スワロフに向かう。この人質たちを空になった給炭船に乗せておくように」

「は！」

その言葉とともに百二十名は将校全員を後ろ手に縛りカムラン湾のほうに歩かせた。

※

午後四時

「これが戦艦スワロフか……乗ってみるとやはり大きいのう」

村長のズンは、フランスの警護兵に後ろ手を縛られてスワロフのタラップをあがった。

「感心している場合か、貴様は抵抗するベトナム人労働者の人質だ。さあ入れ！」

フランスの警護兵は痩せたズンの背中を乱暴に突き飛ばした。

「チャノフ大佐、村長のズンを連行しました」

「ご苦労、下がっていいぞ。カールマン大尉によろしく伝えてくれ」

「わかりました、失礼します」

フランス警護兵が敬礼をしてチャノフの部屋を去っていく。

「さてズン村長、今回私は生まれて初めてベトナムという国に来た。そもそもベトナム人というのは言う事を聞かない国民性なのか？」

「いや、やることの正当性を理解すれば、世界一従順で勤勉な国民じゃ」

「言いますね、では今の仕事には正当性がないと？」

「正当性どころか人間としての尊厳を感じられん」

「わがロシア海軍が人間性がないとでも？」

「ああ、まったくそのとおりじゃ。普通の人間は、人間性のない者の言うことなど聞かん。

あたりまえのことじゃ」

「しかしあなたの祖国ベトナムはフランスのいいなりになっているが、いかがかな？」

「ベトナム政府の考えまではわしは知らん、わしらは何千年も前から毎日のように普通に魚を取って暮らしているだけじゃ。そこに政治的な難しい駆け引きはない」

「フエのバオダイ帝は違うご意見のようですが？」

「わしはこんな辺鄙《へんぴ》な村の長じゃあ、バオダイ帝なんて会ったこともない。要はわしが言いたいのは、国が違っても人間と人間は心が通じるかどうかだけじゃ。わしの教え子たちにもいつもそれを伝えている」

「そうでしたな、ズン村長はたしか先生でしたな」

「ベトナム国民にとって、フランスもロシアも心が通じない以上は味方とは思わん、当たり前じゃ。なぜこんな簡単な事もわからない国が、自慢げに一等国とか名乗る資格があるのかわしゃ不思議じゃ」

「残念です、教養あるズン村長とはもっと有意義な会話が出来ると思っていましたが、期待が外れました」

「それはどうもじゃ」

「いずれにしてもご高説は賜りました。我々はフランス側の要求で今夜零時までに湾外に退却しなければならない。明日からの石炭の補給は洋上での作業となるが、引き続きベトナム人には働いてもらわなければならん。村長、彼らにそう指示をするんだ」

「なんと、湾外に出ても同じあの作業を続けるのか?」

「我々には決まったノルマがある。それが終わるまでだ」

「ノルマノルマとまったく……やれやれじゃのぅ」

「あなたは貴重な人質ですので、わたしの部屋でお休みになってください。ただし警護には一人つけますのであしからず」

——ガチャン
鉄製の重いドアが閉まりズンは戦艦の一室に幽閉された。

「ここまでは今関羽の作戦通りじゃな」

28　交渉

午後八時

栈橋には、補給が終わって空になった給炭船が三隻泊まっていた。銃を持った兵士に背中をつつかれながら、三十名の上級将校たちがこのうちの一隻に入っていった。この異様な風景は各艦から見えたのですべての乗務員はその異変に気づいた。

「こんな汚い船に我々を乗せてどうするつもりだ！」

イワノフ艦長の質問に

「今から大切な交渉が始まります。イワノフ艦長、あなたはロジェストウエンスキー中将と懇意の仲です。彼との交渉役を買って欲しい。おい、船をスワロフに向けて発進させろ」

「了解しました」

その声とともに人質を乗せた給炭船が栈橋を離れて沖に停泊している戦艦スワロフの巨体に近づいていく。湾内のすべての艦艇からこの謀反に気づいたのであろう一斉にサーチライ

現在のベトナム漁船

トの筋が給炭船に向けて集まった。

「少尉、各艦のスポットライトが点きました、なんだか一躍スター気分ですね」

嬉々として給炭船を操縦する部下の声に
「ああ、みんないよいよ舞台の幕が上がるぞ！　主役はおれたちだ」

――ドッドッドッ
と給炭船のエンジンの音だけが湾内に響く、この謀反に気づいたのであろう他の艦艇では夜間に行う給炭作業も一時中止したようだ。

「どうやら共演者が来たようだ」

その声とともにベトナムの木製の漁船が十隻ほど現れて給炭船の周りを囲みながらスワロフの停泊地に近づいていく。スワロフの艦上ではあわただしく銃を持った水兵たちが甲板に並んで彼らを待った。

――ウイーン、ガチャン
小口径の副砲も一斉に給炭船に照準を合わせた。

彼我の距離が百メートルほどの距離になったところで、人質を乗せた船団は停止した。サーチライトを四方から浴びてその姿は各艦艇から見える位置である。

「さあ、イワノフ艦長お待たせしました、出番です」

ロマノフはマイクをイワノフに渡す。イワノフは先ほどまでの酔いもすっかりさめたようでマイクを握った。

「ロジェストウエンスキー閣下、私です、イワノフです。不覚を取りました」

戦艦スワロフのスピーカーからロジェストウエンスキーの声がする。

「イワノフ艦長、どうやら無事のようだな。各艦長たちも無事か？」

「はい、全員無事です」

「しかし無様なことになったようだが仕方があるまい。彼らの要求はなんだ？」

「反乱者の我々に対しての要求は次の三つです。

一つ　艦隊はロシアに引き返す事
二つ　われわれはここに残り亡命を希望する
三つ　フランス政府にわれわれの身柄の引渡しを要求しない事
以上です」

「ふむ、どれもふざけた要求だな。蹴れないのかね？」

「われわれは銃を突き付けられている状況です」

各艦艇の甲板では、このやりとりで水兵が鈴なりになって事の成り行きを見守っていた。

「首謀者は一体誰なのだ？」

「ロマノフ少尉です」

「なに？　わが親衛隊のロマノフか！　まさか彼が謀反を起こすとは……」

※

「タン、本当にこれを登るのか？　まるでトラの口の中に手を突っ込むようなものだぜ」

「ああ、今はむこうで声が聞こえるだろ？　反対側で盛大にショーをやっている、誰もこちら側には気にも留めてないはずだ。心配するな」

戦艦スワロフの反対舷ではタンの船が密かに横付けされた。今夜の湾内は波がおだやかである。タンは手馴れた作業で鉤のついたロープをスワロフの甲板に投げて固定されたことを確認して登っていく。

「おい、カー思ったとおり誰もいないぜ、登って来い！　タイと他の連中はおれたちがじいさんを救ったあと合図するから登ってこい、それまでは船の中で待機していろ」

その声に巨体のカーがロープを伝って甲板に上がってきた。

「タンあいつらやっぱ、馬鹿だな！　おれならここに見張りを立てるがな」

「ああ、早くじいさんを連れ出そう。勝手知ったるスワロフだ、だいたいの居場所の見当がついている」

スワロフ艦上には、ベトナム人たちの先日の労働によって、足の置き場がないくらい石炭が積まれていた。その石炭の山を縫うようにして二つの大きな影が移動していく。

反対側からロジェストウエンスキーの声がスピーカーを通して聞こえてくる。

「ロマノフ少尉、話はわかった。しかしまさか君がこんな謀反をするとは心外だ。私と君の父上とは懇意の仲だ、今なら後戻りはできる、考え直せ」

「閣下、子供のころは大変お世話になりました。しかしその父を閣下は法廷で簡単に切り捨てたではありませんか？　今はおかげさまでシベリア生活です」

「あのときは事情がいろいろあった。父上も理解してもらっているだろう。そんなことよりわが艦の砲口の照準はすでにきみの船団に合わせてある、それでも要求をとおすつもりかな？」

「いえ、ドッガーバンクの漁船のようにはなりたくありません」

「そうだろう、あきらめろ」

「いえ、こちらには閣下が懇意にしている、各艦長を含む三十名の人質がいます。まさか一緒に撃つつもりですか？」

※

タンとカーは甲板を縫ってスワロフの艦橋に忍び込んだ。艦橋の入り口の見張りもすべて甲板上でのショー見物で出払っているようだ。

「タン、あてはあるのか？」

「ロマノフの言葉どおりならチャノフの部屋だ。ここで働いたときに、やつの部屋は確認している。この先だ」

二人はチャノフの部屋の前に着いた。

部屋の中からは悠長なベトナム民謡を歌う声がする。

「――牛を追う人、人に追われる牛、どちらも同じ命に変わりはない」

「ちっ、じいさんの例のわけのわからねえ牛の歌だ、こんな時に暢気なもんだぜ」

「まったくだ、味方としては頼もしい限りだぜ。さあ入るぜ！」

——バンッ
重たいドアを開けた。

突然開いたドアに、正面に立っていた衛兵が驚いた顔をしたが、銃を構えるより先にカーの一発が顔面に食い込んだ。衛兵は何が起こったかを理解しないまま気絶した。

「カー、やっぱおまえとだけは喧嘩はしたくねえな」

「おお、タンとカーか！　よく来てくれた。なんかさっきから外が騒がしいようじゃが……」

「話はあとだ、じいさん。急げ、おれの背中に乗れ！」

気絶している衛兵の腹を蹴って銃を取り上げたカーがあとにつづく。

「へへっ、おれ一度銃を撃ってみたかったんだ」

「おまえに扱えるのか？」

「わからん、しかしマカロフにはこの銃弾を叩き込んでやりてえ。ミハエルの弔い合戦だ」

「ああ、楽しみはとっておけ。今はじいさん救助を優先だ」

「わかってるって」

ズンを救出した二人は、走ってスワロフの舷側にやってきた。眼下に漂うベトナム船に向かってじいさんの救出完了の合図を送った。

「ようし、じいさんは救出した。作戦完了だ、とっととずらかるぜ」

「ああ、意外と簡単に救助できたな」

「ああ、なによりじゃて」

カーと、背中にズンを背負ったタンはロープを伝って下のベトナム船に降りようとした。

※

難交渉に業を煮やしたロジェストウエンスキーは副長に指示を出した。

「よし、補給船の近くに大砲をお見舞いしろ。これでやつらの気も変わるであろう」

「わかりました。副砲手に威嚇射撃を指示します」

戦艦の武装には主砲と副砲がある。主砲は射程距離が長く遠距離から迫る艦船に対しての攻撃を行うが、副砲は比較的短い距離の目標に対しての攻撃を受け持つ。

「五番副砲手、照準補給船の右の海面！　撃てー！」

伝声管を通して副長のこの声に、小口径の副砲が吼えた。

――ズドン！

大きな音とともに補給船を囲む船団の右手十メートルに水柱が上がり、ベトナムの漁船と人質を乗せた船体が波で大きく揺れた。

「本当に撃ってきたぞ！」

「おれたち人質がいるにもかかわらず！　反乱兵と一緒に殺すつもりか？」

動揺する人質が乗った補給船にスピーカーが伝える。

「どうだ、ロマノフ少尉、これで気が変わっただろう？」

「いえ閣下、今の攻撃でますます意思が固まりました」

「そうか、次は外さないぞ」

「どうぞお好きにしてください」

「よし副長、左端のベトナム船を狙え。外すなよ！」

「了解！　副砲手左端の青いベトナム船を撃て！」

副長のこの声に小口径の副砲が吼えた。

――ズドン！

さっきまで波間に上下していたベトナム船が乗員もろともあとかたもなく消えてしまった。

「これじゃあまるでドッガーバンク事件の再現だな……」

副砲手がそうつぶやいた。

※

「いかん！　カー、やつらおれたちの仲間の船を撃ちやがった。あれは北地区のラムの船だ、あれじゃあ乗っていた仲間は誰も助かっていないだろう」

「何？　今の音でおれたちの仲間が死んだのか？」

「じいさん、ちょっと仕事ができた。悪いが背中から降りてくれ。一人で下の船まで行けるか？」

「いや、ちょっと無理じゃな、高すぎるわい」

「じゃあこの石炭の後ろに隠れていてくれ。カー、さっきの銃をお守り代わりにじいさんにわたしておけ」

「わかったタン、ほれじいさん持っておきな」

「わしゃあこんなもの持たされてものう……」

「だからお守りだと言っただろ。さあカー行くぞ、時間がない」

「行き先は副砲室だな！」

「そうだ、今閃光がしたこの下の部屋だ。カー、制圧するのに人数が必要だ、お前の故郷から連れてきた武道が達者な漁師を選んでくれ」

「わかった、おういシン、ビンディン生まれの漁師だけ選んで上がって来い！」

甲板から下に向かって叫ぶカーのその言葉に、屈強な男たちがロープを伝って上がってきた。

「とにかくお前たち、命をおれに預けてくれ」

「カー兄ぃ、いまさら水臭いぜ、おうみんな派手にやろうぜ！」

「本当に暴れていいんだな！」

「腕が鳴るぜ！」

シンが同郷の仲間を二十名ほどタンの周りに集めて言った。シンに選ばれた彼らは全員武道で有名なビンディン省出身者だ。当然素手の格闘技の達人たちである。

「ようし、全員おれについて来い！　一人はじいさんを守ってここで待機だ。いいな必ずじいさんを守るんだぞ！」

「わかった、ここはまかせてくれ」

残った若者がじいさんから銃をとって返事をする。

「行くぞ！」

タンの声に、闇の中を二十名のベトナム人の影がすばやく移動した。

※

「どうだ、ロマノフ少尉。関係のないベトナム人の仲間が目の前で殺された気分は」

「何度言われても同じです。要求を呑むまでここを動きません」

「よしかまわん、今度は右のベトナム船を撃て！」

ロジェストウエンスキーはかたわらの副長に指示する。

「了解！　副砲手次は右端のベトナム船を撃て！」

副長のこの声に副砲が吼えた。

――ズドン！

と咆哮して船団の右端に浮かんでいたベトナム船の姿が消えた。

※

午後　十時

「ジョンキエルツ閣下、起きてください。大変なことが起こっています」

今まさに寝ようとしてベッドに入ったジョンキエルツの部屋にカールマンが飛び込んできた。

「おお、カールマン大尉、さっきから桟橋の方角で大砲の音がするが、何事か?」

「はい。ロシア水兵が反乱をおこしたらしく、湾内で砲撃戦が始まりました」

「なに砲撃戦?　あのいまいましいロシア艦隊め、おとなしく零時には立ち去ってくれると思っていたが、また難題を持ち込んでくれたようだな」

「はい、なんでも反乱兵士が上陸して、飲んでいた士官を人質にとったとか」

「軍隊内の内輪もめか……まあ、いずれにしてもこれはロシア海軍内の問題だ、わがフランス海軍にはなんの関係もない、いずれ決着がついたら湾外に去るであろう、放っておけ」

「いや、それがすこし問題があるのです。どうやら彼らの撃っているのはベトナムの漁船だそうです。カムラン村のベトナムの漁師に被害が出ています」

「何、ベトナム人はわがフランスの領民だ。それを砲撃するとは国際問題ではないか。しかし、なんでそんな展開になっているのだ?」

「どうやら石炭補給作業に参加したベトナム人労働者が、ロシア兵の反乱を手助けをしているようです」

「なんだと、そんなことをしてベトナム人たちになんの利益があるのだ？」

「さあそこまではわかりません。しかし現在砲撃を受けていることは事実です」

「よし、今すぐにデカルトの発進準備だ。旗艦スワロフに近づいてロジェストウエンスキーに対して直接抗議をする」

海軍の軍服に袖をとおしながらジョンキエルツはカールマンに指示を出した。

「わかりました。デカルトのピエール艦長にすぐに伝えます」

「まったくロシアの馬鹿艦隊め、おとなしく出て行けばいいものを、私の就寝を邪魔しおって」

※

「タン、外はどうなっている。また他の仲間の船が撃たれるのじゃないか？」

「そうだ、だから急いで副砲室を押さえる。よしここを曲がればその部屋だ、気をつけろ恐らく衛兵がうじゃうじゃいるぞ」

――ズン！

タンたちベトナム人がたどり着いた部屋の中からまた砲声が聞こえた。

「また撃ちやがった、畜生、今度は右端のアンの船がやられた！」

「時間がない、このままだと被害が増える一方だ！　おい、シンとお前たちおれについて来い！」

カーは副砲室の前に飛び出した。接近に気づいた十名ほどの見張りの水兵に一斉に素手で飛び掛る。銃を構えた水兵の一人が発砲した銃弾がカーの左手に命中した。

「つっ、いてえな。おいみんな遠慮はいらんやっちまえ」

血が噴出する左手をかばいつつ、カーは指示を出す。

「おう！」

その声とともに得意のビンディン流拳法が銃を持った水兵に降りかかる。狭い艦内の接近戦ではかえって素手でのほうが有利である。

――ビシッ、バシッ
繰り出される正確な蹴りと正拳で、あっというまに十名のロシア兵が倒されて気を失ったまま廊下に転がった。

「よし、ドアを開けるぞ。おそらく中には今の銃声を聞いた兵が銃を構えているから注意しろ。のびているロシア兵には悪いがこの際だ、盾になってもらえ」

カーは転がったロシア兵を軽々と片手で抱きかかえて、盾の代わりにしながら指示をする。

他の漁師達もカーに見習って、気を失っている水兵を抱きかかえてドアの前に近づく。

「よし、ドアを開けろ！」

カーの命令でかたわらにいたシンが重いドアを開けた。

――パン、パン、パン
と銃声がしてドアの正面にいたカーたちに銃弾が飛んできた。しかし盾になったロシア兵のおかげでカーたちは無傷である。銃撃してきた兵に、死体となったロシア兵を放り投げて男たちは一斉に副砲室に乱入した。

厚い鉄の壁で囲まれた副砲室は狭く、砲を撃つ砲手以外にそれを護衛するロシア兵は五名ほどしかいなかった。

――ビシッ、バシッ
ここでもまた一瞬で繰り出される蹴りと正拳で、あっというまに護衛のロシア兵が倒された。これを見て負けを覚悟した砲手は両手を頭の上に挙げた。

「よし、ここは制圧した。おうシン、外のタンを呼んで来い！」

「わかった！」

シンに連れられてタンが副砲室に入ってきた。

「カー、おまえたちは本当に凄いな。漁師にしておくのはもったいないぜ。ロシアの代わりに日本と戦ってやったらどうだ？」

「なあに、これがビンディン魂だ。恐れ入ったか！」

「しかし左手から血が出てる、撃たれたのか？」

「ああ、銃弾が肉を削いだだけだ。止血はしているからたいしたことはねえ、舐めておけばすぐに治る」

「おまえはこういう場面では本当に頼りになるな」

「まあな、それで？　作戦は？」

「今の音を聞きつけてお客さんが大勢やってくるから、まず全員でこのドアを死守しろ」

「わかった、おい野郎ども転がっているロシア兵の銃を持ってドアを固めろ。誰もここに入れるな！」

「おれは銃の使い方がわからねえ」

「おれもだ」

「おい砲手、こいつらに銃の扱い方を教えろ」

カーに頭を殴られた砲手がしぶしぶベトナム人たちに銃の使い方を教えはじめた。

「これでドアは守れるな。で、タン。そのあとは？」

「今からこの砲で、むこうに泊まっている戦艦を撃つ！」

※

副砲室の窓からは外のやりとりが見える。ロジェストウエンスキーの声が上から聞こえてきた。

「ようし、次はお前たちの乗っている補給船が照準だ」

「ここには人質がいます、閣下。できますかな？」

「副長、次は補給船を狙え」

「しかし補給船にはイワノフ艦長たちがいます」

「そんなことはわかっておる、昼間から酒を飲んで捕まるやつが悪いのだ。イワノフたちには悪いが、水兵全員が見守るこの包囲網の中で死んでもらうのが、今から戦場に行くわれわれの軍紀を保つためになる」

「そうですか……残念です、しかし命令とあれば仕方ありません。よし副砲手撃ち方用意。

照準石炭補給船！」

その声が伝声管を通して副砲室に響いた。

「どうした砲手、聞こえているのか？」

当然カーが占拠した副砲室からは応答がない。

「タン、上はどうなっているんだ？」

「やつらは腹を決めたみたいだ。どうやら人質の命よりもロシア軍紀を優先させたようだな」

「どうした砲手、応答しろ！」

タンは両手を挙げて怯えている砲手を引っ張ってきた。

「おい、お前。適当に了解したと答えろ！　いいか、余計なことは言うな、こいつが黙ってないぜ」

と顎でカーのほうを指した。

「おい、砲手どうした？」

「わ、わかりました。今から補給船を撃ちます」

「よし！」

「おい、お前照準を補給船ではなくあそこの一番でかいのに向けろ。いいな」

タンはおびえるロシア砲手の頭をこづきながら戦艦アリヨールへ照準を向けさせた。

「ようし、撃てー」

副砲室で起こっていることを何も知らない伝声管から指示が飛ぶ。

——ズドン！

と副砲が咆哮する。

と同時に、正面の戦艦アリヨールの煙突が吹き飛んだ。

「やった！」

「命中だ！」

カーが手を打つ。

狭い湾内の戦闘である。外れることはない。

湾内はこの光景に大歓声が上がった。

「どうした砲手、どこを狙っている！　しっかりしろ、この馬鹿者！」

副長の怒声にロジェストウエンスキーが答える。

「副長、どうやらこの艦にも相当数の反乱分子が混じっているようだな。今のは誤射ではない、狙ったものだ」

「なんですと、副砲室が占拠されたということですか？」

「どうやらそう判断したほうがいいようだな」

「それではすぐに兵を下に送り込みます。おい、お前たち武装して階下の副砲室にすぐに向かえ！」

その声に大勢のロシア兵が銃を構えながら階下へと走り去った。

29　フランス対ロシア

「よし、ピエール艦長、ここでよかろう。停止しろ」

巡洋艦デカルトの艦橋では、ジョンキエルッがピエール艦長に指示を出した。

デカルトは戦艦スワロフと反乱軍のいる石炭補給船の間に割り込むような形で入ってきた。

「ロジェストウエンスキー閣下、これは一体どういう騒ぎですか？　いきなりわが領土の湾内でベトナム船に対して砲撃を始められてはフランス海軍として見逃すわけにはいきません」

「これはジョンキエルツ少将、無様な話であるが見ての通り水兵による反乱が起こってしまった」

「それはロシア海軍内の問題です。それならば湾外に出てお好きなようにドンパチをやって下さい」

「内部の恥をさらすようで申し訳ない。今反乱軍の首謀者と交渉を行っているのでしばらくお待ち願えないだろうか」

「そこに見えるのはフランス軍の司令官とお見受けいたします。お話しがあります！」

補給船のスピーカーから、声がデカルトに届いた。「なんだ貴様は？」

「ロシア帝国海軍少尉、ロマノフと申します」

「なんと、ロシア軍の士官がこの反乱軍の首謀者なのか？」

「はい、今詳しい事情を話す猶予がございません。我々の要求はここフランス領インドシナへの亡命です。閣下、お力を貸してはいただけないでしょうか？」

「このわたしがか？」

「はい、そうです。もし可能であれば、我々は今すぐに人質を解放してこの騒ぎを収めます。またバルチック艦隊も閣下のご希望通りに零時をもって湾外に出ることができますが、いかがでしょうか？　イギリスと日本から猛抗議が来ていることは存じております、このあたりが落としどころかと思いますが」

理詰めのロマノフの言葉にジョンキエルツは顎ひげをなでた。

そのときに戦艦スワロフの艦内で銃の音が聞こえた。

「ロマノフ少尉何だ、あの銃声は？　反乱軍はスワロフの艦内にも兵を配置しているのか？」

「いえ、閣下、あれは別働隊のベトナム人たちによる銃声です」

「わが領民のベトナム人が戦艦スワロフに入り込んでいるのか？　それは一大事だ」

「そうです、見ての通りロシアの戦艦はベトナム人の漁船を躊躇なく沈めました。しかしスワロフの艦内では同じベトナム人が村長の救出のためにロシア兵と戦闘しています。こうなれば決してあなたのフランス軍も無関係とは言えませんでしょう」

さらに詰め寄るロマノフに
「ううむ……わかった。亡命は認めよう。それで矛を収めて全艦隊が即刻湾外に出て行ってくれるのなら安い話だ。それで何人が亡命を希望しているのか？」

「閣下、亡命の人数はわかりません、それは今から募るところです」

「今から募る？」

「はい、しばらくお待ちください」

そう言うとロマノフはスピーカーの音量を上げて、全艦隊に聞こえるようにした。

「おうい！　すべての艦の乗組員たち、聞こえているか！　今から行く戦場におまえたちの未来はない。たった今フランスから亡命の許可を得た。亡命したいものがいれば今すぐに甲板から海に飛び込んでここまで泳いでくるように。時間は十五分だけ待ってやる、急げ！」

ロマノフのこの声に船団を囲む艦隊の甲板上はにわかに色めきたった。

「ドボン、ドボン！」

すべての艦のまわりに甲板から水兵が飛び込んだ水柱が、何百という数でかぞえられないほど立ち上がった。飛び込んだ水兵たちは中心の補給船に向かって泳いでくる。

※

一方スワロフ艦内。

副砲室に繋がる廊下ではロシア水兵と十五丁の銃を拾ったベトナム人たちの銃撃戦が繰り広げられていてお互いに死傷者が出ていた。素手の格闘は手馴れたベトナム人であるが、数の多いしかも銃を持った正規の軍隊との戦いは分が悪く、時間とともに押されてきていた。

「おい、タン。時間稼ぎも楽じゃないな。こんなことをいつまで続けるんだ?」

「そんなことはロシア兵に聞いてくれ、とにかく外の交渉が終わるまで持ちこたえるんだ」

銃撃で負傷した仲間のベトナム人を庇いながらタンは言った。

「しかしここいらが限界だぜ!　弾も尽きてきた」

そのとき背後から新たなロシア兵がやってきてさらに銃声が聞こえてきた。

「なんだ、新手の部隊が加勢に来たのか?　こいつはいよいよ詰みの状態だな」

しかしその銃声でバタバタと倒れていったのは今まで戦っていた正面のロシア兵であった。

「なにがどうなっているんだ？」

「あいつは、プリボイ！」

新たな戦力の先頭にたって指揮をしているのは死刑囚のプリボイだった。

「すまねえな、少し到着が遅れたみたいだな」

「ああ、プリボイか！　また助けられたな！」

「さあ、ここはおれたちフィンランド人に任せて、甲板に上がってすぐに脱出しろ」

「しかしまた新手が来るだろう」

「心配するな、それはおれたちが引き受ける。人質は無事救出したのだろう？　だったら任務終了だ、さあ早く行くんだ」

負傷したベトナム人を背負ってタンとカーは甲板に続く階段を上がっていった。

背後では新たなロシア兵が到着したのであろう、銃撃戦の音が響く。

「ようし、全員おれたちの船がつけてある。反対側まで走れ」

「わかった」

「ところで、じいさんはどうした」

「あそこの炭の後ろに隠れているはずだ」

「じいさん、いるか？　もう出てきていいぜ！」

南地区の若い漁師とズンが出てきた、二人とも無事のようだ。

「おう、おまえたちか、心配しとったのじゃ。怪我をしているのもいるが大丈夫か？　しかしまた派手にやりおったな」

「ああ、話はあとだ。おれの背中に早く乗れ、早くここを脱出するぞ」

子供が父親の背中に乗るようにズンはタンの背中に乗っかった。

「けが人から先におろせ、いいな、ゆっくりとだ」

二十名の部下たちが順番にロープを伝って降りていく。

漁師の大半が船に乗り移ったそのときであった。

「おう、お前たち、帰るのが少し早くないかい？」

サーベルを持ったマカロフが六名の手勢を率いてタンの前に現れた。

「じいさん、すまねえ。また仕事ができた。背中から降りて先に船に下りてくれ」

「まったく乗ったり降りたり忙しいのう……」

「シン、じいさんを船まで降ろしてやってくれ」

「わかったぜ、タン兄貴。さあじいさんおれの背中に乗って脱出だ」

ズンが船に降りるのを確認したタンは指をならしながらゆっくりマカロフに近づいていった。

「さあ、マカロフ待たせたな。こっちは足枷が無くなった、覚悟はいいか？」

二人の距離が近づいたときにいつの間にか、カーが割って入った。

「タン、わかっているだろうがマカロフだけは俺にやらせてくれ！　あいつだけは絶対許せねえ！」

「カーか、しかしお前は怪我をしている、おれに任せておけ」

「そうはいかない、こいつはおれの担当だ。腕の怪我はおれにとってみりゃ丁度いいハンディキャップだ」

首をボキボキ鳴らしながらカーが言った。

「わかった。ここは譲るとするか。力自慢のお前だ、まさかとは思うが負けるなよ！」

サーベルを持ったマカロフに対して、カーはゆっくりと近づいていった。左腕からはまだ血が流れている。

「やいこら、マカロフ！　三等人種のカー様だ！　今から外野抜きでサシで勝負をしようぜ！　刀を持っているからといって簡単に勝てるとは思うなよ」

「なんだぁ三等人種！　素手でおれに向かってくるとは、その度胸だけは認めてやる。こら、お前たちは手を出すなよ、こいつとはいろいろ因縁があるんだ。お前たちはこちらに構わずに下のベトナム人の船を銃撃しろ、一人として生きて返すな！」

「は！」

と六人の手下はスワロフの舷側に走りよって銃を構えた。

「おっと、おまえたちはおれが相手だ！」

下の船に照準を合わすため、タンに注意をしていなかったロシア兵にタンの拳が飛んでそのまま三人が海に落とされた。しかし残った三人の銃が火を噴いて船に着弾した。

「おまえらごときにベトナム人が負けると思うなよ！」

怒りのこもったタンの蹴りと拳が残りの三人を海に誘う。

「おう、カーこっちは片付いたぜ。早くやっちまえ！」

百九十センチを超える巨体が二つ対峙する。

先に動いたのはマカロフであった。マカロフのサーベルが袈裟懸けに一閃した、一瞬でそれをかわしたカーの拳がサーベルを握っていた右手を砕いた。

——カラン
と甲板にころがったサーベルをカーは蹴飛ばして海に落とす。

「どうだ、おれの拳は痛いだろうが」といった瞬間にマカロフの後頭部に回し蹴りが入った。

「どうだ、おれの蹴りは痛いだろうが」今度は崩れ落ちるマカロフの顔面に強烈な頭突きを見舞った。

「どうだ、おれの頭は痛いだろうが」

さすがは殺人拳といわれたビンディン拳法の達人である。短時間で相手の急所を次々と粉砕していくカーは、むしろ戦いを楽しんでいるようであった。マカロフの顔面はすでに血まみれである。

そのときだった、階下から先程までプリボイと交戦していたはずの新手の兵士が多数甲板に現れた。

「こいつらが甲板に来るということは……プリボイの部隊は全滅したのか……」

タンがうめいた。

「おいマカロフ、お楽しみはまだまだこれからだぜ」とマカロフの髪の毛をつかむカーに
「カー新手がきた。もうよせ、急いで海に飛び込め！」

「なんでえ、今からだったのに」

追っ手から逃げるように二人は走って甲板から海に飛び込んだ。

二人が泳いで船に到着するとシンがズンを抱きかかえて悲しい表情をしている。

「どうしたシン、何があった？」

「じいさんが、じいさんが……」

運悪くさきほどの三発の銃弾のうち一発がズンに命中したのであった。

タンとカーがそばに来たときにはすでに虫の息であった。

「日本艦隊あとは頼んだぞ……アジアのために……」

左の胸を貫いた銃弾に倒れたズン村長の小さな体から体温が徐々に無くなっていった。

「じいさん、おいじいさん！」

「ズン村長！」

「しっかりしろ、村長！」

みんなの声が響く船内で消え行く意識の中でズンは思った。

「みんな、本当によくやった。これでよかったのだ……力のないわしらでも大艦隊に一矢報いることができたのじゃからな」

小さな頭がうなだれた。

「じいさーん！」

生まれて一度も泣いたことがないカーが号泣した。

※

「しかし凄い数だな。ピエール艦長」

各ロシア艦艇から飛び込んで補給船に泳いでくる水兵の数を見ながらジョンキエルツは漏らした。

補給船のまわりはみるみるうちに波間に浮かぶ水兵の姿でいっぱいになった。その数は五百を下らないであろう。まだ甲板上では躊躇している水兵たちがいたが急いで駆けつけた上官に制されたようで人の流れは止まった。

「ロジェストウエンスキー閣下、見ましたか。これが世界最強といわれたこの艦隊の乗組員の総意です。われわれはこのままインドシナに残り亡命します。要求の一番目『ロシア艦隊はこのまま本国に帰ること』はもう結構です。このあとは残ったメンバーで好きに日本海軍とやりあってください」

勝ち誇ったようなロマノフの声に

「なんと、謀反を考えていた水兵がこれだけ艦内にいたとは」

かたわらの副長にロジェストウエンスキーはこぼした。

「ロジェストウエンスキー閣下、聞いての通りだ。ロマノフ少尉以下の亡命者は、わがフランス政府が預かるので手出しはしないように願いたい。彼らには補給船三隻を与えてサイゴンまで行ってもらう。おっと調度零時になった、貴艦隊の退出時間になりましたので早急に湾外に出てもらいたい」

ジョンキエルツの声に
「わかった、ジョンキエルツ君、不本意ではあるが今から全艦カムラン湾を退出する。その前に大切な人質を帰していただこうか」

「ロマノフ少尉、人質を返せと言って来ているがどうするのだ？」

「わかりました。要求は通りましたのでもう人質は必要ありません。しかし我々の身柄の安全を担保するためにサイゴンまでついてきていただきます。サイゴン上陸が無事果たせたら全員を開放します」

「わかった、ではサイゴンまで補給船三隻の護衛にフランス海軍の駆逐艦を一隻つけよう。よもやロシアの艦が襲ってくることはあるまいが念のためだ。サイゴンでロマノフ少尉たちの上陸を見届けたあと人質は駆逐艦に乗り移ってもらい、カムラン湾外まで送り届けるようにするがどうかな？」

「それで結構です。なにからなにまでご配慮ありがとうございます、ジョンキエルツ閣下」

「聞いての通りだ、ロジェストウエンスキー閣下、明朝人質と補給船三隻はわが駆逐艦とともにサイゴンに向かう。貴艦隊が湾外に退出したのとロマノフ少尉たちがサイゴン上陸を果たしたのを見届けてからわがフランス海軍は人質を返す。もう零時十分になりましたがこれでいかがでしょうか？」

「よしわかった、不本意ではあるがすべてを呑もう。副長急ぎ艦隊に命令、『バルチック艦隊は急ぎカムラン湾外に退去する』以上だ」

「は、了解しました」

その声のあと四十隻の艦隊はゆっくりと移動して二つの半島の門をくぐっていった。

「閣下、やつらやっと出て行きましたね。閣下がゴルフ場で『お荷物』とおっしゃった意味が今ようやくわかりました」

ジョンキエルツの傍らに立つ侍従武官のオットー少尉が退去する艦隊を見ながらつぶやいた。

30　埋葬

ヒューが小さな亡骸を丘の上に運んだ。ここには三年前に病気で亡くなった母親の墓がある。ベトナムの墓は今もそうであるが土葬が多い。ヒューの母親も土葬で亡骸をそのまま葬ったのである。

「母さん、今日は残念な報告をしなければならない。父さんがいきなりやってきたロシア人に殺された。でも父さんとカムランの漁師たちでロシアの艦隊に一泡吹かせたんだよ、見てあげたかったたな。今日から一緒に眠ることができるね」

泣きながらヒューは墓穴を掘った。

母親に並ぶようにヒューはズンの亡骸を横たえて合掌した。

「父さんお疲れ様でした。ぼくも大きくなったらお父さんのような立派な先生になるから見守っていてね。さようなら」

そう告げると持ってきたシャベルで土をかぶせた。

日課のカニ取りを終えたミンと子供たちが走ってくるのが見える。手に手に今摘んだばかりの花を持っている。

「村長さん、さようなら」

「さようなら、先生」

多くの小さな手が重なった。

※

「おう、お前たち！　そろってるな」

左腕に包帯をしたカーがやってきて子供たちの頭をわしづかみで順番に撫でる。

「あ、カーさん、昨日はお疲れ様です」

涙を拭ってヒューが答える。

「お前はあいかわらずそれしか言えねえな。昨日はお疲れのレベルじゃあないぜ、もう少しで死ぬところだったんだぜ」

「すいません、今作ったばかりですが父のお墓です」

「ああ、本当にじいさんにはすまねえことをした。おれがいながら守ってやれなかった。じいさんだけではない、あとから来るが仲間もたくさんやられた」

カーがひざまずいてズンの墓に手を合わせる。

「おうい、カー！」

シンと手下が死んだ仲間を担いで丘を登ってくる。

「おう、シンか！　みんなも来てくれたか。丁重に葬ってやろうぜ」

――ザッザッ
男たちのシャベルの音とともにポーランド人ミハエルの墓の隣に四つの穴が掘られ、それぞれに亡骸を埋めていく。

「みんなすまねえ、おれがついていながら守ってやれなくて……」

四つの亡骸にカーは順番に手を合わせた。

※

「おう、シンとカー早かったじゃあないか。ミンも朝家にいないと思ったらここに来ていたのか」

タンが北地区の漁師たちと上がってきた。

「ああ、少しでも早く仲間と弔いたかったんでな」

タイと仲間たちが七名の亡骸を運んできた。

「南で四名、北で七名、それとじいさんか……大きな代償だった」

「タン兄貴、ここに穴を掘るぜ」

「ああ、シン、シャベルをタイに貸してやってくれ」

ズン村長の墓の左側に七つの墓穴が掘られた。

「みんな、残った家族の面倒はおれが見るから、安らかに眠ってくれ」

タンと北地区の漁師たちが手を合わせた。

※

線香の香りがする丘からはカムラン湾が見える。その外には昨日の夜に湾内から移動した四十隻の艦隊の姿が見えた。

艦隊の横には新たに来た石炭の補給船が横付けされてクレーンが動いている。朝から洋上での補給作業が始まったよ

うである。そのそばをフランス海軍の護衛艦を先頭に三隻の補給船が亡命兵を満載してサイゴンに向かって走っていく。

反対側のビンバ島の沖ではシンガポールから派遣されたのであろうイギリスの駆逐艦が一隻、バルチック艦隊の動向を監視するように遊弋していた。艦隊が昨日のうちにカムラン湾外に出たことはもうイギリス本国へは報告済みであろう。

一夜明けて騒動が収まった湾内からは、なにもなかったかのようにベトナムの漁船たちが漁に向かって出て行く姿も見えた。この丘から見えるこの光景が今の世界情勢そのものをコンパクトに再現しているとヒューは思った。

※

そのころカムラン司令部では

「どういうことですかな大尉?　われわれにはノルマが迫っているのだ」

「常識でわかりませんかチャノフ大佐、昨日のような騒動のあと、誰も作業なんかできないでしょう。聞きましたがベトナム人のカーとそちらのマカロフは甲板で死闘まで演じたのでしょう?」

「ああ、乱闘の末マカロフは右手を骨折、左目を失明した。しかし、われわれはベトナム人労働者への金ははらってあるのだぞ。他のおとなしい労働者を至急募ってもらいたい。それでなければノルマは達成できない!」

「大佐、よく考えください。昨日あれだけのロシア人がみんなの目の前で亡命を希望したのです。われわれフランス政府としてかれらの亡命を受け入れました」

「それは昨日見てわかっておる」

「今、彼らはわが軍の駆逐艦の護衛でサイゴンに向かっています。明日の今頃にはサイゴンに着くでしょう」

「それがどうした? 今はベトナム作業員に払った金の話をしているのだ」

「ですからサイゴンに上陸した五百名を超えるロシア人のしばらくの宿泊費、生活費は誰が面倒を見てくれるのでしょうか」

「それは……亡命を受け入れた貴国ではないか」

「おわかりですかな、先にいただいたベトナム人労働者の代金とは比較にならないほどの金額を我々は用意しなければならない。ベトナム人労働者の前払い金を充ててもまだ足りません」

「しかし我々は石炭の補給をしなければ戦場に行けない……」

「どうやら大佐はノルマと金しか頭にないようですね。逆にこちらから差額の請求をしますがいかがですか」

「わ、わかった。今日のところはひとまず帰ろう」

「賢明なご判断です」

チャノフはほうほうの体でカムラン司令部を辞した。

31　出撃

一九〇五年四月二十日零時

ロシア側とベトナム側双方に大きな被害を出した後のバルチック艦隊四十隻は、カムラン湾外のビンバ島の沖合いで停泊を余儀なくされた。

不本意な形で追い出されるようにカムラン湾を出ざるを得なかったロジェストウエンスキーはイワノフに聞いた。

「艦長、ここは湾内に比べて波が高いな」

「ええ、やはり南シナ海の外洋ですから仕方ありません。今となっては湾内が恋しいですな」

「ところで石炭の補給の終わっていない艦艇はあといくつあるのだ?」

「駆逐艦が五隻、水雷艇、特殊船が全部まだ手つかずの状態です」

「そうか……いたしかたないな」

本来ベトナム人たちのサボタージュさえなければ石炭の補給は陸上ですべて終わっていたはずであるが、これからは条件の悪い洋上での補給となる。

またチャノフとフランス海軍との交渉でベトナム人労働者が使えなくなった現在、ロシア側の将兵のみでこの難作業を行わねばならなかった。しかしその将兵すらも昨日の亡命騒動で大半の労働力はいなくなってしまった。

このような状態であったのでバルチック艦隊内のムードは今から決戦に赴く艦隊とは思えないほど沈滞していた。

「よし、艦長、いずれにしても明日からは残った将兵たちで石炭の補給を続けさせろ。そして黒海からの第三艦隊を待つのだ」

「わかりました、閣下。すぐに各艦艇に指示を出します」

次の日からは、大波の中でのロシア将兵たちだけでの石炭補給作業がはじまった。当時の海軍の常識では桟橋の補給と湾外の補給では作業時間が五倍以上はかかる。

「しかし、フランス海軍も冷たいもんだな」

「ああ、こんな難作業を強要するとはな。しかもベトナム人の拠出も拒否したらしいぜ」

「あのときに海に飛びこんでいたほうがよかったかもな」

「ああ、連中は今頃サイゴンで酒盛りだろう。うらやましいぜまったく」

「そうだな、大事な選択を誤ったようだ……」

水兵とのこの会話に

「こらあ、さっさと石炭を積み込め！」

眼帯をしたマカロフの竹の鞭の音がした。

※

そんなところに朗報が舞い込んだ。

一九〇五年五月九日
「閣下、通信技師から連絡で今朝、黒海を出た第三艦隊からの電波を受けたとのことです」

「なに、やっと浮かぶアイロン艦隊と出会えるのか！　で、なんと言っている？」

「今日の昼過ぎにここカムラン湾に到着するそうです」

「そうか、それは悲報続きのわが艦隊にとってささやかな朗報だな。将兵も援軍の到着を見てさぞかし元気が出るだろう。これでやっと彼らと合流ができて日本との戦いに行くことができる」

「そうです、正直あんな一世代前のオンボロ艦隊に励まされるとは夢にも思いませんでした」

※

同日昼過ぎ

「艦長見てください、南方から煙が多数接近します」

航海士がイワノフ艦長に双眼鏡を渡す。

「どれ、本当だ、いよいよ第三艦隊の到着だな。よし全艦石炭の補給作業を中止して歓迎の用意をしろ」

「よし、全乗組員に告ぐ、南方より第三艦隊が接近中、補給作業は中止。手空きの将兵は甲板に出てこれを歓迎するように」

その声で艦内はあわただしい靴音が聞こえ始めた。

「おい、援軍が来たらしいぜ！」

「本当か？　おれは正直、人数が減ったので不安だったんだ」

「まあ老朽艦の寄せ集めらしいがな」

「司令官が言ってたぜ。『枯れ木も山の賑わい』とさ」

「さあ、その枯れ木を見に行こうぜ！」

　カムラン湾を退去させられて十九日間、何も進展もない補給だけの毎日であった艦隊将兵にとっては久しぶりの高揚するイベントであった。

　報告のとおり南方から四隻の旧型戦艦を先頭に、多数の艦影が近寄ってくる。

「あれはおれが五年前に乗っていた戦艦『ニコライ一世』じゃあないか。まだ動くんだな」

「その後に続くのはおれが乗っていた戦艦『アドミラル・ウシャコフ』だ。釜炊きのじいさん元気にしているかな？」

「最後尾に見えるのはおれの従兄弟が乗っている戦艦『ゲネラル・アプラクシン』だ。退役前の戦艦だと聞いていたが、よくもまあこんなところまで来たものだ」

　甲板に出た水兵たちはめいめいに興奮して第三艦隊を出迎えた。

　お互いの顔が視認できる距離になったとき。思わず双方から歓声が上がった、中には嬉しさのあまりに号泣するものもいる。

「ウラー」

「ウラー！」

　足でまといのアイロン艦隊と馬鹿にしていた艦隊の出現が、こんなにもバルチック艦隊の将兵の沈んでいた気持ちを奮起させてくれるとは夢にも思っていなかった。

旗艦スワロフにネボガドフ第三艦隊司令官が挨拶にやってきた。感極まった二人は長い抱擁のあと
「ロジェストウエンスキー閣下、やっとお会いできましたな。お元気そうで何よりです」

「ネボガドフ少将、黒海を出発して約三ヶ月間の航海であったな。遠路はるばるようこそカムランへ。で、長旅はいかがであったかな?」

「はい、わが艦隊は黒海を出てその後初めてスエズ運河を通りましたが、ここを抜けたあとにイギリスの駆逐艦の妨害を受けました。それ以外は暑さを除いていたって快適な旅でした。ところで閣下、当地ではいろいろとイギリスの妨害があったようにお聞きしましたが」

「ああ、イギリスの妨害もそうであるが、地元のベトナム人のサボタージュとロシア将兵の反乱があった。最後にはフランス海軍も彼らに手を貸す始末だ、まったく信じられん話だよ」

「そうですか。長い航海で軍紀を守らせることは至難の業ですな」

「ああ、ともかくこうして無事に合流できたのだ。貴艦隊の補給をまず急がすように。手が足りなければこちらからも人数を融通するので至急願いたい」

「わかりました、全艦に至急指示を出します」

ニコライ・ネボガドフ提督

「ありがとう、よろしく頼む、あとは両艦隊が力を合わせてトーゴーを討とう。今日はお疲れであろう、下がってよろしい」

「わかりました、お互い全力を尽くしましょう！」

握手をして別れたネボガドフ少将は連絡艇に乗り、旗艦ニコライ一世に帰っていった。

※

一九〇五年五月十九日
第三艦隊と合流して十日後、全ての艦に水と食料、石炭を満載したことを確認したチャノフはノートを見ながらイワノフ艦長に報告する。

「イワノフ艦長、各艦真水、食料、石炭の積載をすべて完了いたしました」

「了解した、ロジェストウエンスキー司令長官に報告するので各自急いで出港の準備にかかるよう」

「了解しました」

チャノフの傍らに立つ眼帯をして右手に包帯を巻いたマカロフを見て、イワノフは尋ねた。

「マカロフ大尉、その目と右手は大丈夫か？」

「はい、大丈夫であります。とんでもないベトナム人に不覚を取りました」

「なんとロシア軍内で格闘技の師範であるお前が負けるとはなあ。よほどとんでもない奴であったのであろうな」

「はっ、よほどとんでもない奴でした」

「いずれにしても大変な騒乱であったが各物資の調達ご苦労であった。よーし全艦出港準備、機関始動！」

「機関始動！」

多くの犠牲の上に運び込んだ石炭によってエンジンの釜に火が入り、ごうごうというエンジン音と振動が甲板を通じて足から伝わってきた。

「抜錨用意！」

手旗信号で出港の意図を理解した各艦の艦上でも同じような光景が見られて、四十隻余の艦隊はあたかもひとつの生き物のごとく長い眠りから覚めたようにあわただしい声が飛び交う。

「やっと抜錨までにこぎつけたか。それにしてもいまいましいベトナム人たちめ、やつらの抵抗で二週間も遅れをとってしまった。ジェネラル・トーゴーの笑う顔が見えるようだ」

旗艦スワロフの戦闘指揮所内で、各艦の動きを見ながらロジェストウエンスキーがつぶやいた。

「艦長、全艦発進しました」

その航海士の声に

「うむ、全艦針路東北東、目指すはトーゴーの待つ日本海！」

32　決戦

一九〇五年五月二十七日早朝、日本の哨戒艦信濃丸から「敵艦見ユ」との通信を秋山真之参謀は、旗艦三笠の艦上で受け取った。

秋山は日本を囲む四方の海に碁盤目に区画を決めて番号を振っていた。それぞれに商船、漁船を改造した哨戒艦を配置して迫り来るバルチック艦隊の進路を一秒でも早く捉えられるように苦心した。

信濃丸の配置は、区画番号二〇三番の対馬南東である。

「ついに来たか、すべては手はずどおりである。これでこの戦いは勝ったも同然だ！」

秋山は満面の笑顔で小躍りして傍らに立つ通信士に対して

「通信士、敵艦隊の戦力、速度、進路を問え」

「は、すぐに返信します」

さっと敬礼してきびすを返すように作戦室を出て行く通信士の後姿を見ながら

「それにしても発見水域番号が二〇三番とは……」

哨戒艦 信濃丸

その声は出て行った通信士には届かなかった。

秋山は六ヶ月前の旅順要塞攻防戦の際、分水嶺となった二〇三高地のことを思い、あまりの偶然性に人間の人知を超えた力の存在を意識したのである。また当時旅順港を閉塞するために湾外で駐留していたときに旅順港外から見た二〇三高地攻略の必要性を、乃木希典率いる第三軍に執拗に説いたのは他ならぬ秋山であった。

「報告！　敵艦隊数は約四十、戦艦八隻を認む！　先頭はスワロフ。敵陣形二列の縦陣、速力十五ノットで北東に進路を取っています」

通信士からの伝令に対して秋山は矢継ぎ早に指示を下した。

「予定通り、巡洋艦和泉をもって対馬沖の主戦場に引っ張り出せ、夜襲に備え水雷艇の準備もだ。それと海軍司令部に以下を打電『敵艦見ユとの報告を受けこれより戦闘に入る、なお本日天気晴朗なれど波高し』」

この短い文章の中に今日の戦いは日本艦隊にとって有利であることを盛り込んでいる、「天気晴朗」とは視界がよく敵艦がよく見えるということ、「波高し」は高波によって艦が上下するので通常は射撃の精度が落ちるが、我が軍はそのための訓練

秋山真之 中佐

を厳しくやったので命中精度はこちらに利があるということだ。また波が高いことで当初予定していた秋山考案の連携機雷を敵艦隊の予定進路に敷設する作戦はできない意味も込めていた。

早朝の発見から巡洋艦和泉が率いる小艦艇は、秋山の緻密な作戦によって小口径砲などで巧みに攻撃をかけては計画的な退避行動を行い、あらかじめ決められていた決戦水域にバルチック艦隊を誘い込んだ。ここから秋山の考えた七段構えが始まることになる。

午後一時ごろには旗艦三笠を先頭にした戦艦と巡洋戦艦で構成された主力が待ち構えた水域に見事にバルチック艦隊は誘い込まれたのである。

そこまでの午前中の戦いは駆逐艦などの小艦艇だけの攻撃で、しかもロシア艦の大型砲を撃たれたらすぐに逃げ出す作戦であった。この弱腰を装う日本海軍に対してロシア各艦の将兵は「前評判と違い日本海軍は逃げるばっかりで思ったより腰抜けのようだ、どうやら我々は敵を過大評価しすぎていたのではないか」という楽観的な雰囲気で包まれていた。これを

戦艦三笠艦上の東郷平八郎

作戦とは気がつかないバルチック艦隊は、勝利をなにも疑うことなく威風堂々としたすがたで旗艦スワロフを先頭にした二列縦陣を構成して悠々と決戦水域に登場したのである。

日本艦隊旗艦三笠艦上の司令塔内で東郷平八郎司令長官は、愛用の八倍のカールツアイス製の双眼鏡から目を離して「やっと来たか、総員戦闘配備！」と命令した。続いて「皇国の荒廃この一戦にあり、各員一層奮励努力せよ」という意味を持つZ旗がするするとマストに掲げられた。

　この物語では日本海海戦の詳細に迫るものではない。午後一時半に開始された主力艦どうしの戦いは有名な東郷ターンによる丁字戦法によって敵戦艦を撃沈。残りの艦艇は水雷艇による夜襲攻撃によってそのほとんどを海の藻屑にしてしまった大戦果は周知のことである。

三日間にわたった日本海海戦の結果を集計してみた。日本海軍の損失はわずか百トン以下の水雷艇三隻だけで、しかも、これはロシア側に攻撃されて沈没されたのではなく味方同士の衝突が原因である。

　それに対しロシア艦隊の損害は、

戦艦八隻　撃沈六、捕獲二
装甲巡洋艦三隻　すべて撃沈
巡洋艦六隻　撃沈一
装甲海防艦三隻　撃沈一、捕獲二
駆逐艦九隻　撃沈四、捕獲一
仮装巡洋艦一隻　撃沈一
特務艦六隻　撃沈三
病院船二隻　捕獲二

なんと三十八隻のうち二十六隻が撃沈、または捕獲されたことになる。ことに主力とされた戦艦、装甲巡洋艦、装甲海防艦は全滅。生き残った十二隻のうち、逃走中に沈没または自爆二、上海、サイゴンなどの中立国に逃げ込んでそのまま武装解除されたもの六隻で、ウラジオストクにたどり着いたのはたった四隻のみというからほぼ全滅といってもいいほどの敗北である。また人的被害もロシア側、戦死四千五百四十五名、捕虜ロジェストウエンスキー中将を含む六千百六名、日本側は戦死わずか百七名という圧倒的なスコアでこの海戦を終えた。

このように戦果としては勝利という生易しいものではなく「完膚なきまでに叩いた圧勝」に終わったのである。もとより海軍軍令部が連合艦隊に与えた命令は「全艦撃破」という難易度の高い注文ではあったが、秋山参謀の七段構えの戦法と東郷司令長官による丁字戦法によってみごとに軍令部の命令を完遂することができた。

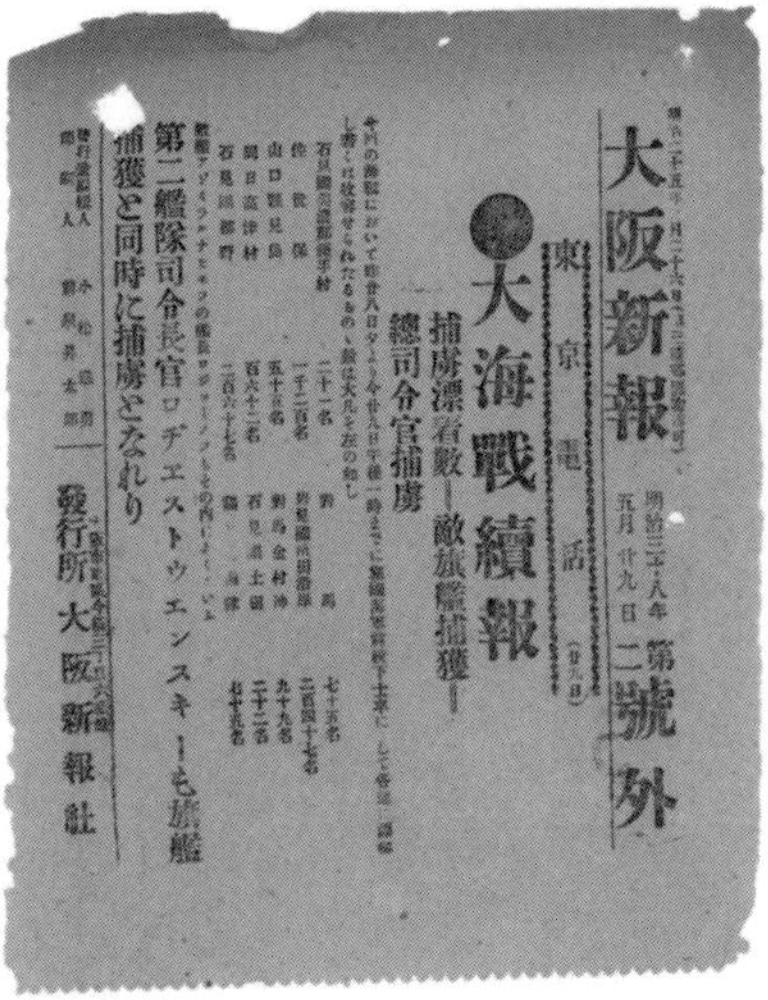
大阪新報
明治三十八年五月廿九日
第二號外
東京電話
大海戰續報
捕虜漂着數―敵旗艦捕獲―
總司令官捕虜
第二艦隊司令長官ロヂエストウエンスキーも旗艦捕獲と同時に捕虜となれり
發行所 大阪新報社

日本海海戦の勝利を伝える新聞

33　報告

一九〇五年五月三十一日

「おいみんな！　今朝の新聞を読んだか！　三日前、日本海軍がやつらバルチック艦隊に勝ったそうだ！」

手には「日本海軍ロシアに大勝利」と書かれた新聞を持ってタンが走ってくる。

「何！　本当か！」

「本当だ、やつらが負けた！　ここに書いてある。見てみろ！」

タンが新聞をみんなの輪の中に放り投げた。

「こりゃすげえ、勝ったなんて生易しいもんじゃあねえ。見ろこの結果を！　ロシア側は全滅だ。ロシア側の提督も怪我をして捕虜になったと書いてある、あのえらそうな白いひげのくそじじいだぜ。ざまあみろ！」

「ということは、おれをさんざん殴ったマカロフもスワロフスキーも、今では海の底か。おれが手を下すまでも無かったな……ざまあみやがれ！」

左腕に包帯を巻いたカーが叫んだ。

「あのいまいましいロシアのやつら俺たちを東洋のサル、サルと馬鹿にしやがって、同じ東洋のサルに全滅させられて天国行きたぁいい気味だぜまったく！」

「おれの考えた泥作戦が今回の一番の勝因だったとそこに書いてねえか？」

カーが得意そうに胸を張った。

「馬鹿野郎、どこにも書いてねえよ、そんなこたぁ」

「うそ言うな、おれは文字が読めねえけれど写真でわかるぜ、貸してみな」

カーがタイから新聞を奪い取って逆さに読んでいる。

「おっかしいなぁ、おれの写真がどこにもねえなあ……」

「だからねえって言っただろうが！」

タイの答えに
「おい、見てみろこの写真！　あの艦隊の写真だ」

「それがどうした？」

「わからねえのか？　お前たちは頭が悪いのか？　見ろ、この艦隊の周りは煙だらけだぞ！おれはこの写真だけで満足だ！」

「本当だ、煙だらけで走っているな。確かにこれじゃあ日本海軍に早く見つかっただろうなあ」

「ああ、カーの言うとおりこれは間違いなくおれたちの手柄だ！」

タンがみんなを見回して言った。

「ようしみんな、すぐにズンじいさんに知らせに行こうぜ」

「そうだな、みんな今日は仕事は休みだ」

「おうそれじゃあ、花を買ってくらあ」

「おれはじいさんの好きだった酒を買ってくる」

「おれは月餅だ、たしかじいさん好きだったろ」

「よし一度解散して丘の上に集合だ！」

※

同じ日。

カムラン司令部にファットは娘のチャンと一緒に大きなかばんを持って意気揚々と来ていた。かばんの中には「カニの手」の売り上げであるロシア水兵から徴収した入りきれないほどの軍票（軍隊が占領地で発行する便宜上の紙幣）が入っていた。

「そんな……もう一度言って下さい、カールマンさん。何かの間違いでしょう」

「間違いではない、何度でも言ってやる、それはもはや紙くずだ、つまり何の価値もない」

「先日、あなたはロシア海軍の軍票はフランス海軍でその日のレートで換金してやるとおっしゃっていたではありませんか？」

「ファット、頭は大丈夫か？　それはロシア海軍が今回の海戦で日本海軍に負ける前の話だろう？　負けた国の軍隊が発行した軍票に誰が金を出すものか。お前も商売人だったら少しは考えてみろ！」

「しかし言った事は守ってくれないと困ります！」

「言った事？　よし、おれはたしか『その日のレート』と言ったな。今日のレートはゼロだ！　それでは今からレートゼロで全部換金してやるからかばんの中にある軍票全部をそこに置いて行け。私は約束は守るほうでね、わかったか！」

「それはひどい！　おれはこれから仕入れた酒と食材の代金と、ニャチャンから集めた女たちの給金を払わなければならないんだ。いったいどうしろって言うんだ！」

「それなら今から日本海の海の底に行って請求するこったな。ここは海軍だから連中の沈んだ場所くらいはわかってるから教えてやるぜ」

「そんな……」

「さあ話は終わった。出口はあちらだ、さあ帰った帰った」

カールマンの部屋を出てとぼとぼ門まで歩くファットにむかって大きなかばんを抱えたチャンが尋ねた。

「お父さん、一体どういうこと？　こんなにお札があるのになんで？」

チャンが不安げに尋ねた。

「その札の価値がロシア海軍の敗戦によってゼロになったんだ！」

「つまり？」

「破産だ！　ニャチャンの酒屋と食材を買った店に支払いができないし給金も出せない……」

「じゃあ私たちはどうなるの？」

「これから酒屋やクアンの兄貴からも追い立てられる。カムランから逃げるしかない」

「逃げるって……」

「おいそこで何をごじゃごじゃ話をしているんだ！」

大きな声で恫喝しながら銃を持った衛兵は二人の親子を門の外に追い払った。

「お父さん、私、明日からまたカニをとるわ」

チャンが寂しそうにつぶやいた。

※

夕方、カムラン湾を見下ろせる丘の上にて

「みなさん、こっちがお父さんのお墓です」

案内役のヒューがうれしそうに言った。

「お父さん、喜んで！　みんながお墓参りに来てくれたよ」

父親の墓に跪くヒューのかたわらに、ベトナムの民族衣装のアオザイを纏った屈強な男たちが同じように次々としゃがみこむ。

あるものは酒を持って、あるものは花やズン村長の好きだった食べ物を持って

「じいさん、喜べ。日本が勝ったそうだ」

タンが墓前に花を添えた。

「あんたの言ったとおり、日本ってぇ国は本当にたいした国だなあ。世界一の艦隊が今では全部海の底だぜ」

「ああ、あれだけの艦隊を全滅させやがったんだぜ。同じアジア人として誇らしいぜ」

「さあ、あんたの好きな酒と餅を持ってきた。みんなと一緒に飲もうぜ！　今日は全員で祝い酒だな」

「ヒュー、おまえはまだ子供だが、今日だけは飲め！　俺が許す！　おやじも多分許す！」

カーがヒューの頭を鷲づかみにして撫でた。

「うん、今日はお祝いだからがんばって飲むよ！」

「おう、そうこなくっちゃ！」

「おう、カー！　得意のお前の故郷の歌を歌えや！　下手くそだけど今日だけは我慢して聞いてやるからよう」

「チッ、てめえら今までは我慢して聞いていたのか！」

「ところでカー、腕の傷はどうだ？」

タンが聞く。

「ああ、肉が削られたけどもうすっかり直ったぜ」

と左の二の腕を突き出した。

刺青に彫った「第」の字の上の部分だけの肉がきれいに削られて「弟」になっていた。

それを見てタンは笑いながら言った。

「よかったな！　天国のお前の弟が守ってくれたんだなきっと」

カムラン湾が眼下に見える。つい一ヶ月前までは艦隊で真っ黒に染まっていたのが、うそのようである。酒が進むうちに極端に音程の外れたカーの歌がはじまり、男たちにはあの苦しい作業も、死傷者を出した争いも今では遠い昔のように思えてきた。

空には満天の星と月が彼らを見下ろしていた。

34　補足　その後のロシア

ロシアは日露戦争中に陸軍の明石元二郎らの内部工作などが功を奏し、レーニンをはじめとする革命分子に火がついた。一九〇五年一月一日、旅順要塞陥落のあとすぐの同月二十二日、修道士ガポンに率いられた労働者と市民によるデモが起こり、それに対抗したロシア軍隊が市民に発砲して「血の日曜日事件」が起こった。この情報はまたたくうちにロシア全土を駆け巡り、ニコライ政権に対する憎悪が一般市民に堆積されていった。

この物語の日本海海戦の敗北後は、六月に黒海艦隊の戦艦ポチョムキンで水兵たちの反乱事件が発生した。

九月五日にアメリカのポーツマスでセオドアルーズベルト大統領の肝いりで日露両国の間でポーツマス条約が交わされてこの戦争は終わった。

十月にはロシア各地で労働者のストライキが起こり、インフラや工場などが停止状態になっていった。首都サンクト・ペテルブルグでは下級兵士や労働者を中心としてロシア語で「会議」を意味するソビエトが多数結成されていったのである。

この運動の拡大によりニコライ皇帝は妥協策として立憲制の制定と国会を開催することを

約束した十月勅令を宣言することになった。

いずれにしても、日露戦争で弱小国日本が大国ロシアに勝ったことが市民や下級兵士、労働者にとって、ロシアそのものをいかに自分たちが過大評価していたか本質を知らしめることになったのは間違いない。「幽霊の正体見たり枯れ尾花」といったところであろうか。

さらに追い討ちを掛けるように一九一四年の第一次世界大戦では、タンネンベルグの戦いでドイツに大敗して経済状況は最悪の状況に追い込まれたのである。

この流れのまま一九一七年三月、首都ペトログラードで食糧危機の大暴動が起こり大規模なストライキが各地で発生した。この暴動の知らせを聞いたニコライ二世は退位を決めて帝政ロシアは事実上崩壊、ここにレーニンが率いる世界初の社会主義国家が誕生するのである。

ロシア領ポーランド

第一次世界大戦末期にロシアからの独立を達成すると、ウスーツキー大統領は、日露戦争に参加した日本軍指揮官に軍功章を贈った。

余談ではあるがポーランドでは「ノギ」という名前が浸透して試しに「ノギ」という名をつけた人だけを集めたら、教会がいっぱいになるような村があった。

ロシア領フィンランド

マンネルヘイムはフィンランド独立の志士として有名である。彼は、帝政ロシア軍の騎兵旅団長として日露戦争時には奉天会戦に参加したが、この会戦の敗北を見て、たとえ日本のような小国家でも国民が団結すれば大国のロシアにでも勝てると思い、ロシア革命の混乱を利用して宿願であったフィンランドの独立を達成した。

戦後フィンランド国内で東郷平八郎にちなんだ「トーゴー・ビール」が発売されたのは有名である。

35　補足　その後のアジアと中東

ベトナム

日本がロシアに勝ったということで、この物語の舞台ベトナムではファン・ボイ・チャウという革命家に火をつけた。中部のゲアン省出身の彼は単身日本に渡航して当時の犬養毅や大隈重信に会い、武器の供給以外の協力をとりつけた。ベトナムの独立運動のために二五〇名の学者や学生を日本に送り出した。この運動を「東遊（ドンズー）運動」といい、わずか四十年で近代化を自国民の手で遂げて、日清戦争、日露戦争と立て続けに大国を破った日本に学ぼうと言う運動であった。

ファン・ボイ・チャウの言葉である。

「日露戦争というのは、世界史的な帝国主義時代の一現象であることは間違いない。が、その現象のなかで、日本側の立場は、追いつめられた者が、生きる力のぎりぎりのものをふりしぼろうとした防衛戦であったこともまぎれもない」

「明治初年の日本ほど小さな国はなかったであろう。産業といえば農業しかなく、人材といえば三百年の読書階級であった旧士族しかなかった。この小さな世界の田舎のような国が、はじめてヨーロッパ文明と血みどろの対決をして勝利したのが、日露戦争である」

中国

孫文の言葉である。

「このほどの日露戦争はアジア人の欧州人に対する最初の戦いであり最初の勝利であった。この日本の勝利は等しくアジア全体に影響をおよぼし、全アジア人は非常に歓喜し、きわめて大きな希望を抱くに至り、大国の圧政に苦しむ諸民族に民族独立の覚醒を与え、ナショナリズムを急速に高めた」

インド

ネール元首相の言葉である。

「世界一の陸軍国家をちっぽけな日本国がやぶった日露戦争を私は子供のときに聞いた。これ以降私は、インドのわれわれだって決意と努力しだいでは成し遂げることができると思うようになった。そのことが私の一生をインド独立に捧げることになった原因である。私にその決意をさせたのはほかでもない日本なのだ」

独立家チャンドラ・ボースの言葉である。

「私が小学校に行き始めたころ、小国日本が、世界の強大国のロシアと戦い、これを大敗させた。インド全国民はニュースでこれを知り、多くの大人たちのあいだでは、旅順攻撃や奉天大会戦、日本海海戦の勇壮な話で持ちきりだった。私たちインドの子供たちは、東郷元帥や乃木大将の名前を記憶し尊敬した」

イラン

イラン国内では日露戦争勝利後、日本とその中心にある天皇をたたえる本「ミカド・ナーメ（天皇一代記）」が出版された。

「東方からまたなんという太陽が昇ってくるのだろう。文明に夜明けが日本から拡がったとき、この昇る太陽で全世界が明るく照らし出された。どんなに困難であろうとも、日本の足跡を辿るならば、この地上から悲しみの汚点を消し去ることができる」

イランの詩人シーラーズの言葉である。
「日本の足跡をたどるなら、間違いなくわれわれにも夜明けがくるだろう」

ミャンマー

バ・モー元ビルマ首相の言葉である。
「日露戦争の勝利がアジア人の意識の底流に与えた影響は決して消えることはなかった。それはすべての虐げられた民衆に新しい夢を与える歴史的な夜明けだったのである。ビルマ人は英国の統治下に入って初めてアジアの一国民の偉大さについて聞いたのである。日本の勝利はわれわれに新しい誇りを与えてくれた。歴史的に見れば、日本の勝利は、アジアの目覚めの発端、またはその発端の出発点と呼べるものであった」

エジプト

「私は日本の乙女、銃を持って戦うあたわずも、砲火飛び散る戦いの最中に、身を挺して傷病兵に尽くすはわが努め」という「日本の乙女」という詩が作られた。これはエジプトだけでなく、レバノンの教科書にも掲載された。

なぜ、この詩がアラブ人に受けたかというと、当時、アラブ諸国がイギリスの支配下にあり、小国の日本が大国ロシアに勝ったことがアラブの人々に民族独立への希望と勇気を与えたからである。

また、エジプトの将校アフマド・ファドリーが桜井忠温の「肉弾」を翻訳した。これはアラビア語に翻訳された最初の日本の本だった。この本は日本ではほとんど注目されていないが「武士道」以上に世界に大きな影響を与えた。

ムスターファー・カミール（エジプト民族解放指導者）

「日本人こそは、ヨーロッパ列強国に身の程をわきまえさせてやった唯一の東洋人である」

イラク

イラクの代表詩人のマァルーフ・アッ＝ルサーフィーが日本海海戦の劇的勝利を記憶するために「対馬沖海戦」を発表した。

トルコ

観戦武官のペルテヴ・パシャ大佐が戦記「日露戦争」と、講演録「日露戦争の物質的・精神的教訓と日本勝利の原因」を刊行し、「日本軍の勇敢さや国民の一致団結を讃え、国家の命運は国民の自覚と愛国心で決するものであり、トルコの未来も日本を見習い近代化を進めるならば、決して悲観すべきではない。国家の命運は国民にあり」と訴え、それが近代化を推進する青年党の運動、ケマル・アタチュルクのトルコ革命へと連なっていった。

トルコでは「トーゴー通り」があり、「ノギ」という大きな靴販売店があり、「トーゴー」や「ノギ」という男の子の名前がたくさんつけられたのは有名である。

その他の国

ウィリアム・デ・ボイス（アフリカ開放の父）

「有色人種が先天的に劣っているという誤解を日本が打破してくれた。日本が有色人種を白色人種の奴隷から救ってくれるので、有色人種は日本を指導者として従い、われわれの夢を実現しなければならない」

デニス・ペギー、ウォナー夫妻（日露戦争全史の著者）
「苦力（クリー）も主人となりうるし、主人たる西洋人も苦力に落ちぶれかねないことを示した戦争であった」

36　補足　その後の日本

一九〇五年五月二十七日の日本海海戦の勝利のあと、国民はその奇跡の勝利に総動員で提灯行列を行うほど熱狂したのである。

しかし同年九月の小村寿太郎外相とロシア側ウイッテ代表によるポーツマス条約の結果、あまりにも大きな犠牲の割りに当時の国家予算の四倍である二十億円の戦費を賠償金として獲得できなかったことに対して民衆は「日比谷焼討事件」に代表される暴動を起こして日本各地で不満を表現した。

この条約はそもそも負けたと思っていないロシアからの賠償金の支払い条項は一切なしで、日本が得たものは樺太の南半分、満州南部の鉄道と領地の租借権、大韓帝国の排他的指導権のみであった。あとは副産物としてはロシア帝国の南下政策の芽を潰したことと明治の初期に各欧米列強と交わした不平等条約の改正の一助となったことであろうか。

あまりにも期待はずれであったこの条約をうけて、当時の新聞の論調は大きく二つに別れた。主戦派であった「日本」新聞社では編集長の古島一雄をして戦争の継続と賠償の再要求を述べたのに対して、反戦派であった「国民新聞社」は早期講和の妥当性を述べた。

日露の戦いが兵力、国家予算ともぎりぎりの中で拾った千載一遇の勝利に対して、多くを知らない民衆は「なぜ満州でもっとロシアを追撃しなかった?」、「日清戦争の時のように賠償金をもっととれたはずだ!」と一方的な意見をぶつけたのであった。

ここで矛先となったのが徳富蘇峰が経営する反戦派「国民新聞社」であった。蘇峰はその社説の中で「勝利に図に乗って決してナポレオンや今川義元、秀吉のようになってはいけない、戦いは引き際が大切なのだ」と言ったことが国民の逆鱗に触れ、売国奴とみなされて同社は五千人の暴徒に襲われ本社のガラスが割られ、火をつけられた。

しかし当の徳富蘇峰社長は「なあに、これくらい好きにやらせておけ。これでいいガス抜きになる」と歯牙にもかけなかった。豪胆である。

九月五日に起こったこの「日比谷焼討事件」はその後拡大し、外務省や内務大臣官邸を抜刀隊で襲撃した暴徒は東京市内の交番を標的にして襲い、十三ヶ所の交番から火の手が上がった。またロシア正教とかかわりがあるニコライ堂や講和を牽引したアメリカ大使館、さらにはアメリカ人牧師のいる教会までが襲撃され、まさに無政府状態の様相を呈した。

翌日六日には政府は戒厳令を敷いて軍隊が出動して死者十七名、負傷者二百名、逮捕者二万名を出してこの騒ぎを治めた。

※

サムライの時代から開国してわずか四十年で二回の戦役に勝利した日本は、一躍国際社会に華々しくデビューを果たした。好むと好まざるに関わらず日本は新参者ではあるが東洋で初めての帝国主義国家として世界に認知されてしまった。あまりにも西洋列強と比べて短い期間でこの地位を獲得した事を前述の徳富蘇峰の弟である小説家の徳冨蘆花は以下のような表現を用いていている。

「ああ日本よ、なんじは成人せり。果たして成長せる乎」

意味は

「ああ、日本よおまえは成長するまもなくあっと言う間に成人してしまった。このあとはたしてしっかり成長するのだろうか?」

彼の予言どおり、その後の日本は外交に驕《おご》りが生じてしまった。今までは列強の南下政策などに対抗してのあくまでも「防衛」でしか使われなかった軍事力を積極的に「攻撃」に使う事を思いついたのである。これが後の中国本土の進出に始まり、一九三〇年代以降のアジアからの欧米支配の払拭に展開していく。前述のベトナムのファン・ボイ・チャウは日本のこの豹変した政策に対して失望し、多くの同胞をともない祖国へ帰っていった。
その後の日本は周知のように日露戦争の勝利に驕った日本の軍部主導の政策が二発の原爆が投下されるまで続いたのであった。

※

おわりに東郷平八郎の訓話の最初と最後の肝の部分を書いておく。この訓話は一九〇五年十二月二十一日東京湾で行われた連合艦隊解散の辞である。最後の一節の『勝って、兜の緒を締めよ』を日本政府、軍部とも怠った結果が太平洋戦争の敗北につながった。

連合艦隊解散の辞

「二十ヶ月にわたった戦いも、すでに過去のこととなり、我が連合艦隊は今その任務を果たしてここに解散することになった。しかし艦隊は解散しても、そのために我が海軍軍人の務めや責任が軽減するということは決してない。

この戦争で収めた成果を永遠に生かし、さらに一層国運をさかんにするには平時戦時の別なく、まずもって、外の守りに対し重要な役目を持つ海軍が、常に万全の海上戦力を保持し、ひとたび事あるときは、ただちに、その危急に対応できる構えが必要である。

ところで、戦力というものは、ただ艦船兵器等有形のものや数だけで定まるものではなく、これを活用する能力すなわち無形の実力にも左右される。百発百中の砲一門は百発一中、いうなれば百発打っても一発しか当たらないような砲の百門と対抗することができるのであって、この理に気づくなら、われわれ軍人は無形の実力の充実すなわち訓練に主点を置かなければならない。

〜中略〜

われ等戦後の軍人は深くこれらの実例を省察し、これまでの練磨のうえに戦時の体験を加え、さらに将来の進歩を図って時勢の発展におくれないように努めなければならない。そして常に聖諭を奉体して、ひたすら奮励し、万全の実力を充実して、時節の到来を待つならば、おそらく永遠に護国の大任を全うすることができるであろう。神は平素ひたすら鍛練に努め、戦う前に既に戦勝を約束された者に勝利の栄冠を授けると同時に、一勝に満足し太平に安閑としている者からは、ただちにその栄冠を取り上げてしまうであろう。

昔のことわざにも教えている『勝って、兜の緒を締めよ』と。」

あとがき

歴史に「もし」を考える事はタブーではあるが、もし日本がこの海戦に敗れていれば、その後の日本はどうなっていたであろうか？

バルチック艦隊によって日本海軍が壊滅したと想定すると、当然日本列島周辺の制海権はロシア海軍のものになるので日本からの大陸への補給物資はストップすることになる。このことは満州で戦っている日本陸軍三十万人の孤立を意味する。そうなると三月の奉天の会戦の大敗北のあとハルビンまで「名誉の退却」を行ったクロパトキン将軍は巻き返しの絶好のチャンスだと捉えて孤立した日本軍を包囲して叩いたであろう。いや、もし彼が能動的な戦闘をおこさなくとも物資の補給を絶たれた日本軍は枯れるように自然消滅を余儀なくされたであろう。

そして一方、日本列島周辺に敵のいなくなったロシア海軍はその余勢を駆って首都東京や大阪に艦隊を進めていたかもしれない。そうなると戦艦群の三十センチの主砲の照準を首都に合わせせられるだけで日本政府はロシアの要求を全て飲まざるをえなかったであろう。事実ロシア側は日本に勝利したあとの上陸戦を想定していた。その上陸場所は湾が広く、沿岸砲台の準備されていない駿河湾であった。

その結果、一九九一年のソ連邦の崩壊までおそらく満州、朝鮮、千島列島をふくむ日本全土が現在のバルト三国のような扱いを受けた事は想像に難くない。日本人の国民生活はすべてにおいて制限されて、日本国民はロシア語を標準語にされ、神道、仏教の信仰は弾圧されてロシア正教のみが布教活動を許されたであろう。もっと悪く考えると白人種のバルト三国と違い、かつてニコライ二世がドイツの皇帝に語った「いまわしい東洋人の殲滅」という言葉を借りれば日本人の生命の存続すらも怪しくなってくる。

当然、日露戦争後の日韓併合もないので同じ東洋人種である朝鮮半島の住民も同じ扱いをうけたであろうことは想像に難くない。

しかしその後の太平戦争は当然起こりえないので広島、長崎、沖縄の悲劇はない。まさに禍福はあざなわれる縄のようであるが、日露戦にもし負けていたとしたらひとつだけ確実に言える事は、現在の繁栄した日本の姿を見つける事は百パーセントできないことである。このことは今の日本人は肝に銘じておくことであろう。

※

日露戦争は前述したとおり、単にロシアと日本が闘った戦争というだけではなく、その両国の背景には列強各国の思惑と利益が複雑に絡んでいたために、その後の大戦のような連合国と枢軸国という概念はなくとも、広義において第〇次世界大戦と呼んでさしつかえなかろう。

その意味では、貧乏村の田舎娘と大富豪貴族の結婚と揶揄された奇跡の日英同盟の締結こそが、この戦争の勝敗を決めたといっても過言ではない。

当時の全世界に対して威光と発言権を持っていたイギリスを味方にしたことによってのメリットは

一　戦費調達
二　無煙炭の確保
三　バルチック艦隊への各港での嫌がらせ
四　世界世論の誘導
五　スエズ運河の通行拒否
六　通信インフラの共有

またロシアも露仏同盟でフランスと同盟を結んでいたのであるが、当時のイギリスとフランスのバランスを考えると、フランスがイギリスを敵に回してまでロシアを応援するリスクは負わないことをロシアの官僚は理解していなかったといえよう。

ただもちろん日英同盟だけでこの戦争を勝てたのかというとそうではない。

ここで日露戦争の最期の決戦である日本海海戦の勝敗を決した要因を日英同盟以外に求めてみたい。

一　日本海軍将兵の技術力と愛国心

二　ロシア側の旧態然とした「士官は貴族階級のみ兵は平民から」という組織構造

三　伊集院信管や下瀬火薬などのハイテクノロジー

四　長距離を踏破したあとの艦艇の修復状況

五　アウェーとホームの戦いの違い

六　東郷平八郎を軸にした明確な戦闘指揮体制

七　当日の快晴と波の高さ

八　丁字戦法

九　水雷艇などの小艦艇の活躍

と並べあげればまだまだあるが、この一因に決戦までの最後の寄港地カムラン村の住民によるサボタージュと、泥の混入を連ねることが出来るのではないかと考える。

また搭載した石炭を決戦の前に捨てなかった事によってバルチック艦隊の全艦とも重心が上がりすぎていたとの記録がある。あれだけカムランで苦労して甲板上にまで満載した石炭をやすやすと海中に投棄するのをためらったのであろう。そのために砲撃を受けて過大積載で転覆した艦の数が異常に多く見受けられる。

「敵艦見ユ」の報告に際して日本艦隊の最初の指示が「急ぎ石炭捨て方はじめ！」であったのとあまりにも対照的である。

アジアの近代史を語る上で決して見逃せない日露戦争、その中でも最大のヤマ場であった日本海海戦はまさに現代版叙事詩ともいえよう。そして当時の日本国民はこの叙事詩を十五番までの歌にこめて記憶にとどめようとしたことは、いかにこの戦いがぎりぎりの中で拾った千載一遇の勝利だったかということの表れである。

最期に「日本海海戦のうた」を記して筆を擱《お》くことにする。

一、
海路一万五千余浬
万苦を忍び東洋に
最後の勝敗決せんと
寄せ来し敵こそ健気なれ

二、
時維《こ》れ三十八年の
狭霧《さぎり》も深き五月末《さつきすえ》
敵艦見ゆとの警報に
勇み立ちたる我が艦隊

三、
早くも根拠地後にして
旌旗《せいき》堂々荒波を
蹴立てて進む日本海
頃しも午後の一時半

四、
霧の絶間《たえま》を見渡せば
敵艦合せて約四十《しじゅう》
二列の縦陣作りつつ
対馬の沖にさしかかる

五、
戦機今やと待つ程に
旗艦に揚がれる信号は
「皇国《みくに》の興廃この一挙
各員奮励努力せよ」

六、
千載不朽《せんざいふきゅう》の命令に
全軍深く感激し
一死奉公この時と
士気旺盛に天を衝《つ》く

七、
第一第二戦隊は
敵の行手を押さえつつ
その他の戦隊後より
敵陣近く追い迫る
八、
敵の先頭「スウォーロフ（スワロフ）」の
第一弾を初めとし
彼我の打ち出す砲声に
天地も崩るる斗《ばか》りなり
九、
水柱白く立ちのぼり
爆煙黒くみなぎりて
戦《たたかい》 愈々《いよいよ》たけなわに
両軍死傷数知れず

十、
されど鍛えに鍛えたる
吾が艦隊の鋭鋒に
敵の数艦は沈没し
陣形乱れて四分五裂《しぶごれつ》
十一、
いつしか日は暮れ水雷の
激しき攻撃絶間なく
またも数多《あまた》の敵艦は
底の藻屑と消えうせぬ
十二、
明くる晨《あした》の晴天に
敵を索《もと》めて行き行けば
鬱稜島《うつりょうとう》のほとりにて
白旗掲げし艦《ふね》四隻

十三、
副将ここに降を乞い
主将は我に捕らわれて
古今の歴史に例《ためし》なき
大戦功を収めけり
十四、
昔は元軍《げんぐん》十余万
筑紫の海に沈めたる
祖先に勝る忠勇を
示すも君の大御陵威《おおみいつ》
十五、
国の光を加えたる
我が海軍の誉れこそ
千代に八千代に曇《くもり》なき
朝日と共に輝かめ

時系列

■ 網掛けの箇所はバルチック艦隊以外のできごと

西暦			できごと	場所
1904	2	8	日露戦争開戦	仁川
	8	10	黄海海戦	黄海
		14	蔚山沖海戦	蔚山沖
	10	9	沙河会戦	満州
		15	バルチック艦隊出港	リバウ
		20	ドッガーバンク事件	イギリス
	11	1	スペイン・ビゴー湾到着	スペイン
		11	アフリカ・ダカール湾到着	ダカール
1905	1	1	旅順要塞陥落	旅順
		9	ノシベ到達	マダガスカル島
	3	10	奉天大会戦	満州
		16	ノシベ出港	マダガスカル島

	4	8	バルチック艦隊シンガポール通過	シンガポール
		10	デカルトサイゴン出港	サイゴン
		13	バルチック艦隊カムラン到着	カムラン
		14	カムラン村民会議	カムラン
		15	石炭補給作業開始	カムラン
		17	ベトナム人サボタージュ開始	カムラン
		19	フランス政府による艦隊退去命令	カムラン
			ベトナム人とロシア人の衝突	カムラン
		20	洋上での補給開始	カムラン沖
	5	9	第三艦隊に合流	カムラン
		19	カムラン沖出港	カムラン沖
		23	最後の洋上補給	沖縄沖
		27	日本海海戦	対馬沖

艦隊《かんたい》は動《うご》かず

2017年5月27日　初版第1刷発行
著　者　　中川 秀彦
編集協力　門間 丈晃
発行所　　株式会社牧歌舎 東京本部
〒101-0064　東京都千代田区猿楽町 2-5-8 サブビル 2F
TEL.03-6423-2271　FAX.03-6423-2272
http://bokkasha.com　　代表：竹林哲己
発売元　　株式会社星雲社
〒112-0012　東京都文京区水道 1-3-30
TEL.03-3868-3275　FAX.03-3868-6588
印刷・製本　株式会社 オクムラグラフィックアーツ
© Hidehiko Nakagawa　2017 Printed in Japan
ISBN978-4-434-23279-4　C0093

落丁・乱丁本は、当社宛てにお送りください。お取り替えします。
本文中に使用した画像は、一部のフリー素材を除き、著者自身による撮影です。
作中における実在人物の発言は Wikipedia などによりました。
本文中の内容に関する責任は、著者にあります。